Aus der Taschenbuchreihe CAPRICE sind nachstehende Romane erhältlich. Fragen Sie im Buch- oder Zeitschriftenhandel nach diesen Titeln:

- 58067 Nach einer Nacht im Paradies
- 58068 Das Abenteuer, die eigene Frau zu verführen
- 58069 Zwei wie Feuer und Eis
- 58070 Im Zauber einer Liebe
- 58071 Jede Nacht hat dein Gesicht
- 58072 Eine Schwäche für die Liebe
- 58073 Scheidungsgrund: Liebe
- 58074 Von braven Mädchen und Ladykillern
- 58075 Verführ mich doch mit Zärtlichkeit
- 58076 Aufregend anregend
- 58077 Dich hautnah erleben
- 58078 Der Zwanzigtausend-Dollar-Tanz
- 58079 Mondschein-Rendezvous
- 58080 Herzflattern
- 58081 Wenn ein Mann verführen will
- 58082 Ivan, der Leidenschaftliche
- 58083 Ein Bett für zwei
- 58084 Tausendundein Versprechen
- 58085 Lust auf dich
- 58086 Heiße Nächte in L. A.
- 58087 Der geerbte Supermann
- 58088 Liebesträume
- 58089 Südseezauber
- 58090 Zärtlicher Rebell
- 58091 Engel der Nacht
- 58092 Romanze in Acapulco
- 58093 Verführung im Orient
- 58094 Die Eisprinzessin
- 58095 Was Männer heimlich träumen
- 58096 Ein Fall von Zärtlichkeit
- 58097 Verführung aus Liebe
- 58098 Jack und Colleen – Geschichte einer Liebe
- 58099 Der Liebeskrieg
- 58100 Ungezähmt
- 58101 Herzflimmern
- 58102 Flammendes Herz
- 58103 Liebesgeflüster
- 58104 Zu wild für die Liebe
- 58105 Bittersüße Sehnsucht
- 58106 Wenn ein Mann begehrt...
- 58107 Versuchung einer Sommernacht
- 58108 Liebesfeuer
- 58109 Der Kuß der Winterbraut
- 58110 Von Sehnsucht und Zärtlichkeit
- 58111 Heißes Blut
- 58112 Nur noch einmal dich berühren
- 58113 Tage der Liebe
- 58114 Der Liebestest
- 58115 Herzklopfen – als wäre es Liebe
- 58116 Nur ein paar Tage Zärtlichkeit
- 58117 Bis du deine Sehnsucht stillst
- 58118 Mit dir ein Stück der Ewigkeit
- 58119 Wenn starke Frauen zärtlich sind
- 58120 Insel der Liebe
- 58121 Der Racheengel
- 58122 Nachhilfe in Sachen Liebe
- 58123 Ruf des Herzens
- 58124 Sehnsucht hat deinen Namen
- 58125 Die letzte Nacht
- 58126 Swan Sea Place Das Vermächtnis
- 58127 Seine Frau

JAN HUDSON

BRANDONS GEHEIMNIS

Roman

Ins Deutsche übertragen
von Lothar Woicke

BASTEI-LÜBBE-TASCHENBUCH
Band 58 128

Erste Auflage:
Januar 1995

© Copyright 1994
by Jan Hudson
Published by arrangement
with Bantam Book, a division of
Bantam Doubleday Dell Publishing
Group, Inc., New York
Caprice-Romane stammen aus der
amerikanischen Taschenbuch-
Reihe ›Loveswept‹
Loveswept and the wave device
are trademarks of
Bantam Books, Inc.
All rights reserved
Deutsche Lizenzausgabe 1995
Bastei-Verlag
Gustav H. Lübbe GmbH & Co.
Bergisch Gladbach
Originaltitel: Slightly Shady
Titelillustration: Pepe Gonzalez/
Norma Agency, Barcelona
Umschlaggestaltung:
Quadro Grafik, Bensberg
Satz: VID Verlags- und
Industriedrucke GmbH & Co. KG,
Villingen-Schwenningen
Druck und Verarbeitung:
Clausen & Bosse, Leck
Printed in Germany

ISBN 3-404-58128-8

Der Preis dieses Bandes
versteht sich einschließlich der
gesetzlichen Mehrwertsteuer.

Prolog

Am Montag nach Thanksgiving, dem Morgen seines vierzigsten Geburtstags, erwachte Paul Berringer wie gewöhnlich um Viertel nach sechs. Fünfunddreißig Minuten widmete er sich dem Fitneß-Training in seinem komplett ausgestatteten Übungsraum, dann schwamm er zehn Runden in seinem Pool, duschte und rasierte sich anschließend, zog einen seiner Armani-Anzüge an, und um Viertel vor acht setzte er sich dann an den gedeckten Frühstückstisch.

Wie jeden Montag servierte seine Haushälterin ihm ein weiches Ei, zwei dünne Streifen knusprig gebratenen Speck und eine Scheibe Weizentoast, das Ganze auf feinstem Porzellan; in dem kostbaren Waterford-Kristallglas war der Orangensaft genau abgemessen. Während er aß, las er die *Dallas Morning News*. Nachdem er das Frühstück beendet hatte, goß er sich aus einer silbernen Kanne eine Tasse entkoffeinierten Kaffee ein, und während er Schlückchen für Schlückchen trank, überflog er das *Wall Street Journal*. Die zweite Tasse Kaffee wurde von der *New York Times* begleitet.

Um Viertel nach neun stieg er in seinen schwarzen Ferrari, um in sein Büro in der Innenstadt von Dallas zu fahren, dort angekommen, fuhr er mit dem privaten Aufzug hoch in sein Penthouse-Büro. Er nickte Mrs. Harris zu, die seit acht Jahren seine Assistentin war, ging an ihr vorbei in sein Büro und setzte sich an den handgearbeiteten Schreibtisch aus massivem Mahagoni. Er setzte sich in seinen schwarzen Ledersessel, öffnete seine Aktentasche und zog einen Füllfederhalter heraus.

Doch er schrieb kein einziges Wort damit. Aus irgendeinem Grund konnte er nicht. Er warf den goldenen Stift hin und drehte seinen Sessel so, daß er durchs Fenster hinaus auf die Skyline von Dallas blicken konnte.

Noch nie in seinem Leben hatte er sich so leer gefühlt. So leer und ausgelaugt.

Einige Minuten lang saß er einfach da und schaute einem Spatz zu, der auf dem schmalen Fenstersims saß. Irgendwie beneidete er diesen kleinen Vogel. Dessen Leben war auf die einfachsten Dinge reduziert. Essen, trinken, schlafen, fliegen. Diesem Spatz war es völlig egal, daß es so etwas wie langfristige Planungen, Magengeschwüre, Profitspannen und gesellschaftliche Verpflichtungen gab.

Paul holte einmal tief Luft, dann drehte er den Sessel wieder herum. Auf seinem Gesicht lag ein entschlossener Ausdruck. Er nahm den Stift erneut in die Hand, um den obersten Brief aus dem ganzen Stapel, den Mrs. Harris für ihn vorbereitet hatte, zu unterschreiben, doch es gelang ihm nicht.

Er versuchte es noch einmal. Seine Hand, die seinem Willen vierzig Jahre lang tadellos gehorcht hatte, verweigerte ihm den Gehorsam.

»Zur Hölle mit dem ganzen Mist!« sagte er voller Abscheu und warf den Stift durch den Raum.

Dann sprang er auf, griff nach seinem Aktenkoffer, marschierte aus seinem Büro. Nur an Mrs. Harris' Schreibtisch blieb er kurz stehen. »Versuchen Sie, meine Mutter, meine Brüder und Jack Rule zu erreichen«, bat er. »Sagen Sie ihnen, daß sie sich für eine Weile um die Geschäfte kümmern müssen. Ich werde nicht hier sein.«

»Aber . . . aber«, meinte sie völlig überrascht. »Wo wollen Sie denn hin?«

»Fort!«

Mrs. Harris wirkte alarmiert. »Und wann werden Sie zurückkommen?«

»Keine Ahnung. Vielleicht nie mehr. Ach ja, und sagen Sie ihnen bitte auch noch, daß ich mich in ungefähr einem halben Jahr wieder mit ihnen in Verbindung setzen werde.«

1

Der Wagen hüpfte, als Maggie Marino durch ein weiteres Schlagloch fuhr. Die schmale Straße schlängelte sich zwischen dicht wachsenden Bäumen durch. Viel mehr würden die Stoßdämpfer des zehn Jahre alten Kombis, den sie gekauft hatte, bevor sie New York verließ, nicht überleben. Doch die verdammte Kiste mußte noch ein Weilchen halten, bevor sie auseinanderfiel, schließlich hatte Maggie all ihre weltlichen Besitztümer hineingepackt, und sie konnte nur beten, daß ihr Computer auf diesem texanischen Holperpfad keinen Schaden genommen hatte.

Byline, der stets ein wenig struppig wirkende Kater, der sie vor einem Jahr adoptiert hatte, gab in seiner Kiste ein jämmerliches Maunzen von sich.

»Halt durch, alter Junge«, sagte sie zu ihm. »Es kann nicht mehr lange dauern. Der Rechtsanwalt hat gesagt, von der Abzweigung bei Big Buck's seien es nur noch knapp zweieinhalb Meilen.« Sie schaute schnell auf den Kilometerzähler und zuckte mit den Schultern, als ihr einfiel, daß der ja schon in Arkansas den Geist aufgegeben hatte.

Zusätzlich zu den Anweisungen, wie sie zu fahren hatte, hatte der Anwalt ihr auch noch seine gutgemeinten Warnungen mit auf den Weg gegeben. Das kleine Haus ihres Onkels am Fluß läge ausgesprochen einsam, hatte er erzählt, doch das hatte Maggie nicht gestört. Ohne Job, ohne großartige Zukunftsaussichten und mit einem stetig zur Neige gehenden Guthaben auf der Bank konnte sie es sich nicht leisten, wählerisch zu sein. Und egal, was sie hier vorfand, es konnte nur besser sein als diese bedrohlichen Telefonanrufe und die Angriffe auf ihr Leben. Hier würde sie niemand finden. Denn schließlich hatte nicht einmal sie selbst bis vor zwei Wochen gewußt, daß sie einen Onkel hatte, der Silas hieß. Oder besser, einen Onkel gehabt hatte.

Der mit Schlaglöchern übersäte Weg endete in einer Lichtung. Die Bäume ringsum zeigten frisches Frühlingsgrün. Es war ein lieblicher Anblick, und Maggie war unsagbar erleichtert, daß sie endlich ihre Zuflucht erreicht hatte. Nun konnte sie endlich die Anspannung der letzten Wochen vergessen.

Doch als Maggie anhielt und sich genauer umschaute, verblaßte ihr Lächeln. Verzweiflung griff nach ihrem Herzen, und ihr wurde übel.

Wo einmal das Häuschen gestanden haben mußte, ragten nun nur noch ein geschwärzter Kamin und verkohlte Balken empor. Am liebsten hätte Maggie geheult. Sie hatte seit zwanzig Jahren keine Tränen mehr vergossen, und sie würde nicht ausgerechnet jetzt wieder anfangen zu weinen. Sie war ein Stehaufmännchen, und sie hatte schon schlimmere Situationen als diese erlebt.

Byline maunzte wieder.

»Verdammt noch mal, warte noch eine Minute«, sagte sie zu dem Kater. Sie stieg aus, ging um den Wagen herum und öffnete die Beifahrertür, dann machte sie das Katzenkörbchen auf. Byline fauchte, dann schoß etwas Graues wie ein Blitz an Maggie vorbei und verschwand im Unterholz.

»Glaub bloß nicht, daß ich dir nachtrauere, wenn du dich verirrst!« rief sie ihm hinterher.

Sie kickte eine leere Bierdose weg und betrachtete dann, die Hände in die Hüften gestemmt, die traurigen Überreste des Häuschens etwas genauer. Sie entdeckte die geschwärzten Überreste eines Kühlschranks, andere Gegenstände waren weniger leicht zu identifizieren. Ein schäbiger Holzschuppen, in dem ein flaches Boot mit dem Kiel nach oben lag, hatte das Feuer unversehrt überstanden, aber er war an einer Seite ganz offen. Mit Sicherheit konnte sie diesen Schuppen nicht als Unterkunft benutzen.

Sie blickte zum Himmel hoch und seufzte. »Und was hast du dir sonst noch für mich ausgedacht?« rief sie aus.

Lautes Donnergrollen gab ihr die Antwort.

Maggie betrat zögernd das Big Buck's, jenes Etablissement, das an der Abzweigung zu der Hütte lag und nicht gerade wie ein Haus mit besonders gutem Ruf wirkte. Bier, Angelzubehör und Betten gäbe es hier, hatte ein Schild draußen an der Tür verkündet.

Ihre Turnschuhe waren schlammbedeckt, ihre Jeans und ihre Bluse triefend naß. Das Haar klebte ihr am Kopf, und ihre Arme zierten frische Kratzer, die ihr Kater dort hinterlassen hatte.

Der lange Raum, den sie betreten hatte, hatte einen Holzfußboden und vom Alter braungefärbte Wände aus Kiefernholz, an denen willkürlich verteilt Geweihe und Neonlichter hingen. Eine Bar erstreckte sich über die eine Hälfte der hinteren Wand; davor standen einige Tische, die mit rotkarierten Plastiktischtüchern bedeckt waren. Eine Tanzfläche und ein nun leeres Podium für die Band nahmen rund ein Drittel des restlichen Raums ein. Es roch nach abgestandenem Tabaksqualm und Politur.

Maggie hatte geglaubt, daß sie allein wäre, bis sie das leise Klicken von Billardkugeln hörte.

Sie schaute in die Richtung, aus der das Geräusch kam. Sie entdeckte einen großen Mann, der über einen Billardtisch gebeugt stand, das Queue in den Händen, und sich auf einen Stoß konzentrierte.

Sie hatte schon immer eine ausgeprägte Schwäche für knackige Männerpos gehabt, und dieser Mann hier hatte einen besonders hübschen. Sie riskierte einen weiteren Blick und stellte fest, daß dies bei weitem der knackigste Po war, den sie je gesehen hatte.

Doch dann versuchte sie, diese Gedanken zu verscheuchen, und räusperte sich. »Entschuldigen Sie«, sagte sie, während sie näher kam.

Der Mann führte den Stoß aus, dann richtete er sich auf. Er drehte sich um, stützte sich auf sein Queue und sah sie an. Maggie verschluckte fast ihren Kaugummi. Einem Mann, der soviel Sex ausstrahlte, war sie in den fünfunddreißig Jahren, zwei Monaten und vier Tagen, die sie nun schon auf dieser Erde war, noch nie begegnet. Er hatte breite Schultern, eine schmale Taille, und er war sicherlich mindestens einsneunzig groß.

Da sie selbst nicht gerade ein Zwerg war, fand sie so große Männer einfach himmlisch.

Sein dichtes, mit feinen silbernen Streifen durchzogenes Haar wirkte ein wenig zerzaust und reichte ihm bis zum Kragen seiner Jeansweste. Auf den Wangen zeigte sich ein Drei-Tage-Bart. Auf dem Oberarm hatte er eine Tätowierung, die jedoch zum Teil von dem Ärmel seines Shirts verdeckt wurde.

Er war wirklich ausgesprochen sexy, aber wirkte auch, wie Maggie fand, leicht bedrohlich. Die Blicke seiner Augen, die im Kontrast zu seiner tief gebräunten Haut wohl noch grüner wirkten, als sie es waren, schienen sie zu durchbohren. Maggie, die sich unter diesem Blick unbehaglich zu fühlen begann, versuchte, sich auf etwas anderes zu konzentrieren. Ihr Blick wanderte zu dem olivgrünen T-Shirt, das er unter der verwaschenen Weste trug, und blieb an einem kleinen Loch hängen, als sei dies plötzlich das Faszinierendste auf der ganzen Welt.

Plötzlich merkte sie, daß er etwas zu ihr gesagt haben mußte. »Wie bitte?« fragte sie entschuldigend und richtete den Blick wieder auf sein Gesicht. Und dann verschluckte sie doch noch ihren Kaugummi.

Der Mann lächelte sie an. Und was für ein Lächeln es war! Unglaublich. Er hatte perfekte weiße Zähne, und seine Wangen zeigten zwei tiefe Grübchen.

»Ich hatte gerade zu mir selbst gesagt: ›Nun sieh mal einer an, was uns die Katze hier hereingeschleppt hat!‹«, erwiderte er, und Maggie lauschte fasziniert dem tiefen Klang seiner Stimme.

Als ihr plötzlich bewußt wurde, wie gräßlich sie aussehen mußte, fuhr sie sich unwillkürlich mit der Hand durch das nasse Haar. »Nun, meine Katze hat tatsächlich ein Problem verursacht, aber *ich* war diejenige, die *sie* weggeschleppt hat!« antwortete sie. »Sind Sie Big Buck?« wollte sie dann wissen. »Ich brauche ein paar Informationen.«

»Nein. Buck ist in der Küche. Ich werde ihn holen. Und ich

werde gleich auch noch ein Handtuch für Sie besorgen.« Er nahm schnell noch einen tiefen Schluck aus seiner Bierflasche, dann verschwand er durch eine Tür neben der Bar.

Bewundernd schaute Maggie ihm hinterher. Er war noch attraktiver als Tom Selleck und Sam Elliot zusammen. Verwundert fragte sie sich, was er an einem so gottverlassenen Ort wohl machen mochte, und hoffte, daß sein IQ nicht in umgekehrtem Verhältnis zu seinem fabelhaften Aussehen stand.

Als ihr Magen plötzlich knurrte, wurde sie daran erinnert, wie hungrig sie war. Es war schon ein paar Stunden her, daß es Mittag gewesen war, und sie hatte das Mittagessen ausfallen lassen.

Die Tür neben der Bar öffnete sich wieder, und ein anderer Mann kam herein. Sein graues Haar stand ihm vom Kopf ab, und er trug eine weiße Schürze, deren Bänder er vor dem Bauch verknotet hatte. Er war kräftig gebaut, nicht ganz so groß wie der andere Mann, der Billard gespielt hatte, aber was ihm an der Länge fehlte, machte er durch den Umfang wieder wett. Er lächelte Maggie freundlich an, und als er auf sie zukam, merkte sie, daß er leicht hinkte.

»Shade sagte mir, daß Sie das hier brauchen würden«, meinte er und reichte ihr ein Handtuch. »Ich bin Buck, Buck Faulkner. Shade sagte auch, daß Sie ein paar Informationen haben wollten.«

»Ja. Ich bin Maggie Marino.« Sie wischte sich mit dem Handtuch das nasse Gesicht und die Arme ab, dann begann sie, ihr Haar zu rubbeln. »Silas O'Connell war mein Onkel«, erzählte sie. »Und ich habe seinen Besitz geerbt. Aber es scheint, daß das Häuschen abgebrannt ist.«

In diesem Augenblick kam auch Shade wieder zurück. Er setzte sich auf eine Stuhllehne und stützte sich dabei mit dem Queue ab. Ein Hund mit traurigen Augen, den Maggie bis dahin völlig übersehen hatte, kam unter dem Billardtisch hervor, durchquerte den Raum und ließ sich dann zu Shades Füßen nieder.

»Ja«, meinte Buck. »Ist letzten Samstag passiert.«

Maggies Blick wurde unwillkürlich von den schlanken Händen angezogen, die sich um den Billardstock geschlossen hatten. Sie waren lang und schmal und wirkten sehr gepflegt. Ihr Blick ging ein Stückchen weiter, zu den kräftigen Oberschenkeln des Fremden, die hauteng von der Jeans umschlossen waren, wanderte höher ...

Als ihr bewußt wurde, wohin ihr Blick beinahe gegangen wäre, schaute Maggie schnell weg. Verstohlen sah sie dann in Shades Gesicht. In seinen Augen blitzte es amüsiert auf, und sie schwor sich, daß sie diesen Billardstock auf seinem Kopf zerbrechen würde, falls er es wagen sollte zu lachen.

Sie wandte ihre Aufmerksamkeit wieder Buck zu. »Was hatten Sie gerade gesagt?« wollte sie wissen.

So laut, als ob er glaubte, daß sie nicht richtig hören könnte, antwortete er: »Silas' Hütte ist letzten Samstag abgebrannt. Müssen ein paar von diesen Kids gewesen sein, die ständig nur Unsinn machen. Als wir das Feuer bemerkten, war es schon zu spät, um etwas zu retten. Ist alles bis auf den Grund abgebrannt.«

Wider alle Vernunft hatte Maggie bis jetzt noch gehofft, daß sie vorhin vielleicht vor dem falschen Haus gestanden hatte, daß die Hütte ihres Onkels, ihre einzige Zuflucht, noch intakt wäre. Sie seufzte tief auf. »Ich hatte schon befürchtet, daß Sie mir so etwas Ähnliches erzählen würden.«

»Tut mir leid, daß Ihr Onkel nicht mehr lebt«, fuhr Buck fort. »Obwohl es auch schon wieder eine Weile her ist, daß er gestorben ist. Letzten Sommer. Ich wußte gar nicht, daß er noch Verwandte hat. Obwohl ich mich schwach dran erinnere, daß er mal eine Schwester erwähnt hat. Müssen aber im Streit auseinandergegangen sein.«

»Das war meine Mutter«, erklärte Maggie. »Sie starb, als ich erst zehn war, und ich wußte überhaupt nicht, daß ich einen Onkel hatte. Der Anwalt hat mich erst vor zehn Tagen ausfindig gemacht.«

»Sie hören sich nicht so an, als ob sie hier aus der Gegend wären«, stellte Buck fest.

Maggie lachte. »Nein. Bin ich auch nicht. Ich bin aus New York.«

»Aus New York? Mann, verdammt! Da sind Sie aber ein schönes Stückchen von zu Hause fort!«

»Das können Sie laut sagen! Mister, kann ich hier irgendwo ein Zimmer und etwas zu essen bekommen? Für nicht allzu viel Geld?« fragte Maggie.

»Dort draußen sind vier leere Hütten, und das Abendessen ist in ein paar Minuten fertig. Ohne Essen kostet die Hütte zwanzig Dollar die Nacht, mit Verpflegung dreißig.«

Im Geiste überschlug Maggie, wieviel Geld sie noch hatte. Sie runzelte die Stirn und biß sich auf die Lippe. Der Preis war wirklich anständig, aber sie mußte verdammt sparsam mit ihrem Geld haushalten, denn viel war nicht mehr übrig. Sie hatte fast alle ihre Ersparnisse aufgebraucht, als sie sich im vergangenen Jahr eine Eigentumswohnung gekauft hatte, und wenn sie nicht das Riesenglück gehabt hätte, einen Mieter für die Wohnung zu finden, bevor sie New York verlassen hatte, dann hätte sie nicht einmal mehr die Raten für die Wohnung bezahlen können, denn seit ihr Chefredakteur sie im vergangenen Monat rausgeschmissen hatte, hatte sie keinen Penny mehr verdient.

Zwar hatte sie nicht viel für den Kombi bezahlt – schließlich war er ja fast schrottreif –, aber zweimal war er ihr unterwegs liegengeblieben, in Tennessee und dann in Mississippi, und die Reparaturen sowie die zusätzlichen Übernachtungen in Motels hatten ein großes Loch in ihre sowieso nicht üppige Barschaft gerissen.

Hätte sie in dem Häuschen ihres Onkels wohnen können und nur für das zahlen müssen, was sie fürs Essen und sonst zum Leben brauchte, wäre sie sicher über die Runden gekommen, bis sie ihre Story geschrieben hätte, aber so . . .

Shade schnüffelte plötzlich. »Buck, meinst du nicht auch, daß ein komischer Geruch aus der Küche kommt?« fragte er.

»Die Kartoffeln!« Buck sprang auf und rannte dann mit erstaunlicher Geschwindigkeit in die Küche. »Wenn diese verdammten Dinger schon wieder angebrannt sind, dann . . .«

Shade lachte. »Buck ist alles andere als ein begnadeter Koch«, meinte er. »Normalerweise kümmert sich Sybil, seine Frau, um die Küche, aber im Moment ist sie in Shrevenport, um ihrer Tochter zu helfen, die gerade ihr erstes Baby bekommen hat. – Möchten Sie gern ein Bier?« fügte er dann hinzu.

»Ich würde alles dafür geben«, antwortete Maggie mit einem Seufzer und ließ sich auf einen Stuhl sinken. Sie stützte das Kinn in die Hände und versuchte, nachzudenken, ohne sich davon ablenken zu lassen, wie unangenehm ihre feuchten Kleider sich auf der Haut anfühlten. Wie sollte sie sich entscheiden? Sie brauchte dringend eine Unterkunft, und verhungern wollte sie schließlich auch nicht, aber selbst bei nur dreißig Dollar am Tag würde ihr Geld nicht lange reichen, sofern sie keinen Job fand.

»Hier, bitte!« Shade hielt ihr eine Flasche Bier hin, doch er ließ sie nicht gleich los, als Maggie danach griff, und ihre Finger berührten sich. »Kummer?« fragte er.

Das Mitgefühl, das in seiner tiefen, angenehmen Stimme mitschwang, und die kaum wahrnehmbare Zärtlichkeit in seiner Berührung bewirkten, daß Maggie plötzlich die Tränen kamen. Dummes Weib, beschimpfte sie sich selbst und versuchte, die Tränen wegzuzwinkern. Maggie Marino weinte nicht, und schon gar nicht, wenn das Leben wieder mal ein bißchen rauh mit ihr umsprang, dafür war sie viel zu zäh und abgehärtet!

»Danke«, sagte sie zu Shade. »Es ist nichts, womit ich nicht fertig würde.«

Dann nahm sie einen tiefen Schluck aus der Flasche und genoß das Gefühl, das kühle Bier durch die Kehle rinnen zu lassen. Sie konnte mit allem fertig werden, was das Leben als Überraschung für sie bereithielt. Hatte sie es nicht auch geschafft, ganz allein auf sich selbst gestellt zu überleben, seit sie fünfzehn war?

Sie blickte auf und wollte Shade auch genau das sagen, aber irgend etwas in dem Blick seiner grünen Augen verschloß ihr die Lippen. Dabei war sie doch sonst nie von Hemmungen geplagt, wenn sie etwas sagen wollte, und sie war gefürchtet wegen ihrer Scharfzüngigkeit.

Doch in diesem Augenblick hatte sie das unvernünftige Verlangen gepackt, sich in seine starken Arme zu werfen und sich all ihren Kummer von der Seele zu weinen.

Dieses Verlangen gefiel Maggie nicht, es gefiel ihr ganz und gar nicht!

Sie wandte den Blick von Shade ab, denn dieser Mann machte sie unruhig, und sie trank noch einen Schluck Bier. Dann drehte sie die Flasche in der Hand, tat so, als konzentrierte sie sich ganz auf das, was auf dem Etikett geschrieben stand.

Sie hörte, wie sein Stuhl über den hölzernen Boden kratzte. »Haben Sie vor, länger hier zu bleiben?« wollte er wissen. Er hatte seinen Stuhl so gerückt, daß er nun genau vor ihr saß.

Maggie schaute nicht auf. Sie wagte es einfach nicht. »Da das Haus meines Onkels nicht mehr steht, muß ich wohl neue Pläne machen«, erwiderte sie mit einem Schulterzucken. »Ich muß erst noch einmal mit dem Anwalt sprechen, bevor ich mich entscheide.«

»Noch mal Glück mit den Kartoffeln gehabt«, sagte Buck, der in diesem Moment zurückkam und sich wieder zu ihnen setzte. »Wenn man genug Soße drüber tut, merkt man überhaupt nichts.«

»Können Sie kochen?« fragte Shade Maggie unvermittelt.

»Natürlich kann ich das«, erwiderte sie. Hatte sie nicht neun elende Monate lang in diesem billigen Blatt, für das sie nach ihrem Collegeabschluß gearbeitet hatte, die Seite mit den Kochrezepten betreut?

»Buck hat nämlich schon versucht, jemanden als Koch einzustellen«, fuhr Shade fort.

»Habe ich das?« meinte Buck, doch dann räusperte er sich. »Ich meine, natürlich habe ich das versucht.«

»Buck und ich können nämlich nicht besonders gut kochen«, erklärte Shade. »Und wenn wir jemanden finden könnten, dann würde er als Gegenleistung sicherlich eine Hütte zur

Verfügung gestellt bekommen. Essen inklusive, nicht wahr, Buck?«

»Natürlich würde er das«, versicherte Buck. »Wären Sie vielleicht interessiert, kleine Lady?«

»Ich heiße Maggie!« sagte sie mit leichter Schärfe.

»Es wäre allerdings nur vorübergehend, Miss Maggie«, fuhr Buck fort. »Ein paar Wochen nur, bis Sybil wieder zurückkommt.«

Sie sah ihn forschend an. »Meinen Sie das ernst?« wollte sie wissen.

»Sonst hätte ich Ihnen das Angebot sicher nicht gemacht«, erwiderte Buck.

»Und was müßte ich alles machen?«

»Dreimal am Tag eine vernünftige Mahlzeit servieren, fünfmal die Woche«, erwiderte er. »An den Wochenenden habe ich eine Extrakraft, denn dann geht's hier ziemlich hoch her. Während der Woche sind meistens nur Shade und ich zum Essen hier, manchmal allerdings kommen ein paar Angler oder so zum Abendessen vorbei und vielleicht ein oder zwei andere Kunden. Mittags gibt's nie etwas Besonderes – normalerweise begnügen wir uns dann mit einer guten Suppe und Sandwiches. Am Abend wird allerdings richtig gegessen. Und die Einkäufe müßten Sie auch selbst erledigen. Ich hasse es, diese Wagen durch die Geschäfte zu schieben.«

Maggie dachte über dieses Angebot nach. Es war schon ein wenig seltsam, wenn eine Frau, die als Reporterin für eine der größten Zeitschriften New Yorks gearbeitet hatte, nun einen Job als Köchin übernahm, aber ihr erschien es in diesem Moment wie die Antwort auf all ihre Gebete. Sie war in einer verzweifelten Situation.

Aber auch wiederum nicht so verzweifelt, daß sie blindlings das erstbeste Angebot angenommen hätte.

»Morgens arbeite ich nicht«, erklärte sie.

»Wie bitte?« Buck runzelte die Stirn.

Shade lachte, und dieses Lachen machte Maggie atemlos. »Ich denke schon, daß Buck und ich mit dem Frühstück allein fertig werden können, nicht, Buck?« meinte er.

Der ältere Mann kratzte sich den Kopf. »Denke schon«, brummte er vor sich hin.

»Dann nehme ich Ihr Angebot gerne an, Mister Faulkner«, sagte Maggie und hielt ihm die Hand hin.

»Nennen Sie mich ruhig Buck«, erwiderte er, während er ihre Hand nahm und schüttelte. »Shade, warum hilfst du der Lady nicht, ihre Sachen in Nummer Zwei zu bringen?« Er holte einen Schlüssel von einem Brett hinter der Bar und reichte ihn Maggie. »Während Sie sich einrichten, mache ich schnell das Abendessen fertig.«

»Danke, aber ich brauche keine Hilfe«, erklärte Maggie fest. »Übrigens, ich habe eine Katze.«

Buck zuckte mit den Schultern. »Kein Problem. Wir haben genug Mäuse.«

Aus dem heftigen Regen war ein feines Nieseln geworden. Maggie fuhr ihren Wagen nach hinten, wo sich die Hütten befanden, und parkte ihn vor der zweiten. Mißtrauisch betrachtete sie die einfachen Häuschen. Das Plaza war das wirklich nicht, aber sie würde schon dankbar sein, wenn sie ein weiches Bett hatte und saubere Bettwäsche. Der liebevoll mit Geranien bepflanzte Blumenkübel vor der Eingangstür gab ihr wieder ein bißchen Hoffnung.

Maggie schloß den Kofferraum auf und nahm in jede Hand einen Koffer. Als sie sich umdrehte und in die Hütte gehen wollte, prallte sie mit jemandem zusammen. Sie stieß einen Schrei aus und ließ die Koffer fallen, dann legte sie eine Hand auf ihr Herz, als müßte sie es schützen.

Shade hielt sie an den Schultern fest. »Sind Sie in Ordnung?« wollte er wissen.

»Sie haben mich zu Tode erschreckt!« rief sie.

Er lachte. »Ich finde, Sie sehen aber immer noch ganz lebendig aus«, erwiderte er. Dann schaute er sie an. »Sagen Sie, Miss Maggie, wie groß sind Sie eigentlich?«

Sie erwiderte seinen Blick und schob ihr Kinn leicht vor. »Ich will nicht, daß Sie mich Miss Maggie nennen«, sagte sie.

»Entweder Maggie oder Mrs. Marino, bitte. Und auch, wenn es Sie nichts angeht: Ich bin einsachtundsiebzig.« Beinahe hätte sie so patzig, wie sie das als Teenager oft gemacht hatte, hinzugefügt: ›Wollen Sie sonst noch was von mir?‹, aber irgend etwas in seinem Blick ließ sie die Worte nicht aussprechen. Statt dessen ertappte sie sich dabei, wie sie ganz fasziniert sein dichtes dunkles Haar betrachtete, in dem feine Wassertröpfchen wie Diamanten glitzerten.

In seinen Augenwinkeln erschienen kleine Lachfältchen. »Zwerg!« meinte er nur. »Selbst meine Mutter ist größer als Sie. Um einen Zentimeter«, fügte er mit einem Grinsen hinzu, dann nahm er die Koffer, die sie hatte fallen lassen. »Warum schließen Sie nicht schon mal die Tür auf? Dann kann ich die Koffer reinbringen.«

Sie nahm schnell noch eine große Tasche aus dem vollgepackten Wagen und lief dann zur Tür der Hütte. Als sie die Tür öffnete und das Licht anmachte, hatte sie sich im Geiste schon auf das Schlimmste eingestellt, aber sie wurde angenehm überrascht.

Zwar war der große Raum nur einfach eingerichtet, aber er strahlte dennoch Behaglichkeit und Wärme aus. Ein Patchwork-Quilt bedeckte das große Bett, das vor eine der Wände gerückt war. Passend dazu gab es noch ein Nachttischchen und einen Eichenkleiderschrank. In einer Ecke standen eine Couch und ein Sessel sowie ein kleiner Tisch. Das Badezimmer war von dem großen Raum abgeteilt, und die Nische, die so entstanden war, diente als Küche. Hier gab es auch einen Eßtisch mit vier Stühlen.

»Wo soll ich das hinstellen?« fragte Shade, der gerade mit einer großen Kiste in den Raum gekommen war.

»Vorsicht, da drin ist mein Computer!« rief Maggie. »Stellen Sie ihn einfach irgendwo ab. Ich packe ihn dann später aus.«

»Wofür brauchen Sie denn hier einen Computer?« wollte er wissen.

Sie zögerte einen Moment, weil sie überlegte, wieviel von der Wahrheit sie ihm preisgeben wollte. Soviel, daß er nicht mißtrauisch wird, entschied sie, das konnte sie riskieren. Denn schließlich war es ziemlich unwahrscheinlich, daß jemand, der hier im hintersten Winkel von Texas lebte, Verbindungen nach New York hatte.

»Ich schreibe«, erwiderte sie.

»Was denn?« fragte er prompt und runzelte dabei die Stirn.

Sie hörte aus seinem Tonfall heraus, daß er ihr nicht ganz glaubte, und so sagte sie vorsichtig: »Ich . . . ich schreibe einen Roman. So etwas wie einen Krimi.«

Sein Gesicht entspannte sich wieder. »Hört sich interessant an«, meinte er. »Haben Sie schon etwas veröffentlicht?«

»Nein, das ist mein erstes Buch«, antwortete sie und schämte sich ihrer Lüge.

Shade lächelte. »Ich freue mich schon darauf, ein Exemplar davon zu kaufen!«

Maggie schämte sich noch ein bißchen mehr.

Es dauerte nicht lange, bis sie den Kombi ausgeladen und alle Besitztümer Maggies in der Hütte verstaut hatten, auch ihre Notizen und die ganzen Tonbänder, die so brisant waren, daß ihre Feinde nicht davor zurückgeschreckt hatten, sie zu bedrohen.

Byline machte sich in seinem Katzenkörbchen wieder bemerkbar, aber Maggie ignorierte ihn. Sie griff nach ihrem Portemonnaie und nahm eine 5-Dollar-Note heraus, die sie Shade reichte, während sie sich für seine Hilfe bedankte.

Er betrachtete Maggie amüsiert, dann schüttelte er den Kopf. »Es war mir ein Vergnügen, meiner neuen Nachbarin zu helfen«, sagte er.

»Dann arbeiten Sie gar nicht hier?« fragte sie erstaunt.

»Nein, ich bin als Gast hier. Ich wohne nebenan in Nummer Eins.«

»Ach. Dann machen Sie also Ferien hier?«

Shade zuckte mit den Schultern. »Ja, so könnte man es nennen«, erwiderte er.

Bylines Protest wurde lauter, so daß Maggie sich erbarmte und ihn herausließ. Wie eine pelzige Kugel schoß der Kater an ihr vorbei und unter das Bett.

»Blöde Katze!« schimpfe Maggie, als sie sich auf alle viere

niederließ, halb unter das Bett kroch und versuchte, ihn hervorzulocken. Doch der Kater fauchte nur und biß sie in den Finger. Maggie schrie auf und stieß sich den Kopf am Bettrahmen. »Undankbares Biest!« murmelte sie böse vor sich hin.

Sie robbte unter dem Bett hervor und setzte sich auf den Boden, den Kopf auf die Knie gelegt. Mit den Fingern versuchte sie zu ertasten, ob sie irgendwelchen Schaden davongetragen hatte – und prompt spürte sie, wie sich am Hinterkopf eine Beule zu bilden begann.

»Haben Sie sich verletzt?« fragte Shade und kniete sich neben sie.

Sie rappelte sich schnell auf und wandte sich von ihm ab. »Danke, mir geht's prima«, behauptete sie. Dabei ging es ihr überhaupt nicht prima. Ihr ging es miserabel. Sie war fast pleite, sie war schmutzig, sie hatte Angst – auch wenn sie sich lieber in heißem Öl hätte kochen lassen, bevor sie das jemals zugegeben hätte! –, und sie war Hunderte von Meilen entfernt von allem, was ihr lieb und vertraut war.

»Sie sehen aber gar nicht so aus, als ob es Ihnen prima ginge«, sagte Shade sanft, dann nahm er ihr Gesicht zwischen seine Hände, so daß sie ihn anschauen mußte. »Sie sehen so aus, als müßten Sie einmal in den Arm genommen und gedrückt werden.«

Maggie versteifte sich sofort und machte einen Schritt zurück. Sie kannte diesen Mann doch überhaupt nicht!

»Es ist überhaupt nichts dabei«, versicherte er ihr. »Nur eine freundschaftliche Umarmung. Ohne Hintergedanken. Jedem tut es gut, wenn er ab und zu mal in den Arm genommen wird.«

Er zog sie an sich und drückte sie. Maggie, die seine Stärke spürte, fühlte sich plötzlich bei ihm wunderbar sicher und geborgen. Es gefiel ihr, obwohl ihr Verstand ihr zuschrie, daß sie sich schnellstens aus seinen Armen lösen und ihn an den Ohren hinausbefördern sollte.

Aber ein Teil von ihr, der Teil, der nach Liebe und Zuneigung hungerte, ließ sie bei ihm bleiben, ließ sie seine Umarmung erwidern. Instinktiv wußte sie, daß sie diesem Mann vertrauen konnte. Er war wie ein mächtiger Baum, der fest in der Erde verankert war und ihr Schutz bot.

Eine ganze Weile blieb sie einfach so stehen und fühlte sich getröstet allein durch seine Kraft und Stärke. Und dann, ganz plötzlich, schien tief in ihr etwas in Bewegung zu geraten, sich zu lösen, mächtiger und mächtiger zu werden und wie ein gewaltiger Fluß alle Barrieren wegzuschwemmen, die sie um jene Gefühle gelegt hatte, die sie für Schwäche hielt. Maggie schluchzte auf.

Sie klammerte sich an diesen Fremden, der ihr Trost bot, und zum ersten Mal seit zwanzig Jahren erlaubte Maggie sich wieder zu weinen.

2

Shades Kehle wurde eng, und er spürte einen seltsamen Schmerz in der Brust, als er die schluchzende Frau in seinen Armen hielt. Er kannte sie kaum, aber er hatte dennoch den Eindruck gewonnen, daß sie keineswegs jemand war, der wegen jeder Kleinigkeit weinte. Er ahnte, daß es tiefe Verzweiflung war, die nun diese Tränen hervorbrachte, und es zerriß ihm fast das Herz.

In seinem Inneren verspürte er plötzlich den Wunsch, was auch immer sie zum Weinen gebracht hatte, zu bestrafen und zu zerstören. Doch statt dessen legte er nur seine Wange gegen ihr Haar, das nun, wo es fast wieder trocken war, die Farbe polierten Kupfers hatte. Er streichelte ihr den Rücken und sagte liebevoll: »Darling, es wird alles wieder in Ordnung kommen. So schlimm kann doch gar nichts sein.«

Es war, als ob seine Worte einen wunden Punkt hätten, denn sie versteifte sich plötzlich in seinen Armen und schob ihn dann von sich fort. »Sie haben leicht reden«, meinte sie nur.

»Und nennen Sie mich nicht ›Darling‹! Ich schätze solche Vertrautheiten nicht, und ich bin auch kein Kind, das man verhätscheln muß.«

Er ging auf ihre bissige Bemerkung nicht ein und beobachtete schweigend, wie sie sich bemühte, die Kontrolle über sich selbst zurückzugewinnen. Ihre Hände ballten sich zu Fäusten, und sie holte einmal tief Luft.

Shade legte einen Finger unter ihr Kinn und hob es an. »Falls Sie darüber reden wollen – ich bin verdammt gut im Zuhören«, bot er an.

Es blitzte kämpferisch in ihren Augen auf, die plötzlich dunkler wurden und die Farbe alten Whiskys annahmen. Heftig machte sie sich aus seinem Griff frei.

»Es gibt nichts, worüber ich reden müßte«, erwiderte sie. »Ich bin einfach nur erschöpft, und es gehört ganz und gar nicht zu meinen Angewohnheiten, mich in den Armen Fremder auszuweinen. Wenn Sie mich jetzt entschuldigen – ich würde gern duschen.«

Er konnte ein Lächeln nicht unterdrücken. Ihre Haltung imponierte ihm. »Ich bin kein Fremder«, widersprach er. »Ich bin Ihr Nachbar, und hier in der Gegend helfen Nachbarn einander.«

Sie verzog den Mund und sah Shade ärgerlich an. »Nun, und dort, wo ich herkomme, kümmern sie sich um ihre eigenen Angelegenheiten. Trotzdem danke, daß Sie mir geholfen haben, meine Sachen hereinzutragen. Ach ja, noch etwas: Machen Sie bitte die Tür hinter sich zu, wenn Sie rausgehen!«

Er zog eine Augenbraue hoch. »Jetzt spucken wir wieder Gift und Galle, nicht wahr?« Er ging zur Tür. »Das Abendessen wird auf dem Tisch stehen, wenn Sie fertig sind.«

Kopfschüttelnd ging Shade nach draußen, doch dann begann er zu lachen. Er hatte so eine Ahnung, daß die nächsten Wochen mit Mrs. Maggie Marino interessant zu werden versprachen. Selbst triefend naß und mit Schlamm an ihren Wangen war sie immer noch eine attraktive Lady.

Ihm gefiel es, wie sie das Kinn kämpferisch vorstreckte, wenn man sie provozierte, wie ihre Augen Funken sprühten.

Ihm gefielen auch die feinen Sommersprossen auf ihrer hübschen kleinen Nase, die ihrem Gesicht eine weichere Note gaben.

Aber es war nicht nur ihr Äußeres, sondern etwas an ihr, das er nicht richtig benennen konnte, was ihn fesselte und ein Interesse in ihm weckte, wie er es seit Jahren keiner Frau mehr gegenüber empfunden hatte.

Als Shade in die Küche trat, war Buck gerade damit beschäftigt, riesige Stücke Fleisch in Mehl zu wenden und dann in eine Pfanne mit heißem Fett zu werfen.

Buck sah von seiner Arbeit auf. »Könntest du mir jetzt netterweise vielleicht erklären, warum ich einen Koch brauche? Okay, ich weiß selbst, daß ich kein Genie bin, wenn's ums Kochen geht, aber wenn du an der Reihe bist, haben wir doch immer ganz gut gegessen.«

Shade lehnte sich gegen die Arbeitstheke. »Ich weiß nicht, Sarge. Irgendwas in ihren Augen hat mich angerührt.«

»In ihren Augen?« Buck schnaubte. »Ich würde eher sagen, das was in ihrer nassen Bluse steckte, hat dich weich werden lassen.«

»War ihre Bluse naß? Ist mir gar nicht aufgefallen.«

Wieder schnaubte Buck. »Du kannst mir doch keinen Bären aufbinden, Shade! Du hättest entweder blind oder tot sein müssen, um das nicht zu bemerken. Trocken und gewaschen wird sie eine Schönheit sein!«

»Aber ihre Zunge ist so scharf wie ein Rasiermesser«, erwiderte Shade und begann, den Tisch zu decken. »Ich habe den Eindruck, daß sie in einer ganz schlimmen Verfassung ist, und irgendwie glaube ich, daß sie vor etwas davongelaufen ist.«

»So wie du?«

Shade zuckte mit den Schultern. »Mag sein, Buck, ich habe ihr nicht gesagt, wie ich wirklich heiße, und ich wäre dir sehr dankbar, wenn du es ihr auch nicht verraten würdest.«

»Keine zehn Pferde würden mich dazu bringen, es ihr zu verraten«, antwortete Buck. »Ich weiß doch, daß du ›inkognito‹ hier bist!«

Shade mußte unwillkürlich lachen. Er empfand große Zuneigung für den Ex-Marine, den er kannte, seit er achtzehn war. »Ich würde ihr gern helfen – vielleicht, weil ich auf meine alten Tage plötzlich ein weiches Herz kriege! Ich bezahle dir, was ihr Aufenthalt hier kostet.«

»Nee«, sagte Buck, spießte das brutzelnde Fleisch mit einer langen Gabel auf und drehte es in der Pfanne. »Das schulde ich dem alten Silas, daß ich seiner Nichte helfe. Und wenn du mir damals nicht das Geld dafür geliehen hättest, hätte ich den Laden hier gar nicht kaufen können.«

»Und wenn du damals in Vietnam nicht meinen Hintern gerettet hättest, dann säße ich jetzt oben im Himmel und würde mit dem alten Petrus Poker spielen. Und du hättest immer zwei gesunde Beine und würdest nicht humpeln.«

»Wenn ich mich richtig erinnere, dann hast du meinen Hinterspeck auch ein paarmal gerettet«, meinte Buck brummig. »Gib mir die Platte da und geh mir dann aus dem Weg. Ich muß noch die Soße machen. Oder willst du das übernehmen?«

Shade grinste. »Die Ehre überlasse ich dir. Die Klumpen in deiner Soße werden Mrs. Marino endgültig davon überzeugen, daß wir dringend einen Koch brauchen!

Sie brauchen wirklich einen Koch, dachte Maggie, während sie an dem verkohlten Stück Fleisch herumsäbelte, das nicht nur so aussah wie Schuhleder, sondern auch so schmeckte. Die Soße war klumpig und schmeckte wie Kleister und half kein bißchen, den Geschmack der angebrannten Kartoffeln zu verbessern. Die grünen Bohnen – jedenfalls nahm Maggie an, daß es sich um grüne Bohnen handelte – waren zu einem ziemlich unidentifizierbaren Brei zusammengekocht und triefen vor Fett.

Wenn Maggie nicht kurz vorm Verhungern gewesen wäre, hätte sie das Ganze kurzerhand in den Müll gekippt, doch so zwang sie sich, wenigstens soviel zu essen, daß der schlimmste Hunger gemildert war.

»Wie wär's mit einem Stück Apfelkuchen?« fragte Buck, nachdem sie mit dem Essen fertig waren.

Shade zwinkerte Maggie zu. »Den Kuchen hat Sybil gebacken und eingefroren, bevor sie nach Shrevenport gefahren ist«, sagte er.

Maggie strahlte plötzlich. »Gern«, antwortete sie. »Das wäre himmlisch.«

Sie aß sogar zwei Stücke, und es war in der Tat ein echter Genuß.

Als sie die letzten Krümel von ihrem Teller gepickt hatte, blickte sie auf und sah, daß Shade, der seine Kaffeetasse in der Hand hielt, sie lächelnd beobachtete. Warum, zum Teufel, mußte er auf diese Weise lächeln? Es hatte eine ganz seltsame, verwirrende Wirkung auf sie.

»Was ist denn so amüsant?« fragte sie deshalb schärfer, als sie beabsichtigt hatte.

Sein Lächeln wurde ein wenig breiter. »Ich liebe es, einer Frau zuzusehen, die ihr Essen wirklich genießt.«

»Der Kuchen war auch phantastisch«, meinte sie und wandte sich Buck zu. »Meinen Sie, Ihre Frau würde mir das Rezept geben?«

Buck kratzte sich am Kopf. »Ich glaube nicht, daß sie ein Rezept hat«, erwiderte er. »Sie gibt einfach die Zutaten zusammen. So, und jetzt muß ich zusehen, daß ich alles hier vorbereite, bevor die Jungs kommen, um wie jeden Dienstag hier Domino zu spielen.« Er stand auf, nahm seinen Teller und ging damit um die Bar herum in die Küche.

»Ich helfe Ihnen gern«, bot Maggie an, als sie ihm folgte. »Ich muß mir sowieso anschauen, was an Vorräten hier ist und was ich noch besorgen muß, damit ich einen Speiseplan für die Woche aufstellen und eine Einkaufsliste machen kann. Was mögen Sie denn besonders gern?«

»Oh, ich bin nicht wählerisch«, antwortete Buck. »Ich esse eigentlich alles, außer Kutteln, Hirn und Berg-Austern. Schmeckt mir nicht besonders.«

Maggie schauderte allein bei dem Gedanken, daß sie Hirn essen müßte, und was Kutteln waren, davon hatte sie ohnehin nur eine vage Vorstellung – und selbst die gefiel ihr nicht. Von Berg-Austern hatte sie allerdings noch nie in ihrem Leben gehört, und deshalb fragte sie auch, was das wäre.

Buck wirkte plötzlich ein bißchen verlegen, Shade dagegen lachte nur. »Fragen Sie lieber nicht!« riet er ihr.

»Aber wieso?« Maggie wirkte erstaunt. »Ich meine, das ist doch ein Widerspruch in sich. Bisher dachte ich immer, Austern kommen aus dem Meer, ich habe noch nie gehört, daß sie auch von den Bergen kommen.«

Shade räusperte sich. »Berg-Austern sind Stierhoden«, erklärte er. »Manche Leute essen sie gern gebraten.«

Maggie verdrehte die Augen. »Der Himmel möge mich bestrafen, bevor ich etwas so Scheußliches koche oder gar esse!« sagte sie. Dann schaute sie sich suchend um. »Wo ist eigentlich der Mülleimer?« wollte sie wissen.

»Da drüben.« Shade zeigte auf seinen Hund, der ein Stück entfernt stand und mit dem Schwanz wedelte.

Buck kippte die Reste ihres Essens in eine große Schüssel, gab noch etwas Trockenfutter für Hunde dazu und stellte dann alles nach draußen vor die Küchentür.

»Bequem«, meinte Maggie nur. »Aber einen Geschirrspüler gibt es doch, oder?« Wieder schaute sie sich um, konnte aber keinen entdecken.

Shade zeigte auf ein Spülbecken und hielt eine kleine Plastikflasche mit grünem Inhalt hoch. »Wir machen's auf die altmodische Art. Bis jetzt haben wir uns immer abgewechselt. Wenn Buck gekocht hat, dann habe ich abgespült, und umgekehrt. Ich bin froh, daß er sie eingestellt hat – ich habe schon richtige Spülhände bekommen!«

Maggie seufzte und dachte dabei: Bin ich dafür auf die *Columbia School of Journalism* gegangen? Im Geiste setzte sie Gummihandschuhe ganz oben auf ihre Einkaufsliste.

Eine Stunde später hatten sie alles gespült, und auch ihre Einkaufsliste war fertig. Maggie war in ihre Hütte zurückgekehrt und wühlte gerade in einer ihrer Bücherkisten. Byline rieb sich an ihrem Bein, dann setzte er sich vor sie und schaute sie mit einem Blick an, der ihr verriet, daß er unbedingt nach draußen wollte.

»Du könntest dort draußen von einem Bären gefressen werden«, sagte Maggie zu ihm.

Byline schien ihr nicht zu glauben. Er ging zur Tür und wartete.

»Also gut, du stures Katzenvieh. Aber mach mir keine Vorwürfe, wenn du nicht mehr nach Hause findest!« Sie machte die Tür auf, und er schoß nach draußen und verschwand in der Dunkelheit. Byline war genauso unabhängig und widerspenstig wie sie; vielleicht ist das der Grund, dachte Maggie, daß wir so gut miteinander auskommen. Aber diese Eigenschaften hatten sie auch ihren Job gekostet.

Sie ging wieder zurück und machte sich über eine weitere Bücherkiste her, und Gott sei Dank fand sie endlich, was sie gesucht hatte: Zwei Kochbücher, die nicht so aussahen, als seien sie oft benutzt worden, und ein Heft mit Notizen, die sie sich gemacht hatte, als sie sich damals um die Seite mit den Kochrezepten hatte kümmern müssen. Mit einem tiefen Seufzer der Erleichterung betrachtete sie ihren Fund.

Denn Maggie war keine besonders gute Köchin. Zu Hause in ihrer Küche hatte ihr Herd immer geblinkt und geblitzt – weil er so gut wie nie benutzt worden war. Sie hatte sich daran gewöhnt, entweder in einem Restaurant zu essen oder sich schnell in einem Delikateßwarenladen etwas zu holen oder Tiefkühlmenüs in der Mikrowelle zu erhitzen.

Natürlich konnte sie, wenn es nicht anders ging, auch etwas Einfaches selbst zubereiten: eine Brühe oder ein Steak und Kotelett oder einen Salat, aber seit sie vor einigen Jahren von John geschieden worden war, hatte sie auf diese Fähigkeiten kaum zurückgegriffen. Während ihrer Ehe hatte John entweder selbst gekocht – er hatte sich stets als Feinschmecker bezeichnet –, ansonsten hatten die Küchendienste zu den Pflichten ihrer Haushälterin gehört. Um ihrem Mann eine Freude zu machen, hatte sie gelernt, wenigstens ein etwas anspruchsvolleres Abendessen zuzubereiten – aber der liebe Gott mochte sie davor bewahren, daß dieselben Gäste ein zweites Mal kamen!

Maggie hatte es immer vorgezogen, sich mit wichtigeren Dingen zu beschäftigen, als in der Küche über Kochtöpfen zu schwitzen – was einer der unzähligen Gründe war, daß sie und John beide zu dem Schluß gekommen waren, daß sie sich nicht zu der Art Ehefrau eignete, wie er sie sich wünschte.

Maggie hatte es auch nie besonders viel Spaß gemacht, auf Wohltätigkeitsempfängen Cocktails zu schlürfen und gepflegte Konversation zu machen. Sie war auch nicht wild darauf, in luxuriösen Gesundheitsclubs etwas für ihre Fitneß zu tun – sie blieb fit genug, wenn sie ihren Stories hinterherjagte oder wenn sie in Tree Hollow Basketball spielte mit den Kids, die wegen ihrer Probleme von zu Hause ausgerissen waren.

Sie machte sich schnell eine Tasse Kaffee, dann setzte sie sich an den Tisch und begann, die Kochbücher und ihre eigenen Rezepte und Anmerkungen dazu durchzuschauen. Suppe und Sandwiches zum Lunch. Hervorragend, in einem der Kochbücher gab es ein ganzes Kapitel über leichte Suppen zum Mittagessen und Sandwiches. Sie fand einige Rezepte, die ihr interessant erschienen und leicht zuzubereiten waren, und markierte sie mit einem Kreuzchen.

Nun brauchte sie nur noch etwas Komplizierteres zum Abendessen. Anfangen würde sie am nächsten Abend erst einmal mit dem Essen, das sie früher immer für John und ihre Freunde zubereitet hatte, damit sie sich nicht so unsicher fühlte. Sie suchte noch ein paar andere Gerichte heraus, die ihr einfach zu machen vorkamen. Und überhaupt, was sollte denn schon so schwierig beim Kochen sein? Jeder Idiot, dessen Gehirn auch nur halbwegs funktionierte, konnte doch wohl ein Rezept lesen und die Anweisungen befolgen!

Es war schon nach Mitternacht, als sie endlich ihren Speiseplan zusammengestellt und die Einkaufsliste ergänzt hatte. Sie war so müde, daß sie ihre Kleider da liegenließ, wo sie sich ausgezogen hatte, und schnell in ihr Bett schlüpfte.

Sie zog die Bettdecke bis zum Kinn hoch und erlaubte sich seit langer Zeit zum ersten Mal, sich richtig zu entspannen.

Und obwohl ihr die ganze Umgebung hier fremd war und sie außer Buck und Shade niemanden kannte, fühlte sie sich hier sicher und geborgen.

Es war jetzt zweieinhalb Monate her, daß sie behutsam begonnen hatte, Nachforschungen über das anzustellen, was in Tree Hollows vor sich ging, einer wohltätigen Einrichtung für Teenager, die schwere Probleme hatten und von zu Hause weggelaufen waren. Natürlich hatte sie geahnt, daß dort manches im argen lag, aber je mehr sie herausfand, desto mehr hatte die ganze Sache sich zu einem Alptraum entwickelt.

Maggie hatte eine besondere Beziehung zu diesem Haus, denn ihr eigenes Leben hatte damals, als sie noch ein junges Mädchen gewesen war, in Tree Hollows eine entscheidende Wende bekommen. Seit sie selbst genug verdient hatte, hatte sie nicht nur Geld für die Organisation gespendet, sondern auch viel Zeit mit den jungen Leuten verbracht, die dort Hilfe suchten.

Die Kids vertrauten ihr, hatten angefangen, ihr so manches zu erzählen. Und nachdem sie begonnen hatte, die einzelnen Geschichten zu einem größeren Bild zusammenzusetzen und erste Nachforschungen anzustellen, hatte sie erkannt, daß es einen Riesenskandal geben würde, wenn bekannt wurde, was hinter den Mauern dieser sich so respektabel gebenden Organisation passierte – es ging um Drogen und sexuellen Mißbrauch. Einige Anzeichen deuteten sogar darauf hin, daß diese Organisation benutzt wurde, um schmutziges Geld zu waschen, und falls dies der Fall war, dann gab es auch Verbindungen zur Mafia oder zu einem Drogenkartell.

Maggie hatte sich ihr Vorhaben von ihrem Chefredakteur absegnen lassen und dann mit systematischen Nachforschungen begonnen. Schnell hatte sie herausgefunden, daß einige höchst angesehene Mitglieder der New Yorker Gesellschaft in die Sache verwickelt waren – unter anderem auch der Herausgeber der Zeitschrift, für die sie arbeitete.

Doch diese Neuigkeit hatte nur dazu geführt, daß ihr Chefredakteur einige sehr geheime Gespräche mit sehr wichtigen Leuten führte, mit dem Ergebnis, daß sie zurückgepfiffen werden sollte. Doch Maggie hatte sich geweigert und war auf der Stelle gefeuert worden.

Als sie unbeirrt ihre Nachforschungen fortgesetzt hatte, hatte sie zum ersten Mal diese Anrufe bekommen, in denen man ihr unverhohlen drohte. Und als auch das nichts genützt hatte, waren die Drohungen massiver geworden und schließlich in die Tat umgesetzt worden, und Maggie hatte Angst bekommen, denn sie hatte begriffen, daß sie in ernsthafter Gefahr schwebte.

Doch nun war sie in Sicherheit. Niemand würde auf die Idee kommen, an einem solchen Ort nach Maggie Marino zu suchen. Nicht in einer Million Jahren.

Und Maggie schlief mit einem Lächeln auf den Lippen ein, denn das letzte Bild, das sie vor sich sah, war das eines Mannes mit sanften grünen Augen, der sie beruhigend in seinen Armen hielt.

Maggie erwachte voller Schrecken, als jemand heftig an ihrer Tür rüttelte. Sie schoß im Bett hoch, mit einem Herzen, das wie verrückt klopfte, und sie war bereit, alles zusammenzuschreien, als die Tür aufging und eine junge Frau mit blonden Locken hereinkam.

»Oh, tut mir leid«, sagte die junge Frau. »Ich wollte nur die Hütte saubermachen. Ich hatte gedacht, daß Sie schon wach wären.«

Maggie ließ sich in die Kissen zurücksinken. »Kommen Sie zu einer vernünftigen Zeit wieder«, meinte sie. »Zum Beispiel heute mittag!«

Das Mädchen, das nicht älter zu sein schien als achtzehn, lachte. »Geht nicht«, erwiderte es. »Ich muß um neun zu meiner Geschichtsstunde im College sein, und jetzt ist es schon kurz vor acht. Ich kann doch um Sie herum saubermachen, oder? Ich werde auch mucksmäuschenstill sein!«

Maggie murmelte etwas Zustimmendes vor sich hin, dann rollte sie sich auf den Bauch und versuchte, wieder einzuschlafen. Aber es klappte nicht. Sie war hellwach. Und daß das

Mädchen leise vor sich hinsummte, während es im Bad putzte, half auch nichts.

Also gab Maggie auf. Sie stieg aus dem Bett, zog sich schnell eine Jeans und einen blauen Baumwollsweater über, dann setzte sie das Kaffeewasser auf.

Als das Mädchen wieder aus dem Bad kam, betrachtete es Maggie mit großen Augen. »Oh, ich hoffe, ich habe Sie nicht zu sehr gestört«, sagte es.

»Nicht so schlimm!« meinte Maggie. »Allerdings bin ich ein Nachtmensch, und so früh am Morgen funktioniere ich noch nicht richtig, jedenfalls nicht, solange ich keinen Kaffee getrunken habe.«

»Ich bin Omie Nell Slack«, stellte das Mädchen sich vor. »Und ich arbeite morgens vor dem Unterricht hier und am Wochenende. Shade hat mir erzählt, daß Sie auch hier arbeiten werden. Ist er nicht der süßeste Typ, den Sie je gesehen haben?«

Maggie dachte an den dunkelhaarigen Mann, und ein Schauer lief ihr über den Rücken. ›Süß‹ wäre zwar nicht unbedingt das Wort, das sie benutzt hätte, um ihn zu beschreiben, aber offensichtlich war sie nicht das einzige weibliche Wesen, das ihn attraktiv fand.

Sie hielt dem Mädchen die Hand hin. »Und ich bin Maggie Marino, die neue Köchin.«

Omie kicherte, als sie Maggies Hand schüttelte. »Wie eine Köchin sehen Sie aber ganz bestimmt nicht aus«, meinte sie.

Maggie grinste. »Habe ich jetzt das Frauenbild unserer Feministinnen erschüttert?« fragte sie und breitete die Arme aus. »Hier, Omie, so sieht eine Köchin aus!«

Omie lachte und machte dann mit ihrer Arbeit weiter, während Maggie ihren Kaffee aufschüttete und danach versuchte, ihr widerspenstiges Haar zu bändigen. Schließlich gab sie es auf und band es einfach mit einem Tuch zusammen. Dabei fragte sie anscheinend ganz beiläufig: »Wird Shade noch lange hier Urlaub machen?«

»Urlaub? Ich weiß nicht. Keine Ahnung. Er hat nichts darüber gesagt.«

»Wie lang ist er denn schon hier?« fragte Maggie weiter.

Omie stützte sich auf ihren Staubwedel. »Das weiß ich auch nicht so genau. Er war schon hier, als ich vor vier Monaten mit dem Job angefangen habe.« Sie verdrehte die Augen. »Alle Frauen hier finden ihn absolut himmlisch. Und sooo sexy. Und seine Augen! Finden Sie nicht auch, daß einem sein Blick durch und durch geht?«

Ärgerlich auf sich selbst, daß sie das Thema überhaupt aufgebracht hatte und dem kindischen Geplapper des Mädchens zuhörte, murmelte Maggie etwas Unverständliches vor sich hin und verschwand dann im Bad.

Ein paar Minuten später sah sie ins Wohnzimmer und war erleichtert, daß Omie offensichtlich gegangen war. Sie nahm sich ihr Portemonnaie und ihre Einkaufsliste. Als sie aus der Tür trat, sagte eine tiefe Stimme: »Guten Morgen.«

Sie blickte zu der Veranda der Nachbarhütte hinüber, die nahe an ihrer eigenen stand. Shade hatte den Stuhl, in dem er saß, so weit zurückgekippt, daß er nur noch auf zwei Beinen stand, und die Füße auf das Geländer gelegt. Byline hatte es sich auf seinem Schoß bequem gemacht. Er genoß es hörbar, daß Shade ihn streichelte, denn sein Schnurren war so laut, daß es bis zu Maggie herüberklang.

»Guten Morgen«, erwiderte sie. »Ich hoffe, der Kater stört Sie nicht.«

»Überhaupt nicht.« Shade grinste. »Aber ich bin mir nicht sicher, ob Comet ihn leiden kann.«

»Comet?« Maggie sah ihn fragend an.

»Mein Hund.«

Maggie schüttelte den Kopf. »Seltsamer Name für einen Hund, der den halben Tag darüber nachzudenken scheint, ob er sich denn nun bewegen soll oder nicht.«

Shade lachte. »Oh, er kann sogar recht schnell werden, wenn es nötig ist. Er spart sich seine Energien nur für den rechten Moment auf.«

Maggie ging zu den beiden hinüber. »Ich werde Byline in meine Hütte bringen«, sagte sie und wollte schon nach dem Kater greifen, doch im letzten Moment zögerte sie. Byline hatte sich ein Plätzchen ausgesucht, wo sie, Maggie, nicht ungeniert hingreifen konnte, es sei denn, sie zog den Kater am Kopf oder am Schwanz hoch.

Shade schien ihr Dilemma begriffen zu haben, doch dieser unverschämte Mensch tat nichts, um ihr zu helfen. Er grinste nur.

»Komm runter, Byline!« befahl Maggie.

Die Katze öffnete träge ein Auge, dann schloß sie es wieder. Und rührte sich keinen Zentimeter.

Blöde Katze! dachte sie böse. »Byline, runter!« versuchte sie es noch einmal, aber mit dem gleichen Erfolg hätte sie mit der Freiheitsstatue reden können.

Shade lachte, und auch er bewegte sich nicht. »Katzen sind eigenwillige, unabhängige Wesen, nicht?« sagte er. »Mit einem Hund hat man's da schon besser, die gehorchen. Brauchen Sie Hilfe, Maggie?« fügte er dann hinzu.

Am liebsten hätte sie ihm klipp und klar gesagt, was er mit seiner Hilfe machen könnte, aber sie wollte sich nicht provozieren lassen. »Oh, ich glaube nicht«, erwiderte sie zuckersüß.

Blitzschnell schob sie eine Hand unter die Katze, was sie mit beträchtlich mehr Druck tat, als nötig gewesen wäre, und hob das Tier hoch. Shade zuckte zusammen, Maggie grinste.

»Mister, mit mir brauchen Sie diese albernen Spielchen gar nicht erst zu spielen«, sagte sie. »Ich bin schließlich nicht von gestern!«

Shade spielte den Unschuldigen und schaute Maggie erstaunt an. »Spielchen? Was für Spielchen?« fragte er. »Ich habe keine Ahnung, wovon Sie reden!«

»Schwindler!« Sie marschierte davon, die Katze unter dem Arm. »Unruhestifter!« beschimpfte sie dann den Kater, als sie ihn in ihrer Hütte auf den Boden setzte. »Frühstück steht in der Küche!«

Sie hätte sich lieber die Zunge abgebissen als zugegeben, daß ihr Herz schneller klopfte, seit sie Shade an jener Stelle, wo man einen fremden Mann normalerweise nicht berührte, berührt hatte. Doch dann schüttelte sie den Kopf. Okay, Shade mochte auf seine rauhe Art sexy wirken, aber er war sicherlich nicht ihr Typ. Sie bevorzugte Männer, die sich gewählt ausdrücken konnten. Und in ihrer jetzigen Situation fehlte es ihr gerade noch, sich Probleme mit einem Mann einzuhandeln. Sie würde Shade ganz bestimmt nicht auch noch ermutigen!

Als sie wieder nach draußen trat, ignorierte sie Shade, der leise auf seiner Gitarre spielte. Sie stieg in ihren Kombi und drehte den Zündschlüssel.

Nichts passierte.

Sie versuchte es noch einmal.

Wieder nichts. Der Motor gab nicht einmal ein schwaches Geräusch von sich.

Wütend hieb Maggie mit der Faust auf das Lenkrad. »Verdammte Schrottkiste!«

Sie trat das Gaspedal und probierte es noch einmal. Immer noch nichts. Zornig stieg sie aus und knallte die Tür zu, wobei sie äußerst erfinderisch beschrieb, was sie von diesem Auto hielt.

Plötzlich stand Shade neben ihr. »Probleme?« fragte er.

»Die Karre springt nicht an!«

»Möchten Sie, daß ich mal nachschaue?«

Sie verabscheute es, jemanden um Hilfe bitten zu müssen, und ganz besonders diesen Mann. »Verdammt, ich muß so schnell wie möglich in den nächsten Supermarkt, wenn ich das Mittagessen pünktlich auf den Tisch bringen will.«

»Kommen Sie«, forderte er sie auf. »Ich fahre Sie mit meinem Wagen. Zum Laufen ist es ein bißchen zu weit.«

Maggie zögerte immer noch.

Shade lachte. »Wir können ja einen Anstandswauwau mitnehmen.« Er pfiff so laut, daß Maggie sich unwillkürlich die Ohren zuhielt, und zum ersten Mal erlebte sie, daß ›Comet‹ seinem Namen doch alle Ehre machte, denn er kam geradezu aus dem Gebüsch geschossen. Der Hund saß zwischen ihnen auf dem Vordersitz, als sie mit Shades silberfarbenem Pick-up in die Stadt fuhren. Comet ließ die Zunge aus dem Maul hängen und machte den Eindruck, als sei er der glücklichste Hund der Welt.

Maggie jedoch war nicht glücklich. Sie ärgerte sich, daß ihr Wagen sie ausgerechnet jetzt im Stich gelassen hatte, und sie und Shade legten die zwölf Meilen lange Fahrt schweigend zurück. Lediglich Country-Musik dudelte aus dem Radio, und Comets Hecheln untermalte das Ganze.

Erst als sie auf den Parkplatz fuhren, brach Maggie das Schweigen. »Ich habe ganz vergessen, Buck zu fragen, ob er in seiner Bar zufällig auch Grand Marnier hat«, sagte sie. »Wissen Sie es vielleicht?«

Shade mußte lachen. »Ich bezweifle, daß er welchen dahat«, erwiderte er. »Bucks Kunden trinken keinen Likör, sie ziehen andere Sachen vor. Soll ich Ihnen welchen besorgen, während Sie die Lebensmittel kaufen?«

»Das wäre sehr nett von Ihnen«, antwortete sie kühl.

»Kein Problem. Ich wollte ohnehin ein paar Sachen im Eisenwarenladen kaufen, und gleich daneben ist ein Geschäft, das eine reiche Auswahl an alkoholischen Getränken hat. Wir treffen uns dann wieder hier am Wagen.«

Maggie brauchte länger fürs Einkaufen, als sie gedacht hatte, doch schließlich hatte sie alles gefunden, was auf ihrer Liste gestanden hatte – bis auf die Brunnenkresse, frisches Basilikum und ein paar andere Kleinigkeiten. Aber das war nicht schlimm, dann würde sie eben ein bißchen improvisieren.

Als sie schließlich vom Einkaufen zurück waren, war es schon nach elf, und Maggie wußte, daß sie sich beeilen mußte, wenn sie das Mittagessen pünktlich auf dem Tisch haben wollte.

»Brauchen Sie Hilfe?« erkundigte Shade sich, nachdem er die letzte Tüte hereingebracht hatte.

»Nein danke. Wenn ich koche, arbeite ich lieber allein«, erwiderte Maggie.

Shade zuckte nur mit den Schultern. »Wie Sie wollen, Buck ist im Angel-Laden, und ich werde solange noch ein bißchen Billard spielen. Rufen Sie, wenn Sie was brauchen.«

Nun verschwinde doch endlich, dachte sie nur. Ich werde

schon allein mit allem fertig. Ist doch überhaupt kein Kunststück!

Doch dann brauchte sie erst mal eine Weile, bis sie herausgefunden hatte, wie der riesige Gasherd funktionierte. Als erstes setzte sie dann sechs Eier auf, die hartgekocht werden mußten, und dann machte sie sich daran, die Einkäufe einzuräumen.

Da Maggie nicht den blassesten Schimmer hatte, wie lange man brauchte, um frische Hühnerbrühe zuzubereiten, entschloß sie sich, kein Risiko einzugehen und fertige Brühe zu nehmen. Dann nahm sie die Pilze, die sie gekauft hatte, wusch sie und schnitt sie in schmale Stücke. So, der Anfang war gemacht!

Da sie sich nicht mehr genau daran erinnerte, wie viele Zwiebeln, Möhren und wieviel Sellerie sie brauchte, wollte sie schnell in ihre Hütte laufen, um ihre Kochbücher zu holen. Dabei konnte sie auch gleich die Milch und die Cornflakes mitnehmen, die sie für sich selbst gekauft hatte. Und auch noch das Katzenfutter.

Sie blieb abrupt stehen, als sie sah, daß Comet die Pfoten auf ihr Fensterbrett gelegt hatte und wütend bellte. Innen am Fenster saß ein äußerst gelangweilt wirkender Byline, der den aufgeregten Hund schon durch seine bloße Anwesenheit zu provozieren schien.

»Sei still, Comet!« befahl Maggie, und tatsächlich hörte der Hund auf zu bellen, auch wenn er nicht allzu glücklich wirkte. Maggie hätte schwören können, daß ihr Kater zu grinsen anfing und aus lauter Bosheit den Kopf an der Fensterscheibe rieb. Comet gab ein tiefes Grollen von sich.

Doch die eigentliche Katastrophe passierte erst, als Maggie die Tür zu ihrer Hütte öffnete. Comet sprang hinein, und da der Eingang viel zu eng für sie beide war, warf er Maggie einfach um. Die Papiertüte riß, als Maggie fiel, und Katzenfutterdosen rollten über den ganzen Boden.

Und dann brach die Hölle los, als der Hund den Kater durch den Raum jagte. Maggie rappelte sich auf, brüllte dem Hund zu, stehenzubleiben, und als er das nicht tat, machte sie einen

Satz, um ihn einzufangen – und verfehlte ihn, so daß sie ein zweites Mal auf dem Boden landete.

Byline flüchtete sich in die kleine Küche, sprang von dem Tisch auf den Kühlschrank. Als Comet begriff, daß er dem Kater nicht dorthin folgen konnte, bellte er so laut, als wollte er die Toten erwecken.

»Was, zum Teufel, ist denn hier los?« rief Shade, als er in die Hütte stürzte.

Maggie richtete sich halbwegs auf und starrte ihn böse an. »Ihr verdammter Hund bemüht sich nach Kräften, meinen Kater umzubringen und mich zum Krüppel zu machen! Sorgen Sie ganz schnell dafür, daß das Vieh von hier verschwindet!«

Shade gab einen scharfen Befehl, packte Comet dann am Halsband und zog den immer noch widerstrebenden Hund aus der Hütte. »Sind Sie okay?« fragte er Maggie.

»Mir geht's hervorragend! Und nun verschwinden Sie doch endlich!« Sie begann, einige der Dosen wieder einzusammeln.

»Tut mir leid«, meinte er. »Die beiden scheinen sich wirklich nicht besonders gut zu verstehen.«

Maggie sah ihn nur entnervt an, dann scheuchte sie beide, Mann und Hund, endgültig aus der Hütte. Sie stand auf, verstaute die Milch im Kühlschrank und schaute ihren Kater böse an. »Und behaupte jetzt bloß nicht, du wärst ein kleiner Unschuldsengel!« sagte sie.

Dann schnappte sie sich ihre Kochbücher, rannte schnellstens in die Küche zurück, denn wenn sie Pech hatte, würden sie wirklich viel zu spät essen.

Sie fand einen flachen Eisentopf und gab Margarine hinein. Während das Fett schmolz, suchte sie nach einer Küchenmaschine, mit der sie das Gemüse zerkleinern konnte.

Aber es gab keine. Maggie seufzte. Okay, dann würde sie eben alles mit der Hand schnibbeln müssen! Sie war gerade dabei, den Sellerie in kleine Stücke zu schneiden, als ihr plötzlich ein komischer Geruch in die Nase stieg.

Die Margarine!

Sie rannte zum Herd und dem Topf, aus dem schwarzer

Qualm drang. Sie packte den Henkel, verbrannte sich prompt die Finger und ließ den schweren Topf fallen.

Und als ob das nicht genug wäre, gab es plötzlich einen so lauten Knall, als ob mitten in der Küche eine Kanone abgefeuert worden wäre.

Du lieber Himmel, also hatten sie sie doch gefunden! Maggie ließ sich fallen und bedeckte den Kopf mit den Händen.

»Verdammt und zugenäht, was ist denn jetzt schon wieder? Ist hier der dritte Weltkrieg ausgebrochen?« schrie Shade, als er in die Küche rannte.

»Himmel, nun ducken Sie sich doch!« rief Maggie voller Entsetzen. »Jemand hat auf mich geschossen!«

3

Doch plötzlich begann Shade laut zu lachen. »Wer hat die Schlacht denn gewonnen?« wollte er wissen. »Sie oder die Eier?«

Maggie nahm die Hände vom Kopf und wagte es, aufzublikken – genau in dem Augenblick, als ein Tropfen von der Decke und genau auf ihre Nase fiel.

»Die Eier! Verdammt noch mal. Ich hab' sie total vergessen. Was ist denn passiert?«

»Sieht so aus, als hätten Sie sie zu lange kochen lassen, so daß sie explodiert sind!« erwiderte Shade. »Keine Bange, ich habe das Gas schon abgestellt. Drei Eier sind noch im Topf. Wie viele hatten Sie vorher?«

»Sechs.«

Er hielt ihr eine Hand hin, um ihr aufzuhelfen, doch als sie seine Finger berührte, schrie sie unwillkürlich auf.

»Was ist denn los?« fragte er besorgt.

»Ich hab' mich nur verbrannt. Nichts Schlimmes!« behauptete sie.

Shade warf einen Blick auf ihre Hand, dann führte er Maggie zur Spüle und brach ein Blatt von einer Pflanze ab, die in einem Blumentopf auf dem Fensterbrett stand. »Das ist eine Aloe vera«, erklärte er, während er das fleischige Blatt aufschlitzte und den Saft auf die Brandwunden träufelte. »Sybil hat sie immer hier stehen, für den Fall, daß sich mal jemand verbrennt.«

Als er dann ihre Hand vor seinen Mund hielt und auf die Wunde blies, verschwand plötzlich der scharfe Schmerz – dafür machte etwas ganz anderes Maggie nun zu schaffen. Sie bekam eine Gänsehaut, und ein seltsames Zittern lief über ihren Körper. Überdeutlich war sie sich Shades Nähe bewußt, der Wärme, die von seinem Körper ausging, des Dufts, der ihn umgab.

Sie schaute in seine Augen. Sie waren so grün wie das Meer an einem Sommertag, und so tief, daß sie in seinem Blick hätte ertrinken können.

Shade beobachtete sie. Er erwiderte ihren Blick, und dann blies er noch einmal ganz zart auf ihre Hand, während sein Blick ihren noch immer festhielt. Sein Atem war angenehm kühl, und die ganz offen provozierende Geste ließ Maggie erneut erschauern.

Dann zog er ihre Hand an seinen Mund und hauchte einen Kuß auf jeden Finger. Unwillkürlich hielt Maggie den Atem an.

»Meine Mutter hat immer gesagt, daß es nicht mehr weh tut, wenn man die Schmerzen wegküßt«, sagte er. Seine Stimme klang tief und heiser, und Maggie kam es so vor, als flüsterte er ihr Worte der Liebe zu.

Maggie spürte, wie sie dahinschmolz, und beinahe hätte sie tief und sehnsüchtig aufgeseufzt.

»Ist das Essen schon fertig?« fragte plötzlich Buck hinter ihnen.

Maggie entriß Shade ihre Hand und trat schnell einen Schritt zurück. »Ich bin ein bißchen spät dran«, gab sie zu, »aber ich werde bestimmt nicht mehr lange brauchen.«

Buck bückte sich und hob den schweren Eisentopf auf. »Was

macht denn Sybils Maisbrot-Pfanne auf dem Boden?« fragte er erstaunt.

»Maisbrot-Pfanne?« wiederholte Maggie.

»Ja. Sybil hat sie extra nach hinten geräumt und erlaubt niemandem, irgend etwas anderes als Maisbrot darin zu machen – damit es nicht anbackt, sagt sie.«

»O je.« Maggie seufzte. »Scheint so, als hätte ich Mist gebaut. Ich wollte nämlich Gemüse darin andünsten, aber ich habe mir die Hand an dem Topf verbrannt – zum Gemüsedünsten bin ich gar nicht mehr gekommen.«

»Ist doch nichts Schlimmes passiert«, mischte Shade sich ein. »Hier unten sind die Töpfe, die Sie brauchen.« Er öffnete einen der Unterschränke. »Brauchen Sie Hilfe?«

»Nein danke, soweit habe ich alles unter Kontrolle«, behauptete Maggie. Bin ich eine gute Lügnerin geworden! fügte sie in Gedanken hinzu. Aber um nichts in der Welt hätte sie zugegeben, daß sie in der Klemme steckte. Was sie allein anfing, führte sie auch allein zu Ende. »Ihr Jungs könnt ruhig noch ein bißchen rausgehen. Ich rufe euch, wenn ich fertig bin.«

Buck, der sich den Schaden betrachtete, der durch die explodierenden Eier entstanden war, wirkte recht skeptisch; Shade schien ihr auch nicht ganz zu glauben. Aber Maggie kümmerte sich nicht mehr um die beiden. Sie scheuchte sie aus der Küche, dann machte sie sich wieder an die Arbeit.

Sie hätte allerdings nie geglaubt, daß es so lange dauern könnte, Gemüse zu putzen. Woher sollte sie auch – wo sie doch Dosensuppen tausendmal bequemer fand!

Es war fast halb zwei, als sie endlich den Parmesan auf die Zitronenschnitze streute, die auf der Suppe schwammen. Ihr war heiß, und sie blies sich eine Haarsträhne aus dem Gesicht. Die Suppe sah ein bißchen wäßrig aus, dabei hatte sie sich genau an das Rezept gehalten. Hoffentlich konnte man sie auch essen, denn sie hatte reichlich gekocht, es würde auch noch für morgen zum Lunch langen!

Auf drei kleinen Tellerchen hatte sie den Eiersalat auf Toast arrangiert. Dafür hatte sie den Toast in kleine Dreiecke geschnitten, die Kruste abgetrennt und die verbrannten Stellen abgekratzt. Als sie sich daran erinnerte, wie oft John ihr gepredigt hatte, daß auch das Auge mitaß, fügte sie ein wenig Petersilie und Kirschtomaten hinzu. Doch, dachte sie zufrieden, das sieht alles sehr appetitlich aus, als sie die Teller ins Lokal zu den hungrigen Männern trug, die schon sehnsüchtig auf das Essen warteten.

Buck runzelte die Stirn, als er seinen Teller betrachtete. Er räusperte sich. »Hm, sieht ja ganz hübsch aus – aber was ist es?« wollte er wissen. Er räusperte sich noch einmal.

Shade machte ein komisches Geräusch, so als ob er husten müßte.

»Pilzsuppe mit Zitronen- und Basilikum-Aroma«, erklärte Maggie. »Dazu habe ich einen Eiersalat mit Äpfeln und Walnüssen gemacht.«

»Hm, interessant. Mächtig interessant«, brummte Buck vor sich hin. »Ich fürchte nur, das habe ich noch nie gegessen. Wo ist denn der Eistee?«

»Eistee?«

»Hab' immer gern ein bißchen Eistee beim Essen.«

Wieder gab Shade dieses komische Geräusch von sich. »Warum trinkst du nicht einfach ein Wasser, Buck?« schlug er vor. »Ich glaube, wegen all dem vielen Tee kannst du auch nachts nur so schlecht schlafen.«

»So? Ach ja. Wenn du meinst. Wasser ist ganz bestimmt besser«, sagte Buck und lächelte Maggie dann strahlend an.

»Ich hol' das Wasser sofort«, meinte Maggie.

Als sie dann alles auf den Tisch gestellt hatte, wartete Maggie, bis die Männer die Suppe probiert hatten.

Buck zog überrascht die Augenbrauen hoch. »Schmeckt ja gar nicht so schlecht«, sagte er.

»Finde ich auch«, stimmte Shade zu.

Maggie strahlte. »Prima«, erwiderte sie. »Es ist nämlich noch reichlich da. Ihr könnt gern einen Nachschlag bekommen.«

Es war gegen drei, als Shade den Laden für das Angelzubehör betrat. Buck saß hinter der Verkaufstheke und verschlang gierig Kräcker mit Erdnußbutter. Vor ihm stand eine leere Dose, in der dem Etikett nach einmal Wiener Würstchen gewesen sein mußten.

Shade lachte. »Schon wieder hungrig?« fragte er.

Buck strich sich zufrieden den Bauch. »Schätze, daß ich an das Yankee-Essen nicht gewöhnt bin. Ganz bestimmt kriegt man damit nicht viel auf die Rippen, was?«

Maggie hatte kaum die Küche wieder auf Hochglanz gebracht, als es schon wieder Zeit war, das Abendessen vorzubereiten. Buck hatte gesagt, daß er normalerweise gegen sechs aß, und sie war fest entschlossen, das Essen pünktlich auf den Tisch zu stellen.

Als erstes stellte sie die Spargelspitzen und die in Scheiben geschnittenen Eßkastanien in den Kühlschrank, dann wusch und schleuderte sie den Romanasalat und schnitt Paprika in schmale Streifen. Die Salatsoße würde sie allerdings nicht selbst machen, sie würde fertige Marinade nehmen.

Ach ja, der Eistee. Den durfte sie nicht vergessen, auch wenn sie es als einen Stilbruch empfand, denn normalerweise pflegte sie zu ihrem Essen einen guten Chablis zu servieren. Ein paar Kerzen wollte sie auch auf den Tisch stellen.

Doch nach einem kurzen Moment des Überlegens entschied sie sich dagegen. Nein, das wäre übertrieben gewesen. Sie konnte sich Shade und Buck beim besten Willen nicht vorstellen, wie sie draußen in der Bar saßen und ihr Essen bei Kerzenlicht zu sich nahmen.

Während sie noch damit beschäftigt war, die Möhren zu kratzen, schlenderte Shade in die Küche. Er wischte sich seine Hände an einem fettigen Lappen ab. »Ich habe Ihren Wagen wieder ans Laufen gekriegt«, verkündete er. »Die Kabel, die zur Batterie führen, waren nicht mehr in Ordnung.«

Maggie krauste die Nase. »Hört sich beeindruckend an. Ist es schlimm?«

Er nahm sich eine der Möhren. »Nein, im Prinzip ist es nicht schlimm – wenn es das einzige wäre, was Ihrem Wagen fehlt. Er hat eine gründliche Überholung nötig.«

»Aber ich habe die verdammte Karre doch erst seit anderthalb Wochen!«

»Tja, dann hat man sie ganz schön übers Ohr gehauen. Die Kiste ist schrottreif.«

»Was Sie nicht sagen!« meinte Maggie.

Shade lehnte sich gegen die Arbeitstheke, hinter der sie stand, und knabberte an seiner Möhre. Maggie versuchte, sich auf ihre Arbeit zu konzentrieren, aber immer wieder wanderte ihr Blick zu Shade, als ob er einen eigenen Willen hätte. Dieser Mann hatte eindeutig etwas sehr Anziehendes an sich.

Vielleicht war sie aber auch nur von der Tätowierung auf seinem Oberarm so fasziniert, die eine Kobra darstellte und sich kunstvoll verziert um seinen Arm wand. Um die Schlange herum war eine purpurrote Blume gewunden, und das ganze Bild machte einen gefährlichen Eindruck. Paßt haargenau zu ihm, dachte Maggie.

»Woher haben Sie diese Tätowierung?« wollte Maggie wissen.

Er blickte auf die Schlange herab, als hätte er ganz vergessen, daß es sie gab. »Ich hab' sie in Saigon machen lassen.«

Der Ton seiner Stimme machte deutlich, daß er es vorziehen würde, wenn sie dieses Thema fallen ließe, aber Maggie war es schon so zu einer Angewohnheit geworden, nicht nachzulassen, wenn sie etwas wissen wollte, daß sie absichtlich den warnenden Unterton ignorierte.

»Dann waren Sie also in Vietnam?« fuhr sie fort.

»Ja.«

»Bodentruppe?«

»Marines.«

»Und wie lange waren Sie dort?«

»Zu lange.«

»Sie müssen damals noch sehr jung gewesen sein«, stellte sie fest.

Er zuckte mit den Schultern, und sie spürte, daß damit das

Thema für ihn abgeschlossen war. Sie versuchte, ihre Aufmerksamkeit wieder auf die Möhren zu richten, aber als er sich reckte und sich dann mit den Fingern über die Brust strich, folgte ihr Blick jeder seiner Bewegungen.

Plötzlich stutzte sie. Ziemlich verwaschen, so, daß man es kaum noch lesen konnte, bemerkte sie eine Aufschrift auf dem fadenscheinigen, jetzt zusätzlich noch mit Ölflecken verschmutzten Jerseyhemd, aus dem die Ärmel herausgetrennt waren. ›Harvard Rowing Team‹ – ›Ruderteam von Harvard‹ stand da.

Beinahe hätte Maggie laut gelacht. Mit seinen gut ausgebildeten Muskeln hätte er mit Sicherheit einen guten Ruderer abgegeben, aber sie konnte sich nichts anderes vorstellen, als daß er dieses Hemd in einem Secondhand-Laden erworben hatte. Schließlich war Harvard eine der besten Universitäten des Landes!

Es juckte sie, Shade ein bißchen zu provozieren. »Sagen Sie, wissen Sie eigentlich, wo Harvard ist?« fragte sie.

»Ich glaube schon, Miss Maggie«, antwortete er. »Wenn ich mich richtig erinnere, liegt Harvard irgendwo dort oben im Yankeeland in der Nähe von Boston.« Er grinste sie an und langte nach einer anderen Möhre.

Sie schlug ihn auf die Finger. »Eins zu null für Sie«, sagte sie. »Und bitte, nennen Sie mich nicht dauernd Miss Maggie. Da komme ich mir immer vor wie in ›Vom Winde verweht‹! Ich heiße Maggie. Schlicht und einfach Maggie. Ach ja, wo wir gerade bei Namen sind: Ihren kenne ich noch gar nicht. Natürlich weiß ich, daß Sie von allen Shade genannt werden, aber ich nehme an, daß das nur ein Spitzname ist. Wie heißen Sie denn wirklich?«

»Shade genügt mir vollkommen.«

Daß er so ausweichend war, stachelte nur Maggies natürliche Neugierde an. »Aber Ihre Mutter muß Ihnen doch auch einen vernünftigen Namen gegeben haben. Jeder Mensch hat schließlich mindestens einen Vor- und Nachnamen.«

»Oh, meine liebe Miss Maggie, die schlicht und einfach nur Maggie genannt werden will, zerbrechen Sie sich nicht Ihr hübsches Köpfchen darüber«, spottete er und tippte ihr mit dem Zeigefinger auf die Nase. »Was ist schon ein Name? Auch wenn wir einer Rose einen anderen Namen geben würden, so duftete sie doch immer noch süß!« Er nahm sich noch eine Möhre und schlenderte aus der Küche.

Mit zusammengezogenen Brauen starrte Buck auf seinen Teller. »Und was genau soll das da sein?« wollte er wissen.

»Das ist eine Artischocke«, erklärte Shade ihm. »Und man ißt sie so.« Er zupfte ein Blatt ab und führte es vor.

Maggie beobachtete, wie Buck es Shade nachzumachen versuchte. »Nicht schlecht«, meinte Buck schließlich. »Aber es kommt mir vor, als wäre es ein bißchen sehr viel Mühe für wenig.« Er schaute Maggie an. »Aber die Möhren schmecken. Sehen zwar auch ein bißchen komisch aus, aber es ist irgendwas Besonderes dran.«

Maggie lachte, erleichtert, daß er ihre mit Orangenmarmelade und Grand Marnier abgeschmeckte Soße zu schätzen wußte. Aber als er dann ein Lammkotelett nahm und es mit zwei Bissen verzehrt hatte, danach das zweite ebenso schnell verschlang, war sie alarmiert.

»Also, wenn das mal nicht die kleinsten Schweinekoteletts sind, die ich je in meinem Leben gesehen habe«, dröhnte Buck. »Haben Sie noch ein paar übrig?«

Wieder gab Shade einen jener ersticken Laute von sich, wie Maggie sie inzwischen bei den Mahlzeiten schon gewöhnt war, und er wagte es nicht, von seinem Teller aufzublicken.

»Warum nehmen Sie nicht meine Koteletts?« fragte Maggie. »Sie können Sie gern haben. Ich bin nach all dem Kochen nicht mehr sehr hungrig.« Schnell schob sie ihre Koteletts auf Bucks Teller.

Buck wirkte auf einmal ziemlich verlegen. »O nein, Miss Maggie, das geht doch nicht. Ich hab' eigentlich schon genug gegessen. Sybil sagt mir auch immer, daß ich so viel esse wie ein Schwein.« Er klopfte sich auf seinen wohlgenährten Bauch. »Würde mir ganz guttun, wenn ich ein bißchen abnähme.«

Doch Maggie bestand darauf, daß er ihre Koteletts aß, und danach war die Atmosphäre ein wenig gespannt. Maggie ermahnte sich im stillen, daß sie nicht vergessen durfte, die Portionen zu verdoppeln.

Aber sie war nun mal nicht an Esser mit einem so gesegneten Appetit gewöhnt. Die Leute, die sie kannte, waren stets alle auf Diät. Glücklicherweise hatte sie sich dafür entschieden, als Nachtisch einen von Sybils Kuchen zu servieren statt der Pfirsiche mit Käsecreme, die sie normalerweise nach diesem Menü auf den Tisch brachte.

Den Kuchen verputzten sie bis auf den letzten Krümel.

Als Shade später zu ihr in die Küche kam, trocknete sie ganz gedankenverloren einen Teller ab und starrte aus dem Fenster. Wie um alles in der Welt war sie bloß in diese Situation geraten?

Ohne ein Wort zu sagen, nahm Shade sich ein Küchenhandtuch und begann, ihr beim Abtrocknen zu helfen.

»Sie sehen aus, als wären Sie in Gedanken Tausende von Meilen von uns entfernt«, meinte er nach einer Weile.

»Nicht gerade Tausende, aber immerhin einige hundert«, gab Maggie zu. »Das Abendessen ist auch nicht besser als das Mittagessen gelaufen, nicht?«

»Es war ein hervorragendes Abendessen«, lobte er. »Das Problem ist nur, daß Buck an deftige Hausmannskost gewöhnt ist – und an dreimal so große Portionen. Sein Gaumen ist die feineren Genüsse nicht gewohnt.«

Nun war es der große, schlanke Mann neben ihr an der Spüle, den Maggie nachdenklich betrachtete. Sie wurde einfach nicht schlau aus ihm. »Aber Sie sind an feinere Genüsse gewöhnt?« fragte sie mißtrauisch.

Shade zuckte nur mit den Schultern. »Ich bin halt ein bißchen weiter herumgekommen als Buck. Er fühlt sich einfach wohler, wenn man ihm Roastbeef oder Hot dogs auf den Tisch stellt statt Lammkoteletts oder Eiersalat mit Äpfeln und Walnüssen.«

Maggie schöpfte neue Hoffnung. »Hot dogs?« wiederholte sie erfreut. »Ich bin ein Genie, was Hot dogs betrifft!«

Shade mußte lachen und nahm sich dann den nächsten Teller vor. »Dann zeigen Sie uns, was Sie können!«

Aber am nächsten Tag beim Mittagessen betrachtete Buck nur mißtrauisch die vier mit Sauerkraut belegten Hot dogs, die Maggie auf seinen Teller gelegt hatte, und fragte: »Und wo ist der Ketchup?«

So konnte es nicht weitergehen.

Nach diesem mißlungenen Lunch war Maggie wildentschlossen, endlich etwas zu kochen, an dem Buck nicht herummäkeln konnte, denn sie hatte das dumpfe Gefühl, daß er das Stew mit Cashewnüssen, das sie für diesen Abend geplant hatte, auch nicht besonders schätzen würde.

Was hatte Shade noch mal gesagt? Roastbeef? Okay! Maggie öffnete die riesige Tiefkühltruhe und suchte so lange, bis sie etwas Geeignetes gefunden hatte: Triumphierend holte sie schließlich ein großes Stück Fleisch heraus, das in Folie eingewickelt war und auf dem ›Chuck Roast‹ stand. Das war doch was! Und dazu würde es gebackene Kartoffeln geben. Schließlich konnte doch jeder Idiot Kartoffeln backen, oder?

Allerdings wußte Maggie nicht genau, wie lang ein solches Stück Fleisch schmoren mußte, aber sie schätzte, daß sie pro Pfund eine Stunde Garzeit ansetzen mußte. Nur – wieviel mochte das verdammte Ding wiegen?

Doch Maggie fand auch dafür eine Lösung. In eine Hand nahm sie ein 5-Pfund-Paket Zucker, in die andere das Fleisch, und sie kam zu dem Schluß, daß beides ungefähr das gleiche Gewicht haben mußte.

Nun brauchte sie nur noch einen passenden Topf, aber auch der war nach einigem Suchen gefunden. Sie gab das gefrorene Stück Fleisch hinein und stellte den Topf dann auf den Herd. Himmel, auf welche Stufe sollte sie die Flamme einstellen? Auf die höchste? Oder auf die darunter? Ach was, sie würde die höchste Stufe nehmen, das konnte bestimmt nicht schaden, wo das Fleisch doch ganz gefroren war!

So, das wäre es, dachte sie und fühlte sich stolz und zufrieden. Sie würde die Kartoffeln erst in der letzten Stunde in den Backofen geben, und während sie garten, würde sie den Broccoli zubereiten und eine Käsesoße dazu machen. Als Nachtisch würde es Eiskrem geben.

Besonders stolz fühlte Maggie sich, daß es ihr gelungen war, einen so guten Kompromiß zu finden – deftige Hausmannskost, aber doch mit Pfiff! Gutgelaunt kehrte sie in ihre Hütte zurück, um ihre Bücher und die Unterlagen für ihren Artikel auszupacken und den Computer aufzustellen.

Sie arbeitete bis Viertel vor fünf, als ihr Wecker klingelte, dann ging sie zurück in die Küche. Das Fleisch roch gut. Nachdem sie die Kartoffeln fertiggemacht und in den Backofen geschoben und den Broccoli fürs Kochen vorbereitet hatte, beschloß sie zu prüfen, ob das Fleisch schon gar war. Sie nahm den Topf vom Herd und stellte ihn auf die Arbeitsfläche.

Hm, irgendwie sah das Fleisch schon ein bißchen komisch aus. So verschrumpelt und braun. Und wesentlich kleiner war das Stück auch geworden! Mit der Gabel hielt sie das Fleisch fest und versuchte, ein Stück abzuschneiden. Verdammt!

Voller Wut schmiß sie das Messer auf den Boden, wo es unter den Tisch schlidderte, während sie alle Flüche ausstieß, an die sie sich erinnern konnte.

Und zu allem Überfluß lehnte nun auch noch dieser schreckliche Shade am Türrahmen, den Billardstock in der Hand, und fragte: »Gibt's irgendwelche Probleme?«

Maggie sah ihn böse an, dann hielt sie das Stück Fleisch mit der Gabel hoch. »Wissen Sie vielleicht zufällig, ob Roy Rogers einen neuen Sattel braucht?«

Shade warf den Kopf zurück und begann, lauthals zu lachen.

»Ich kann überhaupt nicht verstehen, was daran so verdammt komisch sein soll«, schimpfte sie. »Dieses schwarze Etwas hatte eigentlich unser Abendessen werden sollen!«

Shade stellte den Stock weg, kam in die Küche, öffnete einen der Schränke und nahm einen Topf heraus, in den er etwas Wasser gab. »Schneiden Sie schon einmal ein paar Zwiebeln klein«, befahl er.

»Was wollen Sie denn damit machen?«

Er zwinkerte ihr zu. »Meine Mutter hat uns immer gesagt, wenn das Leben euch etwas so Saures wie eine Zitrone gibt, dann macht einfach süße Limonade daraus!«

Buck probierte einen Bissen, dann breitete sich ein seliges Lächeln auf seinem Gesicht aus. »Miss Maggie, ich glaube, das ist das verdammt beste Geschnetzelte, das ich je gegessen habe. Mindestens so gut wie das von Sybil, wenn nicht sogar noch besser!«

Maggie schaute schnell zu Shade hin. »Es ist wirklich ganz prima«, sagte er und zwinkerte ihr zu.

»Was mögen Sie denn sonst noch besonders gern zum Essen?« fragte sie Buck.

»Ach, ich bin ganz verrückt nach Hühnchen mit Klößen«, erwiderte er.

»Hühnchen und Klöße?« wiederholte Maggie und hatte das Gefühl, daß das Lächeln ihr auf dem Gesicht festfror. Na wunderbar! Und wie machte man das? Laut aber sagte sie nur: »Kein Problem!« Wieder schaute sie zu Shade hin, und wieder zwinkerte er ihr zu.

Wenn sie nicht so hungrig gewesen wäre, dann hätte sie ihm jetzt ihren Teller über den Schädel gehauen. Sie hatte nicht die geringste Ahnung, wie sie Hühnchen und Klöße zubereiten sollte, und sie konnte sich auch nicht daran erinnern, daß sie in einem ihrer Kochbücher jemals ein Rezept dafür gesehen hätte.

Buck schaufelte das Essen in sich hinein, doch das hinderte ihn nicht am Reden. »Ich finde es wirklich erstaunlich«, sagte er zwischen zwei Bissen, »daß eine Lady wie Sie, die so gut kochen kann, nicht verheiratet ist.« Er blickte Shade an, dann wieder Maggie. »Sie sind doch nicht verheiratet, oder?«

»Nein.«

»Waren Sie es mal?«

»Einmal. Aber es hat nicht funktioniert.«

»Kinder?«

»Keine.« Maggie fühlte sich nicht besonders wohl dabei, so ausgefragt zu werden.

»Na, wenn das kein Zufall ist!« rief Buck fröhlich. »Shade war auch schon mal verheiratet, und bei ihm hat's auch nicht funktioniert.« Er schüttelte den Kopf. »Eine Schande ist so was schon. Himmel, ich würde nichts auf der Welt gegen meine

Frau und meine Kinder eintauschen wollen. Also, ich finde . . .«

»Wußtest du eigentlich, daß Maggie Romane schreibt?« unterbrach Shade ihn. »Sie ist gerade dabei, einen Krimi zu schreiben!«

»Was du nicht sagst! Das ist aber verteufelt interessant«, erwiderte Buck. »Ist das Ihr Beruf in New York? Krimis zu schreiben?«

»Ach, ich hab' mal ein bißchen dies, mal ein bißchen das gemacht. Sie wissen doch, wie das bei Schriftstellern so ist. Sagen Sie, Buck, stammen Sie eigentlich hier aus der Gegend?«

»Tja, ich hab' hier sozusagen Heimvorteil«, erwiderte er. »Geboren und aufgewachsen bin ich fünf Meilen von hier entfernt. Sybil auch. Sie war schon auf der High-School meine große Liebe.«

»Also haben Sie Ihr ganzes Leben hier verbracht!«

»Abgesehen von den paar Jahren, die ich in der Army war. Bei den Marines. Aber das ist auch schon wieder fast zwanzig Jahre her.«

Maggie wandte sich an Shade, der rechts neben ihr saß. »Und wie ist das bei Ihnen?« wollte sie wissen. »Haben Sie hier auch ›Heimvorteil‹?«

»Ab und zu.«

»Dann sind Sie also nicht hier geboren und aufgewachsen.«

»Nein.«

»Shade!« Buck wollte sich fast ausschütten vor Lachen. »Der ist doch ein echter Sta. . .«

»Sagten Sie nicht vorhin, daß es als Nachtisch Eiskrem geben würde?« fragte Shade und schnitt dabei seinem Freund das Wort ab.

Maggie schaute zwischen den beiden Männern hin und her. Buck wirkte verblüfft, Shades Miene dagegen verriet nicht, was er dachte. Seltsam, sagte sie zu sich selbst. Wenn das nicht ausgesprochen seltsam ist! Laut jedoch meinte sie: »Ja, es gibt Vanilleeis mit Schokoladensoße. Kennt ihr beide euch schon lange?«

»Ja«, antwortete Shade und schob seinen Stuhl zurück. »Ich helfe Ihnen, das Eis zu servieren.«

Maggie jedoch blieb sitzen. Sie war noch lange nicht fertig! »Haben Sie sich kennengelernt, als Sie beide bei den Marines waren?«

Buck war offensichtlich der Meinung, daß es an der Zeit war, die Flucht anzutreten, und so nahm er seinen Teller und verzog sich in die Küche.

Shade lachte. »Sie sind wirklich ein neugieriges kleines Ding«, stellte er fest. »Aber Sie kennen doch sicher dieses Sprichwort über Neugier, oder?«

Sie sah ihn hochmütig an. »Finden Sie es nicht ein bißchen albern, ausgerechnet mich ein ›kleines Ding‹ zu nennen?« fragte sie. »Und dieses Sprichwort, auf das Sie anspielen, das kenne ich auch, aber ich halte es lieber mit Johnson, der einmal gesagt hat, Neugier wäre ein charakteristisches Anzeichen für einen wachen Verstand.«

»Welcher Johnson? Lyndon oder Arte?« fragte er mit einem Grinsen.

»Samuel!«

In seinem Augen lag ein boshaftes Funkeln. »Der alte Sam hat vor meiner Zeit gelebt«, meinte er. »Kann ich jetzt bitte mein Eis haben?«

Maggie rührte sich nicht. »Haben Sie und Buck sich bei den Marines kennengelernt?«

»Ja.«

Nun erst stand Maggie auf und nahm die Dessertteller. »Sehen Sie«, sagte sie mit leichtem Spott, »so schwer war's doch gar nicht, oder?« Dann ging sie in die Küche.

Während sie das Eis auf den Tellern verteilte, überlegte sie sich, warum Shade so ein Geheimnis um seine Person machte. Erfahrung hatte sie gelehrt, daß Leute, die so verschlossen waren, gewöhnlich etwas zu verbergen hatten. Ihre Fragen über seine Vergangenheit waren völlig harmlos und ganz bestimmt nicht zu persönlich gewesen, und dennoch hatte er keine einzige richtig beantwortet. Immer war er ihr ausgewichen.

Und ihr war natürlich auch nicht entgangen, wie er Buck zum Schweigen gebracht hatte. Hätte er sie jedoch besser gekannt, dann wäre er ganz bestimmt ein wenig offener gewesen, denn je mehr sich jemand bemühte, etwas vor ihr zu verbergen, desto entschlossener wurde sie, nun erst recht ein paar Dinge herauszufinden. Sie liebte nichts mehr, als Geheimnisse zu lüften, Rätsel zu lösen.

Warum hatte er sich so strikt geweigert, ihr seinen richtigen Namen zu nennen? Warum war er nicht bereit, auch nur die geringste Kleinigkeit aus seiner Vergangenheit preiszugeben? Was, zum Teufel, wollte dieser Mann verbergen?

Als sie gerade mit dem Nachtisch fertig waren, betraten zwei Gäste das Lokal. Buck sprang auf und eilte hinter die Theke, während Maggie und Shade gemeinsam den Tisch abräumten und das schmutzige Geschirr in die Küche brachten. Inzwischen war es zu einer festen Routine geworden, daß sie sich die Arbeit teilten: Maggie spülte, und Shade trocknete ab.

»Ich bin Ihnen ausgesprochen dankbar dafür, daß Sie mir beim Abendessen geholfen haben«, begann Maggie. »Ohne Ihre Hilfe wäre ich hoffnungslos verloren gewesen.« Dann lächelte sie ihn an. »Wie gut sind Sie eigentlich bei Hühnchen und Klößen?«

»Ziemlich gut. Meine Mutter macht wahrscheinlich die besten Hühnchen mit Klößen, die man sich überhaupt vorstellen kann.«

»Ach ja?« Maggie versuchte, sich ihre Unkenntnis nicht anmerken zu lassen. »Und nach welchem Rezept bereitet sie das zu?«

»Nach dem, das meine Großmutter ihr gegeben hat!«

»Oh.«

Sie schwiegen eine Weile, während sie weiter den Abwasch machten. Dann probierte Maggie es noch einmal. »Hat Ihre Mutter Ihnen eigentlich das Kochen beigebracht?«

»Ja.«

»Ist das nicht ein bißchen ungewöhnlich?«

Shade zuckte nur mit den Schultern.

»Ich dachte immer, daß man den Söhnen hier beibringt, wie

man schießt und angelt und spuckt, den Mädchen dagegen, wie man kocht und näht und wäscht.«

Shade lachte. »Hier?« wiederholte er.

»Na ja, hier in Texas«, erwiderte Maggie.

»Ich hoffe, daß Sie das nie unseren Gouverneur hören lassen! Also, was das Spucken angeht, so weiß ich nicht, wie gut meine Mutter ist, aber schießen kann sie jedenfalls hervorragend. Und wie viele andere Frauen hier in Texas war meine Mutter schon lange, bevor es in Mode gekommen ist, gleichberechtigt.«

Wieder einmal stellte Maggie fest, daß Shade, ganz im Gegensatz zu Buck, völlig ohne den breiten Texas-Akzent sprach und sich auch je nachdem sehr gewählt auszudrücken wußte.

Ohne zu ahnen, was Maggie dachte, fuhr er fort: »Unsere Mutter bestand darauf, daß wir Jungs kochen und waschen und so gut mit Nadel und Faden umgehen lernten, daß wir in der Lage waren, uns selbst einen Knopf anzunähen. Wir mußten sogar unsere Hemden selbst bügeln.«

»Ich bügle immer nur Falten in alles«, gestand Maggie reumütig.

Shade grinste sie an. »Können Sie dann wenigstens spucken?«

Maggie mußte lachen. »Ganz bestimmt besser, als ich nähen kann«, antwortete sie. Und sicher besser, als ich koche, fügte sie in Gedanken hinzu. »Sie haben also Brüder?« fuhr sie dann fort.

»Ja. Zwei.«

»Schwestern?«

»Keine. Und Sie?«

Maggie schüttelte den Kopf. »Ich hatte, aber immer nur vorübergehend, einige Stiefgeschwister«, erzählte sie. »Mein Vater hat seine Familie meistens nur mit seiner Abwesenheit beehrt, und nachdem meine Mutter gestorben war, hat man mich, bis ich fünfzehn war, in mehrere Pflegefamilien gesteckt.«

»Und was passierte, als Sie fünfzehn waren?« wollte er wissen.

»Ich lief einfach weg, weil sich eine Situation ergeben hatte, die ich nicht ertragen konnte. Ich habe dann ein Jahr lang auf der Straße gelebt, komische Jobs angenommen, wann immer ich die Gelgenheit dazu bekam. Mir ging es ziemlich mies, bis ich dann Tree Hollow entdeckt habe.«

»Tree Hollow?« wiederholte er.

»Hm«, murmelte sie vor sich hin. Diesmal war sie es, die sich verschlossen wie eine Auster gab.

»Tree Hollow – der hohle Baum, das hört sich eher an wie ein Schlupfloch für Kaninchen!«

Maggie lachte. »So abwegig ist das gar nicht«, erwiderte sie. »Es ist . . . es war eine wundervolle Organisation für Kinder, die von zu Hause weggelaufen waren und schwere Probleme hatten«, erzählte sie. »Mir hat man dort geholfen, mein Leben wieder auf die Reihe zu bringen, und sie haben sich auch darum gekümmert, daß ich einen ordentlichen Schulabschluß bekam und mir begreiflich gemacht, um wieviel besser es mir gehen würde, wenn ich wenigstens noch aufs College ginge.« Maggie reichte ihm den letzten Topf und zog dann die Gummihandschuhe aus.

»Das hört sich wirklich so an, als wäre das eine gute Einrichtung.«

»Ja, das war sie auch.« *War* – nach all dem, was sie herausgefunden hatte, konnte man das für die Gegenwart nicht mehr bestätigen. Und daß man eine Organisation, die eigentlich nur Gutes tun sollte, so pervertierte, machte sie ungeheuer wütend. Und trotz all der Warnungen, die sie bekommen hatte, würde nichts sie davon abhalten können, die Mißstände in der Organisation an die Öffentlichkeit zu bringen. Dazu war sie ganz fest entschlossen, und das drückte sich auch jetzt in ihrem Gesichtsausdruck aus.

»Sie wirken ja auf einmal total angespannt«, stellte Shade fest. »Sollen wir beide einen netten kleinen Spaziergang machen?« fragte er dann.

»Einen Spaziergang?« wiederholte sie verständnislos, denn sie war in Gedanken immer noch bei den schrecklichen Dingen, die sich seit einiger Zeit in Tree Hollow ereigneten.

»Nun ja, es ist ein herrlicher Abend«, antwortete er. »Und auf mich hat es meistens eine beruhigende Wirkung, wenn ich unten am Flußufer spazierengehe. Möchten Sie es nicht auch mal versuchen?«

Wieder lächelte er jenes Lächeln, bei dem ihr die Knie schwach wurden und nachzugeben drohten. Und warum, zum Teufel, mußte er sie mit seinen herrlichen dunklen Augen so verführerisch anschauen?

Er führte sie wirklich in Versuchung. Es wäre so einfach, zusammen mit ihm dort unten am Fluß entlang spazierenzugehen und alle Gedanken an diese unglücklichen Kids einfach beiseite zu schieben. Es schien sich ja sonst auch niemand darum zu kümmern, was man mit ihnen machte.

Nein!

»Nein«, sagte sie dann auch laut. »Ich möchte mich nicht ablenken lassen. Ich muß unbedingt noch an meiner Geschichte weiterarbeiten.«

Erstaunt, weil sie so heftig geantwortet hatte, zog er die Augenbrauen hoch. »Kein Problem«, erwiderte er. »Ich hab's ja nur gut gemeint.« Dann warf er das Trockentuch hin und verließ die Küche. Comet, der treue Hund, erhob sich und folgte seinem Herrchen.

Nach einer Stunde höchst unproduktiver Arbeit erhob sich Maggie, legte ihre Notizen beiseite und reckte und streckte ihren steifen Rücken. Es war so entsetzlich ruhig draußen. Sie war die Stille nicht gewöhnt; sie war an die Geräusche der Stadt gewöhnt, an Straßenlärm, schrille Sirenen, nicht an das Zirpen der Grillen.

Aber sie wurde auch noch von einem anderen Problem geplagt, von einem viel schlimmeren. Plötzlich hatten Zweifel sie gepackt, Zweifel, ob ihr Artikel wirklich etwas bewirken würde – selbst wenn sie wen auch immer dazu überreden konnte, ihn zu veröffentlichen.

Sie hatte sehr, sehr sorgfältig recherchiert, aber sie mußte narrensichere Beweise haben, um einen Verleger – und seine

Rechtsanwälte! – davon überzeugen zu können, daß der Artikel eine Veröffentlichung und den ganzen Ärger wert war.

Sie rieb sich den Nacken, streckte die Schultern und machte ein paar gymnastische Übungen, um die Verspannungen zu lösen. Und daß sie ihr Geld als Chefköchin und Spülfrau verdienen mußte, nahm ihr einen großen Teil ihrer üblichen Energie. Gott sei Dank dauerte es nicht mehr lange bis zum Wochenende. Dann konnte sie sich endlich den ganzen Tag ohne Unterbrechungen ihren Nachforschungen und dem Schreiben widmen.

Doch bis dahin hatte sie noch ein anderes Problem zu lösen – einmal ganz abgesehen von einem bestimmten, überaus verführerischen Mann mit grünen Augen und dunklem Haar, der sich ständig in ihre Gedanken drängte: Sie hatte nicht die geringste Ahnung, wie man Hühnchen mit Klößen zubereitete.

Bis zu diesem Zeitpunkt war ihr der Mangel an kulinarischem Fachwissen nie als besonders schlimm erschienen, vor allem nicht, wenn sie daran dachte, mit welchen Problemen sie sich sonst beschäftigte, aber irgendwie schien ihr ihre Unfähigkeit, ein Essen auf den Tisch zu bringen, das jemandem wie Buck auch wirklich schmeckte, typisch zu sein für ihr Versagen auch auf anderen Gebieten.

Und dieser Gedanke erschien ihr ziemlich seltsam, denn schließlich hatte sie nicht zum erstenmal einen Job verloren. Ihr vorlautes Mundwerk, ihre Angewohnheit, stets auszusprechen, was sie dachte, und kein Blatt vor den Mund zu nehmen, hatte sie schon so manches Mal schön in die Patsche gebracht.

Vielleicht war sie aber auch nur deshalb so deprimiert, weil sie allmählich in ihre Midlife-crisis geriet, denn es war einfach nicht ihre Art, sich einer Aufgabe nicht gewachsen zu fühlen. Die alte Maggie Marino war immer zäh und kämpferisch gewesen. Und widerspenstig. Wie oft hatte ihr Ex-Mann ihr gesagt – meistens, wenn sie gerade mal wieder eins ihrer heftigen und endlosen Streitgespräche führten –, daß sie ein Mensch war, der nichts und niemanden brauchte. Stets hatte sie ihm dann zugestimmt und war auch noch stolz darauf gewesen. Sie war ihren Weg stets allein gegangen, hatte immer alles aus eigener Kraft erreicht. Sie hatte sich den Teufel um Probleme geschert und einfach weitergemacht.

Und warum fühlte sie sich ausgerechnet jetzt so niedergeschlagen? Warum wurde sie gerade jetzt von einer heftigen Melancholie gepackt? Warum, zum Teufel, fühlte sie sich ausgerechnet jetzt so einsam?

Sie war immer eine Einzelgängerin gewesen, und es hatte sie nie gestört. Sie hatte nie etwas vermißt. Vielleicht aber hatten die Drohungen, die sie erhalten hatte, sie doch mehr erschüttert, als sie geglaubt hatte. Vielleicht aber hatte sie auch einfach nur einen Anfall von Heimweh, weil ihr die Hektik und das pulsierende, aufregende Leben in der großen Stadt fehlten, weil sie sich nach all den Dingen sehnte, die ihr wirklich vertraut waren.

Vielleicht auch – ach, zum Teufel damit! Von all dieser nutzlosen Grübelei bekam sie nur Kopfschmerzen!

Nachdem sie sich noch eine Tasse Kaffee gemacht hatte, ging Maggie zur Tür, angezogen von den sanften Klängen einer Gitarre.

Sich selbst redete sie ein, daß sie nur ein bißchen frische Luft schnappen wollte. Sie ging hinaus auf die Veranda, lehnte sich gegen das Geländer und trank ihren Kaffee in kleinen Schlucken. Shade spielte leise, und ein Lächeln stahl sich auch sein Gesicht, als er Maggie bemerkte.

Verstohlen musterte er sie. Er sah, daß sie immer noch so angespannt wirkte, und nichts hätte er lieber getan, als ihr die Schultern zu massieren und einen oder zwei oder auch mehr Küsse auf ihren schlanken Hals zu hauchen.

Das Licht der Lampe, die oberhalb der Tür angebracht war, warf kleine Glanzpunkte auf ihr Haar, und es erinnerte Shade an das Flackern eines Lagerfeuers in einer dunklen, einsamen Nacht. Er wollte sich an Maggie wärmen, wollte die weiche Haut ihrer Wangen spüren, selbst wenn er sich dabei die Finger verbrannte.

Maggie Marino wurde von einem tiefen Kummer geplagt – das erkannte er, weil auch seine Seele litt.

Maggie wandte sich ihm zu. »Sie spielen sehr gut«, sagte sie leise.

»Danke. Haben Sie vielleicht einen besonderen Wunsch?«

Sie ging die wenigen Stufen hinunter und kam zu ihm hinüber auf die Veranda, wo er zurückgelehnt in seinem Stuhl saß, die Füße auf das Geländer gestellt, und setzte sich neben ihn auf den Boden.

»Es ist mir egal, was Sie spielen«, antwortete sie. »Mir gefällt alles. Aber das Lied eben kannte ich nicht. Wie heißt es?«

»Es hat noch keinen Titel. Mir ist noch keiner eingefallen.«

Erstaunt blickte sie zu ihm auf. »Sie haben es selbst geschrieben?« fragte sie.

»Ja.«

»Dann sind Sie also ein Komponist und Liedermacher?«

»Manchmal.«

»Und was machen Sie, wenn Sie nicht komponieren?« fragte sie weiter.

»Ach«, meinte er nur und lächelte sie an. War ein wenig Spott dabei? »Ich mache mal dies, und mal das! In letzter Zeit habe ich so wenig wie möglich gemacht.«

»Das hört sich nicht besonders ehrgeizig an«, stellte Maggie fest.

»Schauen Sie sich doch an, was mit Caesar passiert ist!«

Ihr Lächeln wirkte ein wenig gezwungen. »Mit welchem Caesar? Sid?«

Shade schüttelte den Kopf. »Nein, nicht Sid. Julius.« Er lachte dabei.

Dann schwiegen sie beide, während er leise eine andere Melodie spielte, aber es war ein angenehmes Schweigen. Shade beobachtete sie, wie sie in die Dunkelheit blickte, ganz in ihre Gedanken versunken, und er konnte die Traurigkeit fast greifen, die von ihr ausging. Und irgendwie spiegelte sich ihre Traurigkeit plötzlich in seinem Lied wider. Klagende, süße Töne klangen von seiner Gitarre in die Nacht.

Plötzlich schimmerten ihre Augen verdächtig feucht, und er sah, wie sie ärgerlich die Lippen zusammenpreßte.

»Möchten Sie darüber sprechen?« fragte er sanft.

Maggie schüttelte den Kopf.

»Soll ich Sie noch einmal in den Arm nehmen?«

Sie sah ihn an, und sie konnten ihre Blicke nicht voneinander wenden. Zuerst funkelten ihre Augen kämpferisch, doch dann wurde ihr Ausdruck weicher.

Maggie nickte.

Shade stellte seine Gitarre zur Seite und stand auf. »Kommen Sie zu mir«, bat er leise.

Er breitete die Arme aus, und sie stand auf und schmiegte sich hinein. Shade kam es vor, als würde sie perfekt in seine Arme passen, und er zog sie noch ein bißchen enger an sich. Eine ganze Weile lang hielt er sie so umfangen und dachte dabei, daß es ein herrliches Gefühl war, sie so nah zu spüren, und daß er sie am liebsten die ganze Nacht so halten würde, wenn sie ihn nur ließe.

Und weil er nicht wollte, daß dieser Zauber gebrochen wurde, sagte er kein Wort. Er stand einfach da, hielt sie in seinen Armen, das Kinn ganz leicht auf ihren Kopf gestützt.

Und plötzlich merkte er, wie heftig er diese Frau begehrte, doch er bemühte sich, sein Verlangen zu unterdrücken, bevor sie spürte, welche Auswirkungen es auf seinen Körper hatte. Er ahnte, daß sie sofort davonrennen würde, wenn sie auch nur den leichtesten Verdacht hätte, welche Gedanken ihm durch den Kopf gingen. So widerborstig und stachelig sie auch war, hatte sie doch etwas sehr Verletzliches an sich, was sie allerdings stets sehr sorgfältig zu verbergen trachtete. Er mußte sehr, sehr vorsichtig mit ihr sein.

»Shade?« murmelte sie an seiner Brust.

»Ja.«

»Darf ich Ihnen etwas anvertrauen, und versprechen Sie mir, daß Sie es niemandem verraten werden?«

»Natürlich.«

»Ich habe nicht die geringste Ahnung vom Kochen!«

Shade wagte es nicht zu lachen, aber es kostete ihn viel Mühe. »Hm, so etwas hatte ich mir fast schon gedacht«, meinte er schließlich.

»Dürfte ich Sie um einen Gefallen bitten?«

»Sprechen Sie ihn aus, und ich werde Ihren Wunsch erfüllen!« Zum Teufel, wenn sie ihn darum bäte, würde er sogar in den Neches River springen und versuchen, ein Krokodil mit bloßen Händen zu fangen!

»Könnten Sie mir beibringen, wie man Hühnchen mit Klößen zubereitet?«

Er grinste, als er seine Wange an ihrem weichen, seidigen Haar rieb. »Einverstanden.

Sie beugte sich ein Stück zurück, so daß sie ihm ins Gesicht schauen konnte. »Danke«, sagte sie und lächelte ihn an.

»Kein Problem«, erwiderte er. »Sie bitten andere Leute nicht sehr oft um Hilfe, nicht wahr?«

Maggie schüttelte den Kopf.

Er lächelte zärtlich. »Sie sollten es ruhig öfter probieren. Sie könnten angenehm überrascht werden!«

Er senkte den Kopf, um ihr einen freundschaftlichen Kuß zu geben, um ihren Handel zu besiegeln. Aber ihre Lippen waren so weich und einladend, so verführerisch, daß er sich einfach nicht von ihr lösen konnte. Aber auch Maggie machte keine Anstalten, diesen Kuß zu beenden.

Sie schienen wie magisch zueinander hingezogen zu werden; wie ganz von selbst vertiefte sich ihr Kuß. Und es wurde ein so intensiver, so heftiger Kuß, daß sie beide einen leichten Schock empfanden.

Doch dann lächelte Shade unwillkürlich. Es schien absolut verrückt, doch ihm kam es so vor, als hätte er sein ganzes Leben lang nur auf diesen einen einzigen Moment gewartet.

4

Maggie summte fröhlich vor sich hin, während sie sich das Haar bürstete und dann mit Kämmchen zurücksteckte.

»Sie sind aber guter Laune heute morgen«, stellte Omie fest, als sie den Staubsauger ausstellte.

Maggie lachte. »Vielleicht ist das die Wirkung, die eure gute Landluft auf mich hat«, antwortete sie, und während Omie voller Begeisterung von ihrem Freund Billy Earl erzählte, der an der *Texas A&M* studierte, legte Maggie ihr Make-up auf. Billy Earl und sie waren ›mehr oder weniger‹ verlobt, heimlich, gestand Omie ihr, denn es schien, daß ihre Eltern von Billy Earl längst nicht so hingerissen von ihm waren wie sie selbst.

»Er wird an diesem Wochenende nach Hause kommen«, vertraute Omie Maggie an. »Und natürlich machen wir dann hier beim Tanz mit, auch wenn ich zwischendurch arbeiten muß. Sie müssen ihn unbedingt kennenlernen!«

»Was für ein Tanz?« wollte Maggie wissen.

»Oh, jedes Wochenende findet hier ein Tanz statt«, erwiderte Omie. »Mit einer Band und allem Drumherum. Alle Leute kommen am Samstagabend zu Buck, und dann geht es ziemlich heiß her, manchmal sogar ein bißchen wild. Ehrlich, es wird Ihnen ganz bestimmt gefallen. Sie dürfen es auf keinen Fall verpassen!«

»Mhm«, meinte Maggie nur, weil sie keine Lust hatte, Omie vor den Kopf zu stoßen, indem sie ihr sagte, daß sie ganz bestimmt keinen Wert darauf legte, bei einem ›wilden‹ Tanzvergnügen in diesem Ort am Ende der Welt dabei zu sein.

»Billy Earl kann phantastisch tanzen«, schwärmte Omie weiter. »Ich kann es kaum noch abwarten bis morgen. Mir kommt es wie eine Ewigkeit vor, seit ich ihn zum letzten Mal gesehen habe.« Omie schaute mit großen, verträumten Augen vor sich hin und schien alles um sich herum vergessen zu haben.

»Omie, können Sie mir sagen, ob es hier in der Nähe eine gut ausgestattete Bibliothek gibt? Ich muß einige Sachen nachschauen – für mein Buch«, meinte Maggie.

»Ich denke, die beste gibt es bei uns an der *Lamar University*, wo ich auch studiere«, erwiderte das Mädchen. »Die Bibliothek da ist ziemlich gut, und mit dem Auto braucht man nur eine halbe Stunde bis Beaumont, wenn der Verkehr nicht so schlimm ist. Ich finde es einfach super – ich meine, daß Sie eine Schriftstellerin sind. Ich lese Krimis für mein Leben gern. Agatha Christie ist meine Lieblingsautorin. Ist das Buch, das Sie schreiben, so ähnlich wie ihre?«

»Hm – nicht ganz.«

Schließlich erhielt sie von Omie noch die Information, wie sie am besten zur Universität kam. Als das Mädchen gegangen war, versuchte Maggie eine Weile zu arbeiten, aber ihre Gedanken schweiften ständig ab.

Das war etwas, was sie überhaupt nicht an sich kannte. Sie hatte sich in ihrem Beruf daran gewöhnt, daß sie alles um sich herum vergessen und sich ganz auf das Thema konzentrieren konnte, wenn sie einen Artikel schreiben mußte.

Doch an diesem Morgen wanderten ihre Gedanken ständig zu Shade. Sie ertappte sich selbst dabei, wie sie Löcher in die Luft starrte, und sie dachte, daß sie jetzt wahrscheinlich den gleichen verträumten Blick hatte wie Omie vorhin.

Sein Kuß hatte sie völlig umgehauen. Sie konnte sich nicht daran erinnern, daß jemals in ihrem Leben ein simpler Kuß eine solche Wirkung auf sie gehabt hätte. Nun ja, ganz so simpel war dieser Kuß nun auch wieder nicht gewesen, ganz bestimmt nicht. Sie hatte nicht einen klaren Gedanken mehr fassen können, und ihre Knie hatten sich in Wackelpudding verwandelt. Und wenn schon ein einziger Kuß ihr das antun konnte, wie mochte es erst sein, wenn sie und Shade . . .

Verdammt, Maggie, reiß dich endlich zusammen! ermahnte sie sich streng. Sonst wird es dir noch schlimmer gehen, als es dir ohnehin schon geht!

Es kostete sie ungeheuer viel Mühe, aber dann schaffte sie es doch, ihre Gedanken lange genug zu unterdrücken, um mit ihrer Arbeit voranzukommen, bis es dann Zeit war, mit den Vorbereitungen fürs Mittagessen zu beginnen.

Sie würde es *nicht* zulassen, daß sie wegen eines Ex-Marines ohne Namen und ohne erkennbares Einkommen in Verzükkung geriet wie ein Teenager! Auch wenn er Shakespeare zitieren konnte und küßte wie ein Weltmeister!

Während sie zur Küche hinüberlief, sagte sie sich, daß sie sowieso von hier verschwinden würde, aus diesem Provinznest, sobald Onkel Silas' Rechtsanwalt einen Käufer gefunden hatte.

Sie folgte dem Ratschlag, den Shade ihr am vergangenen Abend gegeben hatte, und vermischte die Reste des Fleischs mit den Resten der Pilzsuppe, dann gab sie mehrere Büchsen Bohnen, eine Büchse Tomaten hinzu und einige Gewürze.

Die Mischung, die gar nicht so schlimm aussah, wie sie befürchtet hatte, und überraschend gut roch, stand kochend auf dem Herd, als Shade hereinkam. Er hielt ein Huhn, das jämmerlich gackerte, an den Füßen.

»Was um alles in der Welt ist das denn?« fragte sie.

Shade grinste. »Ein Huhn.«

»Das weiß ich auch. Was machst du denn mit diesem Vieh hier drin?«

»Wir wollten doch Hühnchen mit Klößen machen, und meine Mutter hat immer gesagt, daß sich ein schönes fettes, frisches Huhn am besten dafür eignen würde.«

Maggie sah ihn entsetzt an. »Aber es *lebt* doch noch!«

»Ja. Ich hab' es gerade von Prentis Newton gekauft, der die Straße ein Stückchen weiter runter wohnt. Er hat gesagt, es wäre ein schönes fettes Huhn, und daß es frisch sein wird, daran kann ja wohl kein Zweifel bestehen.«

Maggie zog eine Augenbraue hoch. »Und wie kocht man es? Mit Federn und allem drum und dran?«

Shade schüttelte den Kopf. »Natürlich mußte du es zuerst von seinen Federn befreien und es dann ausnehmen.«

»Ich fürchte, unter ausnehmen habe ich bis jetzt immer etwas anderes verstanden.« Als er nur lachte, fuhr sie fort: »Und wenn du glaubst, daß ich diesem armen Tier den Kopf abhacke und ihm dann die Federn abrasiere, dann hast du dich in den Finger geschnitten!«

»Rupfen!«

»Wie bitte?«

»Man rasiert einem Huhn die Federn nicht ab, man rupft sie aus«, verbesserte er sie.

Sie machte eine abwertende Geste. »Unsinn. Das sind doch alles nur Wortspielereien. Ich habe noch nie ein Lebewesen umgebracht, das größer war als eine Kakerlake, und ich werde einem Huhn ganz bestimmt *nicht* die Federn rupfen!«

»Und man hackt Hühnern auch nicht den Kopf ab«, fuhr er ungerührt fort, »man dreht ihnen den Hals . . .«

»Erspar mir die Einzelheiten, bitte!« Sie schauderte allein schon bei dem Gedanken daran. »Und jetzt verschwinde mitsamt deinem Huhn. Es macht mich ganz krank, wenn ich in seine glänzenden kleinen Augen schaue.«

Zu ihrer größten Erleichterung verließ Shade tatsächlich mit dem immer noch gackernden und hilflos mit den Flügeln schlagenden Huhn die Küche. Sie schaute ihm mit schmalen Augen hinterher, denn seine Schultern zuckten verdächtig. Eine Viertelstunde später kam er wieder zurück – ohne Huhn.

»Hast du die abscheuliche Tat vollbracht?« fragte sie ihn.

Er zuckte mit den Schultern. »Mein Gott, so schlimm ist das nun wirklich nicht . . .«

Maggie hob abwehrend eine Hand. »Bitte, ich habe wirklich keine Lust, weiter darüber zu diskutieren!«

Er lachte, packte sie um die Taille und zog sie zu sich heran. »Oh, süße Maggie, du bist nicht halb so abgebrüht, wie du alle glauben machen willst!«

Sie hielt unwillkürlich den Atem an, als sie ihn anschaute. In seinen Augen tanzten spöttische kleine Teufelchen, aber es lag auch ein Ausdruck von zärtlicher Zuneigung darin. Er gab ihr einen Kuß, dann ließ er sie schnell wieder los und nahm sich das Geschirr, um den Tisch zu decken.

Maggie berührte ihre Lippen mit den Fingerspitzen, dann wandte sie sich um, um die Käsesandwiches zu überbacken.

Gerade, als sie mit dem Mittagessen fertig waren – das ihr üppige Komplimente von Buck eingebracht hatte –, betrat ein hagerer, braungebrannter Mann, der einen Strohhut trug, das Lokal. In der Hand hielt er etwas, das in Zeitungspapier eingewickelt war.

Shade sprang blitzschnell auf, fing den Mann ab und führte ihn nach draußen. Verdutzt betrachtete Maggie die Szene. Es machte sie mißtrauisch, daß Shade sich so seltsam benahm, und neugierig fragte sie Buck: »Wer war der Mann?«

»Prentis Newton«, antwortete er. »Lebt hier die Straße ein Stückchen weiter unten.«

»Und was war in dem Päckchen?«

Buck zuckte mit den Schultern. »Wahrscheinlich das Huhn, das Shade gekauft hat.«

»Und ich dachte, er würde es selbst rupfen!« sagte Maggie.

»Shade?« meinte Buck verblüfft. »Himmel, ich bezweifle, daß er überhaupt wüßte, an welchem Ende er anfangen sollte! Er hat doch nie was anderes getan als . . .« Buck räusperte sich. »Das war ein mächtig gutes Essen, Miss Maggie«, sagte er dann. »Ich freue mich schon unheimlich auf die Klöße – kann's kaum erwarten!«

Kaum hatte Maggie dann mit dem Abwasch begonnen, kam Shade herein und nahm sich eines der Trockenhandtücher. »Shade, ich würde jetzt doch gern wissen, wie man ein Huhn rupft«, sagte Maggie ganz beiläufig. »Kannst du mir nicht erklären, wie das geht?«

»Ach, weißt du, ich möchte einem empfindlichen Stadtmädchen wie dir die Einzelheiten lieber ersparen – wir wollen doch nicht, daß dir übel wird, oder?« antwortete er mit einem Grinsen.

»Versuch's trotzdem!«

»Nun ja, es gibt da verschiedene Möglichkeiten«, begann er. »Glaube ich jedenfalls. Es kommt ganz auf den persönlichen Stil an.«

»Und welchen Stil bevorzugst du?«

»Prentis fünf Dollar zu bezahlen, damit er alles Nötige macht!«

»Stimmt es also doch!« rief sie lachend. »Und warum hast du dann dieses arme lebende Huhn hier zu mir in die Küche gebracht?«

Lachend schlang er das Küchenhandtuch um ihre Taille und zog sie zu sich heran. »Weil es mir solchen Spaß macht, wenn deine Augen Funken sprühen!« erwiderte er. »Weißt du eigentlich, daß deine Augen schimmern wie Sonnenlicht auf poliertem Bernstein?«

Sie schlang die Arme um seine Schultern und sagte mit einem Lächeln: »Ich mag es, wenn du mir solche Sachen sagst. Erzähl mir mehr!«

Prüfend schaute er sie an, und plötzlich hörten sie beide auf zu lachen. In seinen Augen las sie etwas ganz anderes, und er sah sie mit einem so brennenden Verlangen an, daß sie kaum zu atmen wagte.

Ganz leicht strich er mit einem Finger über ihre Wange. »Deine Haut ist wie durchscheinender Alabaster«, sagte er leise, dann fuhr er ihr durch das dichte, weiche Haar, ließ die Strähnen durch seine Finger gleiten. »Und dein Haar ist – ach, mir fehlen einfach die Worte, um es zu beschreiben.«

Sie lachte verlegen und schaute weg. »Mein Haar ist ein gräßliches Durcheinander – wie wäre es denn damit?« fragte sie. »Ich will es mir schon seit einer Ewigkeit abschneiden lassen, aber irgendwie habe ich nie die Zeit dafür gefunden.«

»Bitte, tu es bloß nicht«, meinte er entsetzt. »Es ist wie ein Wirbelwind aus seidigem Feuer. Genau wie du selbst.«

Jeden anderen Mann würde sie ausgelacht haben, wenn er ihr so etwas gesagt hätte, denn sie fand solche Schmeicheleien abgeschmackt und albern. Aber seine Worte und sein Blick, der sie zu hypnotisieren schien, ließen ein Zittern über ihren Körper laufen, und der warme, tiefe Klang seiner Stimme rührte eine Saite in ihrem Inneren an.

Und weil es ihr ein bißchen angst machte, wie heftig sie auf ihn reagierte, entwand sie sich ihm und stellte sich wieder an die Spüle. »Für jemanden, dem die Worte fehlen, hast du dich aber nicht schlecht ausgedrückt«, meinte sie. »Du mußt zumindest teilweise irischer Abstammung sein. Mit deinen süßen Worten hast du wahrscheinlich schon sämtliche Frauen hier um den kleinen Finger gewickelt.«

»Maggie . . .«

Er hatte ihren Namen unerwartet scharf ausgesprochen, und als sie ihn dann betont unschuldig anschaute und fragend eine Augenbraue hochzog, sah sie, wie er die Lippen zusammenpreßte.

»Ja?« meinte sie nur.

»Hast du schon mal einen Katzenwels geangelt?« wollte er wissen.

Maggie schüttelte den Kopf. »Nein, ich habe noch nie geangelt, weder einen Katzenwels noch sonst etwas. Was ist eigentlich ein Katzenwels? Komischer Name für einen Fisch.«

»Ich sehe schon – bei deiner Erziehung sind einige schwerwiegende Fehler gemacht worden«, stellte Shade fest. »Komm, wir werfen jetzt das Huhn in den Topf, und während eine wundervolle Suppe daraus entsteht, in die später die Klöße kommen, gehen wir beide angeln.«

»Aber ich muß heute nachmittag arbeiten«, protestierte sie.

»An einem so schönen Tag wie heute zu arbeiten ist eine Sünde gegen die Natur«, erklärte Shade. »Auf dem Fluß weht eine angenehme Brise, und ich habe gerade gehört, wie ein Vögelchen meinen Namen gezwitschert hat, um mich dorthin zu locken.«

»Dann mußt du eine gut ausgeprägte Einbildungskraft haben, weil ich nämlich nichts gehört habe«, erwiderte sie. »Shade, ich muß an meiner Geschichte weiterarbeiten. Ich kann es mir nicht leisten, so wie gewisse Leute, die ich kenne, mein Leben mit Faulenzen zu verbringen!«

»Oh, süße Maggie, du bist eine grausame und hartherzige Lady! Willst du, daß ich dir beibringe, wie man Klöße macht?« Und als sie nickte, fügte er schnell hinzu: »Dann mußt du aber vorher mit mir angeln gehen.«

Maggie sah ihn empört an. »Shade, das ist Erpressung«, protestierte sie.

»Stimmt genau!«

»Bist du davon überzeugt, daß dieses Ding da wirklich sicher ist?« fragte Maggie und betrachtete zweifelnd das flache grüne Boot, das am Flußufer vertäut war.

»Hundertprozentig überzeugt«, antwortete er. Er machte einen großen Schritt, stieg in das Boot und wandte sich dann um, um ihr die Hand zu reichen.

Vorsichtig kletterte sie in das Boot, doch dann schrie sie auf, als es gefährlich zu schwanken begann. Sie sah sich im Geiste schon bei den Schlangen und Alligatoren im schlammigen Wasser liegen.

Doch Shade lachte nur und hielt sie fest. »Es kann nicht umkippen«, sagte er. »Vertrau mir!«

»Ich soll dir vertrauen?« wiederholte sie. »Ich kenne dich doch überhaupt nicht gut genug, um das zu tun. Wie kann ich einem Mann vertrauen, der mir noch nicht einmal seinen Namen verraten will? Du bist so geheimnisvoll, was deine Vergangenheit angeht, daß du nach allem, was ich von dir weiß, auch ein Serienmörder sein könntest!«

Er antwortete nicht darauf, sah sie nur auf eine ausgesprochen seltsame Art und Weise an.

»Du . . . du bist doch keiner, oder?«

Shade lachte. »Ein Serienmörder? O nein, ganz bestimmt nicht!« erwiderte er.

Er half ihr dabei, die Schwimmweste anzulegen, dann holte er ihre Ausrüstung ins Boot, löste die Leine und stieß das Boot ab. Doch statt den Motor anzuwerfen, ließ er es einfach mit der Strömung treiben und benutzte nur ab und zu die Paddel, um die Richtung zu korrigieren. Maggie saß vorne im Bug, ihm zugewandt, während Shade sich nach hinten gesetzt hatte.

Sie versuchte, den Blick auf die friedliche ländliche Szenerie gerichtet zu halten, auf den sich dahinwindenden Fluß, auf die in voller Blüte stehenden Bäume mit den vielen unterschiedlichen Schattierungen von frischem Frühlingsgrün. Soweit das Auge reichte, erstreckte sich der Wald. Der gesamte Central Park hätte sich in dieser unendlichen Weite verloren.

Maggie schaute auf das sich kräuselnde Wasser, beobachtete die Wasserinsekten, die über die Oberfläche glitten, schaute den eleganten Libellen mit den zarten, fast durchsichtigen Flügeln zu, diesen Flugkünstlern, die in der Luft zu stehen schienen und dann plötzlich wieder davonschossen.

Sie bemühte sich wirklich, all die Schönheit um sich herum in sich aufzunehmen, aber ihre Blicke kehrten immer und immer wieder zu dem Mann zurück, der ihr gegenüber im Boot saß.

Er trug eine zerschlissene Jeans, die sich eng um seine Oberschenkel schloß – und es waren wirklich wohlgeformte, muskulöse Oberschenkel. Lässig in den Hosenbund hatte er sich ein altes, verblichenes schwarzes Shirt gestopft, dessen bessere Zeiten sicher schon viele, viele Jahre zurücklagen. Irgendwann einmal mußte er die Ärmel herausgeschnitten haben, vermutlich mit einer Heckenschere, so zackig, wie die Ränder waren.

An jedem anderen würden diese Sachen einfach nur schlampig gewirkt haben, jedoch nicht bei ihm. Bei ihm wirkten sie . . . nun ja, sexy, sehr sogar.

Jedesmal, wenn er die Paddel ins Wasser tauchte, beobachtete sie fasziniert das Spiel seiner kräftigen Muskeln unter der glatten, sonnengebräunten Haut. Die von jener Pflanze umschlungene Kobra dehnte oder zog sich zusammen, je nachdem, wie er sich bewegte, und sie erschien dadurch wie lebendig. Sie wirkte gleichzeitig tödlich und verlockend.

Außerdem hatte Maggie vorher noch nie bemerkt, daß die Augen der Schlange von dem gleichen Grün waren wie die von Shade. Ungezähmte Kraft schien von beiden auszustrahlen, von dem Mann genauso wie von der Kobra, und es war eine Kraft, die Maggie einzuhüllen und gefangenzunehmen schien.

»Gefällt dir die Aussicht?« fragte Shade plötzlich.

Sie konnte nicht verhindern, daß sie rot wurde. »Ich hatte gerade deine Tätowierung betrachtet«, antwortete sie. »Was für eine Pflanze ist das?«

Er schaute auf seinen Arm, als wäre die Tätowierung das

letzte, woran er normalerweise dachte. »Belladonna«, meinte er schließlich.

»Belladonna. Das tödliche Nachtschattengewächs. Wirst du deshalb Shade genannt?«

Er zuckte mit den Schultern. »Ich war neunzehn damals, ziemlich betrunken, und irgendwie hatte mich der Hafer gestochen. Es bedeutet überhaupt nichts. Wahrscheinlich hätte ich es mir schon längst entfernen lassen sollen.«

»Mir gefällt's aber!«

Sein Mund zuckte, als ob er sich ein Lachen verkneifen würde, dann zwinkerte er ihr zu. »Dann werde ich die Tätowierung eben behalten.«

»Oh, meinetwegen brauchst du das nicht zu tun«, sagte Maggie schnell. »Ich meine, in ein paar Wochen werde ich doch wieder . . . also . . . oh, schau mal, da ist ein Kaninchen!«

Er machte sich noch nicht einmal die Mühe, sich umzudrehen. Er lächelte nur wieder auf jene Art und Weise, die sie so schrecklich nervös und unruhig machte. »Es gibt Unmengen von Kaninchen hier«, meinte er nur.

Eine Weile schwiegen sie und sprachen nicht mehr. Wieder betrachtete Maggie die Bäume, den Fluß, den Himmel, versuchte sie zu erkennen, welche Vögel es waren, die um sie herum die Luft mit ihrem Zwitschern erfüllten. Sie schloß die Augen und versuchte sich auf den ganz eigenen Geruch des Flusses und der üppigen Vegetation zu konzentrieren, tief atmete sie die saubere, frische Luft ein.

Doch ihre Augen öffneten sich wieder, ihr Blick glitt zu seinen Händen, die die Paddel umklammert hielten. Große, kräftige Hände mit schlanken Fingern waren es, keine verweichlichten Puddinghände. Unwillkürlich fragte Maggie sich, wie sie sich wohl auf ihrer Haut anfühlen mochten.

»Woran hast du gerade gedacht?« wollte er wissen.

Seine tiefe, heiser klingende Stimme riß sie aus ihren Gedanken, und ihre Blicke trafen sich. Er wußte ganz genau, was sie gedacht hatte! Verdammt, er wußte es.

»Ich . . . ich hatte mir nur gerade überlegt, warum du keine

Schwimmweste angelegt hast – obwohl du mich ja praktisch dazu gezwungen hast!«

»Ich lebe eben gern gefährlich!«

Eine Spur von Belustigung schwang in seiner Stimme mit, aber auch noch etwas anderes, was sie nicht genau benennen konnte, was ihr aber Schauder über den Rücken jagte. Diese letzte Bemerkung, seine Tätowierung, seine Abneigung dagegen, von sich selbst und seiner Vergangenheit zu reden . . .

»Ich kann ja fast sehen, wie sich die Rädchen in deinem hübschen Kopf rasend schnell drehen«, sagte er. »Komm schon, spuck's aus!«

»Sind es die Erfahrungen, die du in Vietnam gemacht hast, die dich so haben werden lassen, wie du jetzt bist?« wollte sie wissen.

»Wie bin ich denn?« fragte er zurück.

»Du scheinst nicht gerade von Ehrgeiz zerfressen zu sein, denn schließlich hängst du die ganze Zeit bei Buck herum, trinkst Bier, spielst Billard, zupfst an deiner Gitarre oder hilfst mir beim Kochen. Du bist nicht bereit, auch nur die kleinste Kleinigkeit über dich selbst preiszugeben. Du bist ein Geheimniskrämer . . . du bist so . . .« Hilflos hob sie die Hände. »Ach, ich weiß auch nicht genau, wie ich es beschreiben soll. Ich werde einfach das Gefühl nicht los, daß du etwas zu verbergen hast. Oder vielleicht bist du auch nur ein Meister im Verdrängen. Viele Vietnam-Veteranen haben große Schwierigkeiten, sich wieder in die Gesellschaft einzugliedern.«

Shade lachte. »Ich finde es ja wirklich nett, daß du dir so viele Sorgen um mich machst, aber ich habe das, was ich in Vietnam erlebt habe, schon vor vielen Jahren verarbeitet. Es war nicht besonders angenehm, ganz bestimmt nicht, aber ich habe seitdem auch keine Alpträume mehr und werde auch nicht ständig von schlimmen Erinnerungen heimgesucht. Ich leide nicht unter einem post-traumatischen Streß-Syndrom.«

Er schwieg einen Moment, bevor er weiterredete. »Ich gebe durchaus zu, daß es mir eine Zeitlang ziemlich zu schaffen gemacht hat, aber anders als viele meiner Kameraden habe ich einen ausgeprägten Selbsterhaltungstrieb – und ich hatte eine liebevolle Familie. Meine Zeit in Vietnam ist inzwischen ein abgeschlossenes Kapitel für mich, aber es ist immer noch nichts, worüber ich gerne rede.«

Er schien auf jede ihrer Fragen eine Antwort bei der Hand zu haben, und wenn er über dieses Thema nicht sprechen wollte, dann würde sie auch den Teufel tun und ihn drängen. Dennoch wunderte sie sich immer noch über sein Benehmen, über dieses seltsame Widerstreben, von sich selbst zu reden.

»Erzähl mir etwas von deiner Familie«, bat sie ihn.

Shade steuerte das Boot zum Ufer hin und befestigte es dann an einem kräftigen, weit über das Wasser ragenden Ast. »Mein Vater starb vor einigen Jahren. Meine Mutter ist einfach eine wunderbare Frau. Sie liebt es, im Garten zu arbeiten, sie betreut ehrenamtlich Patienten im Krankenhaus, und« – er grinste jetzt breit – »sie ist eine phantastische Köchin.«

»Und deine Brüder? Was machen die?«

»Oh – unter anderem gehört ihnen eine Ranch«, erwiderte er.

»So richtig mit Pferden?«

»So richtig mit Pferden«, bestätigte er und lachte. Er bückte sich, nahm eine der Angelruten und drückte sie ihr in die Hand. »Willst du den Köder selbst am Haken anbringen?« fragte er dann.

»Ich bin doch kein Feigling! Natürlich kann ich den Köder selbst am Haken festmachen!«

Er hielt ihr die Hand mit der offenen Handfläche hin, auf der ein silbriges Fischchen zuckte.

»Was ist das?« fragte sie mit deutlichem Mißtrauen.

»Eine Elritze.«

»Aber sie lebt ja noch!«

»Natürlich, Dummchen. Wie sonst sollte sie denn die großen Fische anlocken?«

Sie nahm den glitschigen kleinen Fisch in die Hand und versuchte, das Gesicht nicht angewidert zu verziehen. »Und was muß ich jetzt damit machen?« erkundigte sie sich.

»Du mußt den Haken mittendurch stecken«, sagte er. »Genau hier.« Shade zeigte auf die Stelle.

Maggie versuchte es. Sie versuchte es wirklich, aber es war viel schlimmer, als sie gedacht hatte. Sie fand es abscheulich, was sie tun mußte, und sie dachte, daß sie es wohl besser schaffen würde, wenn sie die Augen dabei zumachte, aber natürlich verfehlte sie das Fischchen jedesmal. Bei ihrem letzten Versuch erwischte sie ihre Jeans.

Als sie die Augen wieder aufmachte, um den Haken besser aus dem Stoff entfernen zu könne, sah sie, daß Shade sie reichlich verwirrt betrachtete.

»Was machst du da?« wollte er wissen.

»Den Köder am Haken anbringen.«

»Das machst du aber ziemlich lausig. Es würde sicherlich helfen, wenn du die Augen dabei *nicht* zumachen würdest.«

Sie sah ihn hochmütig an. »Bring du deine Köder so an, wie du willst, und laß es mich so machen, wie ich es möchte, ja?«

Shade schüttelte den Kopf, doch dann bekam er einen regelrechten Lachanfall. Seine Schultern zuckten, und er lachte so sehr, daß das ganze Boot wackelte. »Meine süße Maggie, du kannst dich so hart und abgebrüht geben, wie du willst«, sagte er ganz atemlos, »aber du kannst trotzdem nicht verbergen, daß du ein richtiges Mimöschen bist!« Er nahm ihr die Elritze aus der Hand und steckte sie mit geübtem Griff auf den Haken.

Maggie setzte sich kerzengerade hin und sah ihn böse an. »Ich bin *kein* Mimöschen«, erwiderte sie. »Merk dir das gefälligst, ja? Nur weil ich es nicht besonders aufregend finde, unschuldigen Hühnern die Köpfe abzuhacken und hilflose kleine Fischchen auf Angelhaken zu spießen, bin ich noch lange kein Schwächling!«

Sie schwieg einen Moment, um Luft zu holen. »Und noch eins, mein lieber Mister Super-Macho, mir ist durchaus nicht entgangen, daß auch du gar nicht so wild darauf warst, dieses arme Huhn ins Jenseits zu befördern! Und was, zum Teufel, mache ich jetzt mit dem verdammten Haken?«

»Wirf die Angel hier über die Seite und halt die Rute fest. So!« Er zeigte es ihr, und sie machte es nach.

»Und jetzt?«

»Jetzt warten wir. Also, halt den Mund und beobachte den Schwimmer.«

Sie beobachtete gehorsam den rot-weißen Schwimmer, der auf der Oberfläche trieb, und wartete dreißig Sekunden. Eine Minute. Zwei Minuten. Nichts passierte. »Warum soll ich denn den Schwimmer beobachten?« flüsterte sie dann Shade zu.

»Sobald ein Fisch anbeißt, wird er unter Wasser gezogen«, erklärte Shade.

Also wartete sie geduldig noch ein paar Minuten. Aber noch immer passierte absolut nichts. »Sag mal, soll das eigentlich lustig sein?«

Er grinste. »Nun sei doch geduldig!« sagte er.

»Ich glaube nicht, daß ich zum Angeln geboren bin«, erwiderte Maggie. »Geduld ist noch nie meine stärkste Tugend gewesen. Vielleicht ist ja auch meine Elritze davongeschwommen!« Sie zog die Schnur aus dem Wasser, bis sie an deren Ende das silbrige Fischchen zappeln sah, dann ließ sie sie wieder ins Wasser. Keine Sekunde später tauchte der Schwimmer unter.

»Der Schwimmer! Der Schwimmer!« rief sie, plötzlich ganz aufgeregt.

»Zieh die Schnur ein!«

»Und wie, bitte, macht man das?« wollte sie wissen.

»Zu spät. Er ist weg.«

»Verdammter Mist!«

»Und wahrscheinlich hat er auch deinen Köder abgefressen.«

Und so war es auch. Der Haken war leer. Maggie griff in den Eimer, holte sich eine andere Elritze heraus, sagte dabei: »Tut mir leid, alter Junge!« und steckte sie auf den Haken.

Sie verscheuchte energisch jeden Gedanken daran, daß dieses kleine Fischchen sie schrecklich an jenen Goldfisch erinnerte, den sie einmal gehabt hatte – das einzige Tier, das sie als Kind je besessen hatte.

Wie aufgeregt sie damals wegen diesem Goldfisch gewesen war! Stolz hatte sie ihn in einer durchsichtigen kleinen Plastiktüte nach Hause getragen. Nicht ein einziges Mal hatte sie vergessen, neues Wasser in die Goldfischkugel zu geben; sie hatte mit ihm geredet und ihn regelmäßig gefüttert, bevor sie morgens zur Schule ging.

Aber Goldie hatte dennoch nicht lange überlebt. Tagelang hatte sie geweint, nachdem sie ihn eines Morgens oben auf dem Wasser treibend entdeckt hatte. Es war im gleichen Jahr gewesen, in dem auch ihre Mutter starb.

Maggie seufzte. Dann warf sie ihre Angel wieder aus und richtete sich auf eine lange, langweilige Warterei ein. Doch fast sofort ging der Schwimmer unter Wasser.

»Ich hab' schon wieder einen dran!« rief sie ganz aufgeregt und begann, die Schnur einzuholen, als hätte sie in ihrem Leben nie etwas anderes getan.

Shade lächelte, einfach weil es ihm so viel Freude machte, Maggie zu beobachten, während sie zu Buck zurückgingen. Das heißt, *er* ging, *sie* tänzelte und hüpfte den ganzen Weg zurück, weil sie es immer noch nicht fassen konnte, daß sie tatsächlich drei Fische gefangen hatte, und schrecklich aufgeregt deswegen war.

Shade liebte die Art, wie sie lachte und lächelte, wie ihr ganzes Gesicht sich dabei aufhellte und das Strahlen sein Herz wärmte. Sie war von einer mitreißenden Lebhaftigkeit, und sie genierte sich nicht, ihre Freude auch deutlich zu zeigen – ganz anders als viele Frauen, die er kannte und die der festen Überzeugung waren, ein lautes Lachen sei nicht damenhaft – vielleicht hatten sie aber auch einfach nur Angst, daß ihr Makeup anfangen würde zu bröckeln, wenn sie den Mund ein bißchen verzogen.

Maggie klatschte in die Hände. »Mann, hast du gesehen, welchen Kampf mir dieser Katzenwels geliefert hat? Aber ich habe diesen widerspenstigen Kerl trotzdem an Bord geholt! Was glaubst du – wieviel wiegt er?«

Er hielt die auf eine Kordel gezogenen Fische hoch. »Oh, ich schätze mal, ungefähr zweieinhalb Pfund. Weißt du, wie man sie ausnimmt?«

Ihr Lächeln verschwand, und Shade ärgerte sich, die Frage gestellt zu haben.

»Oh, das hatte ich ja ganz vergessen«, meinte Maggie.

Er legte einen Arm um ihre Schultern, zog sie zu sich heran und gab ihr einen Kuß auf die Nasenspitze. »Ich könnte mich überreden lassen, diese schmutzige Arbeit für dich zu übernehmen – vorausgesetzt, der Preis stimmt.« Und als sie ihn empört anschaute, fügte er schnell hinzu: »Was hältst du davon, nach dem Abendessen mit mir in die Stadt zu fahren? Da laufen einige Filme, die ich mir schon die ganze Zeit ansehen wollte.«

»Wärst du auch mit was anderem zufrieden? Ich muß heute abend noch ein paar von meinen Notizen überprüfen und zusammenstellen, bevor ich morgen nach Beaumont in die Bibliothek fahre. Ich habe mir vorgenommen, den ganzen Tag dort zu verbringen.«

»Hört sich aber verdammt langweilig an«, meinte er. »Was muß eine Krimi-Autorin denn in einer Universitätsbücherei nachschauen?«

»Ach . . . Ich muß nachlesen, ob meine Beschreibungen der Orte und so auch korrekt sind. Und ich muß nachprüfen, wie bestimmte Gifte wirken. Alles solche Sachen.«

»Brauchst du Hilfe?«

Maggie schüttelte den Kopf. »Vielen Dank, aber das ist nicht nötig.« Sie griff nach seiner Hand. »Komm jetzt endlich. Ich will Buck meine Fische zeigen.«

Er hielt die Fische noch einmal hoch und schaute sie an. Zwei davon waren nicht besonders groß, man konnte kaum etwas damit anfangen, aber der dritte Wels war ein recht stattliches Exemplar, und er würde sicher gut schmecken.

»Du bist wirklich richtig stolz auf deinen Fang, nicht? Aber du brauchst deshalb nicht gleich größenwahnsinnig zu werden«, fügte er mit einem Lächeln dazu.

Maggie schob kampfeslustig ihr Kinn vor, aber dann mußte sie doch lachen. »In Ordnung.«

Shade lachte mit ihr und drückte ihre Hand. Er konnte sich nicht erinnern, wann er jemals so viel Spaß gehabt hätte – dabei hatte er seine eigene Angel höchstens ein- oder zweimal ausgeworfen. Es hatte ihm viel zuviel Freude bereitet, ihr zuzuschauen, wie begeistert und aufgeregt sie jedesmal gewesen war, wenn wieder ein Fisch angebissen hatte – wie ein Kind, das nicht fassen kann, was der Weihnachtsmann ihm alles gebracht hatte.

Maggie hatte frischen Wind in sein Leben gebracht, und sie hatte sich dabei still und heimlich in sein Herz geschlichen – ohne es zu bemerken oder es gar beabsichtigt zu haben. Shade hatte das Gefühl, als hätte er sein ganzes Leben lang nur auf jenen Augenblick gewartet, als Maggie Bucks Lokal betreten hatte, naß wie eine halbertrunkene Ratte und so verzweifelt wie ein Fuchs, den man in die Ecke getrieben hatte. Alles was er bis dahin getan hatte, so kam es ihm vor, schien er nur getan zu haben, um sich die Zeit bis zu diesem Moment zu vertreiben.

Jene stets makellos frisierten und in den neuesten Designer-Kleidern steckenden Frauen, die niemals ihn selbst sahen, wenn sie ihn anschauten, sondern statt dessen lauter Dollarnoten, hatten schon vor langer Zeit aufgehört, ihn zu interessieren. Auch seine Ex-Frau war eine typische Vertreterin dieser Gattung, und er konnte von Glück sagen, daß er sie endlich los war.

Maggie dagegen glaubte, daß Geld ihn nicht sonderlich interessierte und daß er auch keins hatte. Mit ihrer offenherzigen Lebensfreude und der rührenden Verletzlichkeit, die sie so sorgfältig zu verbergen suchte, war sie wie gemacht für ihn. Die vielen Facetten ihrer Persönlichkeit faszinierten ihn immer wieder aufs neue.

Wenn er sie überzeugen könnte, daß sie beide perfekt zueinander paßten, dann wäre sein Leben endlich vollkommen.

Aber er hatte schnell begriffen, daß es keinen Zweck hatte, sie zu drängen oder etwas von ihr zu fordern. Er würde sich Zeit lassen, würde um sie werben, und er würde sie stets in dem Glauben belassen, daß es allein ihre Entscheidung war, ob sie bei ihm blieb oder nicht, aber er würde sie dennoch bekommen. Denn bis jetzt hatte er noch immer bekommen, was er wirklich hatte haben wollen!

Als sie sich dem Haus näherten, bemerkte Shade plötzlich einen auffälligen roten Pick-up, der vor dem Lokal geparkt war. Leise fluchte er vor sich hin. Natürlich konnte er sich irren, aber er ahnte, wer der Besitzer dieses Wagens war – und ihm wollte er jetzt unter keinen Umständen begegnen. Jetzt noch nicht!

»Sieht aus, als hätte Buck einen Kunden«, sagte er und begann, Maggie auf die Hütten zuzusteuern statt auf die Bar. »Ich werde die Fische auf Eis legen, und du kannst sie Buck später zeigen.«

Maggie sträubte sich. »Aber . . .«, begann sie, doch Shade ließ sie nicht ausreden.

»Nach unserem kleinen Ausflug sollten wir uns erst einmal frisch machen und umziehen, und dann müssen wir auch nach dem Huhn schauen. Es müßte inzwischen fertig sein.«

Shade wußte selbst, daß er sich seltsam benahm und viel zu schnell redete und Maggie praktisch zu den Hütten zerrte, aber er wollte verdammt sein, wenn ihm zu diesem Zeitpunkt irgend jemand all seine schönen Pläne durcheinanderbrachte!

Und in der Tat fand Maggie sein Benehmen ausgesprochen verdächtig. Ganz offensichtlich hatte er vermeiden wollen, daß sie demjenigen begegnete, der sich gerade bei Buck befand, wer immer das auch sein mochte.

Aber warum? Maggies professionelle Neugier war geweckt.

In Rekordzeit duschte sie sich und zog sich andere Sachen an, dann lief sie, so schnell sie konnte und so unauffällig wie möglich, zum Haupthaus hinüber. Mit einem Blick stellte sie fest, daß der Wagen immer noch vor dem Eingang stand, dann schlich sie sich durch den Hintereingang in die Küche. Ganz, ganz vorsichtig machte sie die Tür einen Spaltbreit auf und versuchte, etwas zu erkennen.

Buck unterhielt sich mit einem großen Mann, der ungefähr die gleiche Figur wie Shade hatte. Der Fremde trug einen schwarzen Cowboyhut und Stiefel – das allein war nichts Ungewöhnliches hier in der Gegend. Aber etwas anderes machte Maggie stutzig. An seiner Jacke blitzte ein silberner

Stern, und an seinem Gürtel hing eine Waffe. Den Hut hatte er tief in die Stirn gezogen, und seine Augen waren von einem tiefen Schwarz.

Maggie hatte nicht die geringsten Gewissensbisse, die Unterhaltung der beiden Männer zu belauschen.

»Und du bist ganz sicher, daß du ihn nicht gesehen hast?« fragte der Mann mit dem schwarzen Hut gerade.

»Ganz bestimmt nicht«, versicherte Buck.

»Du würdest einen Texas-Ranger doch wohl nicht an der Nase herumführen, oder Buck?«

»Willst du etwa behaupten, daß ich lüge?« fragte Buck empört.

»Komm schon, Buck, nun sei nicht gleich beleidigt!« Der Mann lachte. »Es ist nur so, daß ich ihn wirklich gern finden würde. Es geht um einige sehr wichtige Sachen. Und für jemanden, der mir einen Tip gibt, könnte auch eine Belohnung dabei herausspringen.«

»Soll ich dir sagen, wo du dir deine Belohnung hinstecken kannst?«

»Ich weiß, daß du sein bester Freund bist«, meinte der Mann, »aber ich muß ihn wirklich finden. Ich kann es mir nicht leisten, noch mehr Zeit damit zu verplempern.«

»Dann wünsch' ich dir viel Glück bei deiner Suche«, sagte Buck freundlich.

Wieder lachte der Ranger. »Warum kann ich bloß nicht glauben, daß du das ehrlich meinst? Aber trotzdem vielen Dank!«

Maggie ging davon aus, daß sie nun nichts Interessantes mehr hören würde, und so lief sie schnell zum Küchenfenster und beobachtete, wie der Ranger in seinen Wagen stieg und dann davonfuhr. Ein paar Minuten später sah sie, wie Buck zu Shades Hütte eilte.

Seltsam, wirklich ausgesprochen seltsam war das alles!

Hatten die beiden über Shade geredet? Natürlich hatte sie nur einen Teil der Unterhaltung mitangehört, aber sie war sich ziemlich sicher, daß es tatsächlich um Shade gegangen war.

Warum wurde er von einem Texas-Ranger gesucht? Unzählige Fragen gingen Maggie durch den Kopf und ließen sie nicht los.

Kurz darauf kam Shade zu ihr in die Küche. Auch er hatte sich umgezogen, und sein Haar war immer noch feucht. Besonders nervös oder gar beunruhigt wirkte er allerdings nicht. Im Gegenteil, er wirkte so entspannt und überlegen wie immer.

Maggie hatte schon den Mund aufgemacht, um ihre erste Frage auf ihn abzuschießen, aber dann sagte sie doch nichts, weil ihr bewußt wurde, daß sie ihn nichts fragen konnte, ohne zugeben zu müssen, daß sie ein Gespräch belauscht hatte, das nicht für ihre Ohren bestimmt gewesen war. Also beschloß sie, sich jetzt erst einmal zurückzuhalten und dann später ihr Glück bei Buck zu versuchen.

»Bist du bereit, dich in das große Geheimnis des Klößemachens einweihen zu lassen?« fragte Shade mit einem Lachen.

»Allzeit bereit!« erwiderte sie. »Womit fangen wir an?«

Sie beide waren ein großartiges Team. In Null Komma nichts hatten sie den Teig geknetet und Klöße geformt, die sie dann vorsichtig in die kochende Hühnerbrühe gaben, um sie ziehen zu lassen.

Unter Shades Anleitung kochten sie danach einen großen Topf gelber Erbsen und in einem weiteren Topf weiße Rüben, die Maggie allerdings nicht sehr appetitlich fand, dann backten sie in Sybils Pfanne frisches Maisbrot, das himmlisch roch.

Als sie dann den Tisch für sich selbst und zwei Angler deckten, die kurz vorher gekommen waren, konnte Maggie ihre Neugier nicht länger zügeln. Sie versuchte, so beiläufig wie möglich zu wirken, als sie sagte: »Ich habe vorhin zufällig gesehen, daß der Mann, mit dem Buck sich unterhalten hat und der den roten Pick-up fuhr, eine Waffe trug und einen Stern. War das ein Sheriff oder etwas Ähnliches?«

Shade zuckte mit den Schultern. Auch er gab sich vollkommen uninteressiert. »Vielleicht war's nur ein Wildhüter. Sie sind ziemlich streng hier in der Gegend, wenn man widerrechtlich jagt oder angelt.«

Ein Wildhüter. Natürlich, dachte Maggie und kam sich auf einmal ziemlich albern vor. Er mußte so etwas wie ein Park-Ranger gewesen sein. Als sie ihn ›Texas-Ranger‹ hatte sagen hören, hatte sie natürlich gleich an die Texas-Ranger in den alten Western gedacht. Aber wahrscheinlich waren die gemeinsam mit den Revolverhelden von damals ausgestorben.

Shade blieb neben Maggie stehen, als sie ihre Hütte erreicht hatten. »Das Abendessen war ein voller Erfolg«, sagte er. »Ich glaube, das war das beste Huhn mit Klößen, das ich je in meinem Leben gegessen habe.«

»Es war wirklich gut, nicht wahr?« meinte Maggie stolz. »Buck muß es auch geschmeckt haben, er hat sich dreimal Nachschlag genommen. Aber eigentlich habe ich diesen Erfolg nur dir und dem Rezept deiner Mutter zu verdanken.« Sie gab ihm einen flüchtigen Kuß auf die Wange. »Danke«, sagte sie dabei.

Shade grinste sie an. »Ist dieses kleine Küßchen alles, was ich dafür bekomme, daß ich stundenlang wie ein Sklave in der heißen Küche geschuftet habe? Nun komm schon, Maggie, du kannst es doch sicher viel besser!«

Er nahm sie in die Arme und zog sie so nah an sich, daß ihre Gesichter nur noch Millimeter voneinander entfernt waren. Unwillkürlich schloß Maggie die Augen und wartete – aber Shade küßte sie nicht.

Sie machte die Augen wieder auf. »Worauf wartest du noch?« wollte sie wissen.

»Darauf, daß du anfängst!« erwiderte er.

Verdammter Kerl! Jetzt hatte er ihr den Schwarzen Peter zugeschoben! Beinahe hätte sie sich von ihm losgemacht und ihn einfach dastehen lassen mit diesem selbstzufriedenen Ausdruck auf seinem Gesicht, aber dann beschloß sie, es ihm zu zeigen!

Warte nur! dachte sie schadenfroh, bevor sie seinen Kopf in beide Hände nahm und begann, Shade auf eine Art und Weise zu küssen, die ihn dahinschmelzen lassen sollte.

Doch der Schuß ging nach hinten los. Von dem Augenblick an, als sie seine Lippen spürte, war es um sie geschehen. Ein wildes Feuer brannte in ihrem Körper, dessen Flammen noch höher schlugen, als seine Hände über ihren Rücken glitten, ihre Haut zu verbrennen schienen, dann zu ihrem Po glitten und sie so fest an sich drückten, daß sie deutlich spüren konnte, wie erregt er war.

Ein tiefes Stöhnen drang aus seiner Kehle, und auch Maggie seufzte verlangend auf. Verlangen und der Wunsch, ganz eins mit ihm zu werden, hatten eine solche Hitze in ihr entfacht, daß sie sicher war, der Asphalt unter ihren Füßen würde dahinschmelzen!

5

Als der Wecker am Samstagmorgen schrillte, stöhnte Maggie auf, schlug mit der Hand auf die Klingel und drehte sich dann noch einmal um. Hatte sie nicht erst vor einer Minute die Augen geschlossen? Es konnte doch nicht wirklich schon Zeit sein, wieder aufzustehen. Sie öffnete ein Auge, warf einen Blick auf die Uhrzeiger und stöhnte noch einmal.

Mit einem Seufzer schlug sie die Decke beiseite, schwang sich aus dem schönen warmen Bett und murmelte dabei vor sich hin, daß das nur die gerechte Strafe dafür war, daß sie die halbe Nacht lang wach gelegen und sich hin und her gewälzt hatte, weil sie ständig an einen bestimmten Mann mit grünen Augen und dunklen Haaren hatte denken müssen.

Wütend auf sich selbst wegen ihres albernen Benehmens zwang sie ihren widerstrebenden Körper unter die kühle Dusche – sie hatte ein bißchen warmes Wasser dazu gedreht, schließlich war sie ja keine Masochistin! –, bevor sie ihre erste Tasse Kaffee trank.

Jetzt, nach der ersten Dosis Koffein, funktionierte ihr

Verstand gleich schon viel besser. Sie gab Futter in Bylines Napf, dann zog sie sich bequem an und freute sich auf die beiden Tage, an denen sie ganz ungestört würde arbeiten können.

»Kannst du dir das vorstellen, Byline«, sagte sie, während sie den Kater am Kopf kraulte, »ich habe zwei Tage vor mir, an denen ich keinen einzigen Kochtopf in die Hände nehmen oder darüber nachdenken muß, wie ich gelbe Erbsen am besten koche!« Sie gab ihm einen liebevollen Klaps. »Ich lasse dir genug zu essen und zu trinken hier, falls ich später nach Hause komme, als ich vorhabe. Du wirst also weder verhungern noch verdursten.«

Sie winkte ihm zu, nahm ihre Tasche, in der ihre Notizen steckten, und dann war sie fort.

Der Motor des alten Kombis sprang an, ohne auch nur ein einziges Mal zu protestieren, und auch während der Fahrt nach Beaumont lief er einwandfrei. Omies Anweisungen waren so genau, daß sie die Universitätsbibliothek auf Anhieb fand.

Die freundliche Studentin, die in der Bibliothek arbeitete, führte Maggie herum und machte sie mit allem vertraut. Erfreut registrierte Maggie, daß die Bibliothek hervorragend ausgestattet war und der Computer sehr hilfreich sein würde. Es dauerte nicht lange, bis sie völlig in ihre Arbeit vertieft war. Sie mochte eine lausige Köchin sein, das wollte sie gar nicht abstreiten, aber wenn es darum ging, Hintergrundfakten für eine Story zusammenzusuchen, dann konnte sie so schnell niemand schlagen.

Und dies würde die beste Story werden, die sie je geschrieben hatte! Maggie wurde immer aufgeregter, während sie die Namen derjenigen zusammentrug, die im Laufe der Zeit Direktoren im Vorstand von Tree Hollow gewesen waren. Ein paar der Namen kannte sie, und schon bei einer flüchtigen Überprüfung stellte sie fest, daß einige dieser Herren so einige Skelette in ihren Schränken verborgen hatten! Und sie war der festen Überzeugung, daß sie noch etliche brisante Tatsachen ans Licht befördern würde, sobald sie anfing, genauer nachzuforschen.

Die meisten der Kids, die sich um Hilfe an Tree Hollow wandten, brauchten tatkräftige Unterstützung, um nicht noch tiefer in diesen Teufelskreis aus Drogen, Sex, Verbrechen und Gewalt zu geraten – und gerade sie wurden dort ausgebeutet und geradezu dazu ermuntert, auf der schiefen Bahn weiterzugehen.

Kinder, die solche Probleme hatten, brauchten Vorbilder, an denen sie sich orientieren konnten, und ganz bestimmt keine Leute, die einzig und allein daran interessiert waren, sich die Taschen so schnell wie möglich mit Geld zu füllen oder ihre Perversionen auszuleben.

Maggies Entschlossenheit, diese Ungeheuer zu entlarven, wuchs. Für das, was sie diesen Kindern antaten, würde sie sie an den Pranger stellen – und wenn sie sie mit Drohungen geradezu überschütteten!

Erstaunt blickte sie auf die Uhr, als um fünf angekündigt wurde, daß die Bibliothek gleich geschlossen würde. Die Zeit war so schnell vergangen, daß sie es überhaupt nicht gemerkt hatte. Doch als sie dann aufstand und sich streckte und merkte, wie verkrampft ihre Muskeln waren, wurde ihr bewußt, daß sie tatsächlich acht Stunden am Stück durchgearbeitet hatte. Und noch eins merkte sie: Sie stand kurz vorm Verhungern.

Da sie noch keine Lust hatte, jetzt schon zurückzufahren, fragte sie das hilfsbereite junge Mädchen, ob es ihr nicht ein gutes Restaurant empfehlen könnte.

»Mögen Sie typisches Cajun-Essen?« erkundigte sich die Studentin.

Maggie zuckte mit den Schultern. »Ich habe so was noch nie gegessen«, gab sie zu, »aber ich denke, es wäre einen Versuch wert.«

»Dann sollten Sie zu ›Hebert's‹ gehen«, riet ihr das Mädchen. »Es ist ein gemütliches kleines Familienrestaurant, und dort kriegen sie das beste Gumbo und Etouffée in der ganzen Stadt!«

Maggie lächelte. »Hört sich gut an!«

Das Mädchen erklärte ihr noch den Weg, und Maggie fuhr dann geradewegs zu dem Restaurant. Nachdem sie den Wagen geparkt hatte und ausgestiegen war, entdeckte sie ein paar

Häuser weiter einen Buchladen und beschloß, sich schnell ein Paperback zu kaufen, in dem sie beim Essen lesen wollte.

Die Glocke über der Tür wurde in Bewegung gesetzt, als sie den Laden betrat, und die attraktive blonde Frau, die hinter der Kasse gesessen und gelesen hatte, stand auf und kam zu Maggie.

»Herzlich willkommen bei uns«, sagte sie mit einem freundlichen Lächeln. »Kann ich Ihnen mit etwas Bestimmtem behilflich sein?«

Maggie entschloß sich, den neuesten Roman einer bekannten Krimiautorin zu kaufen, von der sie schon immer etwas hatte lesen wollen.

Nachdem sie bezahlt hatte, verließ sie den Laden und ging zu dem Restaurant, und gerade, als sie die Tür öffnete und eintreten wollte, bemerkte sie einen auffälligen roten Pick-up, der an ihr vorbeifuhr. Neugierig drehte sie sich um und sah, wie er genau vor dem Buchladen anhielt.

Sie überlegte einen Moment, ob sie zurückgehen sollte, damit sie besser erkennen konnte, wer den Wagen gefahren hatte, doch dann schüttelte sie den Kopf über sich selbst. Das ist doch nur ein dummer Zufall, sagte sie zu sich selbst. Hier in der Gegend schien so gut wie niemand einen normalen Wagen zu fahren, und sie hatte heute schon Dutzende von roten Pick-ups gesehen.

Das Essen schmeckte wirklich hervorragend – vor allem, weil sie es nicht selbst hatte kochen müssen! –, und sie genoß es, in einer ruhigen Ecke zu sitzen und in dem Krimi zu schmökern. Zwei Kapitel hatte sie geschafft.

Es war eine spannende Geschichte um eine junge Frau, die sich in einen charmanten, sexy Mann verliebte, der in Wirklichkeit – und das wußte die Heldin natürlich nicht – ein Killer war.

Unwillkürlich mußte Maggie wieder an Shade denken. Sie hatte schon vor langer Zeit gelernt, daß die Welt von viel zu vielen Verrückten bevölkert war – und was wußte sie schon von jenem Mann außer seinem Spitznamen?

Natürlich war sie nicht in Shade verliebt, das stritt sie ganz entschieden ab, aber sie konnte nicht leugnen, daß sie sich immer stärker von ihm angezogen fühlte. Und wer außer Buck konnte ihr ein paar Informationen über ihn geben? Und was wußte sie schon von Buck, außer daß ihm das Lokal und der Laden gehörten und daß er ein Mann war, von dem sie noch nie in ihrem Leben etwas gehört hatte, bevor der Zufall sie vor ein paar Tagen in sein Haus verschlagen hatte?

In Texas gab es mindestens so viele Verrückte wie in New York, dessen war sie sich sicher, und dennoch hatte sie sich von ein paar süßen Worten und altmodischem Kavaliersgehabe den Verstand einlullen lassen. Bis jetzt hatte sie in dieser harten Welt nur überleben können, weil sie das Leben stets mit einer gehörigen Portion Zynismus betrachtet hatte. Sie war eine Närrin, wenn sie das nun vergaß.

Also, halt dich ein bißchen zurück, Süße, befahl sie sich selbst. Wenn du dich zu weit mit Shade einläßt, könnte es dir schlecht bekommen.

Es war fast acht, als Maggie endlich zurückkam. Überall standen Pick-ups und Autos, und es kamen noch mehr, während sie ihren Wagen auf den Parkplatz vor ihrer Hütte fuhr. Als sie die Tür aufmachte und ausstieg, zuckte sie zurück, so laut klang die Musik vom Lokal herüber.

Gerade, als Maggie den Kofferraum aufschloß, um ihre Sachen herauszuholen, kam Shade, der einen Armvoll Kleidungsstücke trug, aus seiner Hütte.

Ihr verräterisches Herz schlug unwillkürlich schneller, und einen Moment lang versprüte Maggie nichts als reine Panik.

Shade, der sie gesehen hatte, kam auf sie zu und lächelte sie an. »Schön, daß du wieder heil nach Hause zurückgefunden hast«, sagte er. »Wie ist es mit deiner Arbeit gelaufen? Gut?«

Maggie holte einmal tief Luft und erwiderte dann höflich sein Lächeln. »Oh, ich habe viel geschafft, danke. Fährst du weg?« wollte sie dann wissen.

Er zwinkerte ihr zu. »Kommt überhaupt nicht in Frage! Nein, bei mir im Bad gibt's ein Problem mit dem Wasser, deshalb ziehe ich in die Hütte da um.« Er deutete mit dem Kopf auf die Hütte, die sich auf der anderen Seite neben ihrer befand.

»Brauchst du Hilfe?«

»Danke, aber das ist schon die letzte Ladung«, erwiderte er. »Aber ich wäre dir sehr dankbar, wenn du mir die Tür aufmachen könntest.«

Sie lief vor ihm her, um die Tür aufzuschließen, und sie wollte wieder gehen, als er an ihr vorbei die Hütte betrat.

»Nun lauf doch nicht gleich wieder fort!« sagte er. »Kannst du einen Moment mit reinkommen? Ich möchte gern mit dir über etwas reden.«

Entgegen all dem, was sie sich auf der Heimfahrt von Beaumont hierher vorgenommen hatte, tat sie, worum er sie gebeten hatte – gehorsam wie ein kleines, braves Hündchen! Sie war sich nicht sicher, warum Shade solche Reaktionen in ihr wachrief, aber sobald sie auch nur in seine Nähe kam, verlor ihr Verstand stets den Kampf gegen ihr dummes Herz.

Ob es an seinem verführerischen Lächeln lag oder an dem zwingenden Blick seiner grünen Augen oder an der geschmeidigen Art, wie er sich bewegte – oder vielleicht sogar an allem zusammen! –, das wußte sie nicht.

Nachdem er schnell die Sachen in den Schrank gehängt hatte, ging er in die kleine Küche, die der von Maggie aufs Haar glich, und machte das Fenster weit auf. »Es ist stickig hier drin«, meinte er dabei.

Maggie hatte ihn keine Sekunde lang aus den Augen gelassen. Er sah wieder einmal umwerfend gut aus. Er trug eine engsitzende Jeans, Westernstiefel und ein Westernhemd mit indianischen Motiven, dessen Farbe noch unterstrich, wie grün seine Augen waren. Er hatte sich frisch rasiert und den Schnurrbart gestutzt, und er roch nach einem After-shave, das Maggie kannte und von dem sie wußte, daß es eins der teuersten war, die es gab.

Er gab ihr einen Kuß. »Ich habe dich vermißt«, sagte er. »Du siehst müde aus«, fügte er dann stirnrunzelnd hinzu, als er ihr das Haar aus der Stirn strich und sie prüfend musterte.

»Ich bin es auch«, erwiderte sie mit einem Seufzer, und

unwillkürlich rollte sie die Schultern, um ihre verkrampften Muskeln zu entspannen.

»Dreh dich um!« befahl er und zog sie zu sich heran, bis sie nah vor ihm stand. Dann begann, er mit seinen kräftigen, sensiblen Fingern ihren Nacken und ihre Schultern zu massieren. Es war himmlisch.

»Hast du Hunger?« wollte Shade wissen. »An den Wochenenden kümmern sich immer Hershel Vick und seine Frau ums Essen, und sein Barbecue ist das beste, das ich kenne.«

»Danke, aber ich habe schon in Beaumont gegessen«, antwortete Maggie. Sie seufzte leise. Es war schön, daß es hier jemanden gab, dem es auffiel, wie abgespannt und müde sie war, und der sich Sorgen darum machte, ob sie auch richtig gegessen hatte. Und daß dieser Jemand auch noch so himmlisch massieren konnte, war das allerherrlichste.

Maggie seufzte noch einmal, als sie spürte, wie ihre Muskeln sich allmählich unter seinen Händen entspannten. Es tat unheimlich gut. »Wenn du auch noch Millionär wärst, würde ich dich gleich morgen früh heiraten«, sagte sie.

Abrupt hörte er auf, sie zu massieren. »Ein Millionär?« wiederholte er. »Ist das der einzige Typ Mann, der dich interessiert?«

»Um Himmels willen, nein!« erwiderte Maggie und lachte. »Das habe ich doch einfach nur so gesagt. Der Himmel möge mich vor Millionären und ähnlichem bewahren. Ich war nämlich schon mal mit einem verheiratet, und das hat mir für mein ganzes Leben gereicht!«

Er begann von neuem, ihre verspannten Muskeln mit seinen Fingern zu kneten. »Dein Ex-Mann war also Millionär, ja?«

»Zum Zeitpunkt unserer Ehe noch nicht ganz, aber schon auf dem besten Weg dazu«, antwortete Maggie. »Und nach dem, was ich gehört habe, hat er es inzwischen geschafft. Ich freue mich sehr für ihn, aber noch mehr freue ich mich, daß ich es rechtzeitig geschafft habe, mich aus diesen Kreisen zu verabschieden!«

Seine Daumen glitten mit kreisenden Bewegungen ihr Rückgrat hinunter, und Maggie krümmte unwillkürlich den

Rücken. Stunden hätte sie es so aushalten können, doch dann gab er ihr unvermittelt einen Klaps und trat zurück.

»Warum gehst du jetzt nicht rüber in deine Hütte, legst dich eine halbe Stunde zum Entspannen in die Badewanne, dann ziehst du dich um und machst mit beim Stiefelschieben?«

»Stiefelschieben?« fragte sie verständnislos.

»Beim Tanzen, Country und Western. Hast du denn die Musik nicht gehört?« Er begann mit den Fingern zu schnippen und sich im Rhythmus der Musik zu wiegen.

Maggie verdrehte die Augen. »Nur ein Tauber hätte sie überhören können«, meinte sie. »Aber ich habe keine Westernstiefel, und ich weiß auch nicht, wie man über die Tanzfläche ›schiebt‹.«

Er grinste – ein bißchen überheblich, wie sie fand. »Nun, meine süße Maggie, dann wirst du es von einem Meister lernen!«

»Aber ich bin wirklich ziemlich müde«, wandte sie ein. »Ich glaube, ich werde schnell duschen und mich dann mit einem guten Buch ins Bett legen.«

»Brauchst du dabei außer dem Buch sonst noch Gesellschaft?«

»Nein danke«, erwiderte sie leicht ärgerlich. »Warum verschwindest du nicht endlich und schiebst zusammen mit jemand anderem deine Stiefel über die Tanzfläche?«

»Ich will aber mit niemand anderem tanzen«, sagte er, plötzlich ganz ernst.

Etwas in seinem Blick ließ Maggies Widerstand dahinschmelzen. »Vielleicht komme ich nachher doch noch für einen Moment rüber«, antwortete sie.

Es war ein fürchterlicher Lärm, der Maggie entgegenschlug, als sie das Lokal betrat. Der Boden vibrierte unter ihren Füßen. Es herrschte eine unglaubliche Atmosphäre in diesem mit Menschen vollgepackten Raum, die alle gleichzeitig zu reden schienen, die lachten und tanzten und Bier tranken.

Maggie versuchte, Shade irgendwo zu entdecken, aber in dieser Menge erschien ihr das wie eine schier unlösbare Aufgabe. Das Licht war nicht besonders hell, die Luft verqualmt. Und die sich ständig bewegenden Menschen machten ihr die Suche auch nicht leichter.

Schließlich kämpfte sie sich zur Bar durch und entdeckte dort Omie, die gerade wieder als Kellnerin arbeiten mußte und versuchte, ein riesiges Tablett voller Flaschen und kältebeschlagener Bierkrüge durch die Menge vor der Bar zu jonglieren.

»Hi!« rief Omie und nickte ihr zu. »Bin ich aber froh, daß Sie doch noch gekommen sind! Ist es nicht großartig hier?« Sie blieb stehen.

»Fragen Sie mich das noch mal, wenn ich meinen Kulturschock überwunden habe«, erwiderte Maggie lachend. »Ist Ihr Freund auch da?«

»O ja!« Omie strahlte plötzlich übers ganze Gesicht. »Das dort drüben, das ist Billy Earl.« Sie zeigte auf einen großen, schlaksigen Jungen mit einem riesigen Adamsapfel, der einen großen, von einem schwarzen Band eingefaßten Westernhut trug, der durch seine abstehenden Ohren daran gehindert wurde, ihm tiefer auf den Kopf zu rutschen. »Ist er nicht absolut süß?« fragte Omie verzückt.

»Hm«, machte Maggie nur, weil sie nicht lügen wollte. Nun ja, jedem das, was ihm gefällt, dachte sie, während sie Billy Earl weiter beim Tanzen beobachtete. Er hatte lange, dünne Beine, und die Jeans hing traurig über seinen Po. »Und mit wem tanzt er da gerade?« fragte sie dann.

»Das ist Mavis, seine Schwester. Sie wird mich in ein paar Minuten hier ablösen.«

Ein ohrenbetäubendes Pfeifen, das tatsächlich alle anderen Geräusche übertönte, klang von einem der Tische zu ihnen herüber, und Omie lachte. »Ich will nur schnell die Getränke hinbringen, bevor Lester einen Aufstand anzettelt!«

Buck stand hinter der Bar. Als er Maggie sah und sie ihm ein Zeichen machte, goß er ihr ein Bier ein und stellte den Krug dann vor sie. »Aufs Haus!« sagte er dabei.

»Sieht ganz so aus, als hätten Sie heute abend genug zu tun«, meinte sie.

»Das beste Geschäft machen wir immer am Samstagabend«, erwiderte er. »Vor allem, wenn Shade hier ist.«

»Warum das denn?« fragte sie, weil sie nicht ganz verstanden hatte, was er damit meinte.

»Er spielt dann immer ein paar Songs, und die Leute lieben es.« Er zeigte in die Richtung, wo die Band auf dem kleinen Podium spielte und sich auch die Tanzfläche befand.

Maggie drehte sich genau in dem Moment um, als das schnelle Lied endete und eine langsame Ballade begann. Shade stand vor dem Mikrofon, die Gitarre in den Händen.

Als er mit seiner tiefen, schmeichelnden Stimme zu singen begann, ging ein Seufzer durch den Raum. Und auch Maggie selbst konnte sich seiner Ausstrahlung nicht entziehen. Es war ein Song, der unter die Haut ging.

Die Worte, die er sang – wie er nach einer Frau suchte, die er lieben konnte –, und seine tiefe Stimme schienen sie zu streicheln, machten sie atemlos und sandten Schauer über ihren Rücken. Sein Lied war sinnlich, lockend und verführerisch – und dennoch reichten diese Worte nicht aus, um seine Wirkung zu beschreiben.

»Ist er nicht phantastisch?« flüsterte Omie ihr ins Ohr und seufzte dabei. »Er hat soviel Talent, und er ist so sexy. Wußten Sie eigentlich, daß er alle seine Lieder selbst schreibt?«

»Nein, das wußte ich nicht«, erwiderte Maggie überrascht. »Ich hatte keine Ahnung davon.«

»Wann immer er wollte, könnte er seine Stiefel unter mein Bett stellen«, fuhr Omie mit ihrer Schwärmerei fort. »Schade, daß ich nicht älter bin.« Sie sah Maggie dabei vielsagend an und lächelte.

Maggie beobachtete, wie Shade, während er sang, mit den Gefühlen des Publikums spielte. Er hatte sie alle fest im Griff. Und sich selbst konnte sie nicht davon ausnehmen, sie war genauso gefesselt wie alle anderen. Einen Moment lang glaubte sie, daß er sie in der Menge entdeckt hätte und sein Lied nur für sie singen würde. Als die letzte Note verklang, fühlte sie sich ganz seltsam – hingerissen, von Sehnsucht erfüllt, erschöpft, als hätte das Zuhören all ihre Kraft von ihr gefordert.

Nach einer kurzen Pause machten er und die Band weiter, diesmal mit einem heißen Rocksong, der das Publikum zum

Kochen brachte. Die Leute pfiffen, brüllten, sangen mit und stampften mit den Füßen.

Und nun war sich Maggie ganz sicher, daß er einzig und allein sie meinte, als er sie anblickte und wieder auf diese unverschämte Art und Weise grinste, während er ein ziemlich eindeutiges Lied über eine ›heiße Frau mit roten Haaren und heißen Augen und einem heißen roten Mund, der ganz genau zu seinem paßte‹, sang. Es war ein Lied, das mit seinem Rhythmus und seinem Text die Leute erregte, und wenn man dann noch sah, wie provozierend Shade sich bewegte, und hörte, wie sexy und heiser seine Stimme klang, dann war man verloren.

Maggie genauso wie alle anderen.

»O mein Gott!« flüsterte sie, und sie mußte sich an der Bar festhalten, weil ihre Knie plötzlich nachzugeben drohten.

»Ist er nicht unglaublich?« schrie Omie ihr zu – sie mußte schreien, denn anders konnte man sich nicht mehr verständlich machen.

»Unglaublich ist noch ein viel zu mildes Wort«, meinte Maggie schwach.

»*Red-hot, she's red-hot*«, sang Shade.

Er zwinkerte ihr zu, wirbelte auf der Bühne herum und fuhr fort, die Leute mit seinem ›heißen‹ Lied zu entflammen. Und auch Maggie merkte, wie ihr immer heißer wurde.

Zum ersten Mal in ihrem Leben verstand sie, warum in Ekstase geratene Frauen versuchten, sich die Kleider vom Leib zu reißen – oder versuchten, sie dem Sänger vom Leib zu reißen. Weil die primitivsten Instinkte durch solche Musik angesprochen wurden. Ihre auch. Ihr Shirt klebte ihr am Rücken, und Schweißperlen standen ihr auf der Stirn.

I love it when she's red-hot! Er hatte sie nicht eine Sekunde aus den Augen gelassen, immer noch lag dieses unverschämte Grinsen auf seinen Lippen, und nun schwang er seine Hüften auf eine so sexy Art, daß selbst Elvis in seinen besten Zeiten wie ein Waisenknabe neben ihm gewirkt hätte.

Maggie hielt es einfach nicht mehr aus. Sie brauchte frische Luft, und so kämpfte sie sich ihren Weg durch die kreischende, johlende Menge nach draußen in die kühle Nachtluft. Sie entfernte sich ein Stück vom Gebäude und lehnte sich dann ganz erschöpft gegen eine Pinie und sog die frische Luft gierig ein.

Was zum Teufel passierte bloß mit ihr?

Verdammt noch mal, dachte sie ärgerlich, ich weiß ganz genau, was mit mir passiert. Shade hatte sie auf eine ganz primitive Art und Weise erregt. Sie war in ihrem ganzen Leben noch nie einem Mann begegnet, der eine so starke erotische Wirkung auf sie hatte – und das allein mit einem Lied und einem Blick!

Nachdem sie noch ein paarmal ganz tief durchgeatmet und sich selbst eine Predigt gehalten hatte, daß sie nicht wie ein alberner Teenager reagieren sollte, gewann sie langsam die Kontrolle über ihre durcheinandergeratenen Gefühle zurück, und ihr Verstand fing wieder an zu arbeiten. Je mehr sie von Shade kennenlernte, desto verwirrter wurde sie.

Wer zum Teufel war dieser Mann?

Ganz am Anfang hatte sie ihn für einen ungebildeten Hinterwäldler gehalten, aber sie hatte sehr schnell herausgefunden, daß das nicht der Fall war. Er konnte sich sehr gewählt ausdrücken, und in ihren Gesprächen hatte sie immer wieder Hinweise darauf bekommen, daß er belesen war, aus einer guten Familie stammte und viel gereist sein mußte. Und er war ausgesprochen intelligent. Er war zwar ganz sicher kein Profi-Musiker, aber er hatte auch in diesem Bereich viel Talent.

Warum ging er nicht nach Nashville, um eine Platte aufzunehmen, oder warum spielte er nicht wenigstens in größeren Orten, wo er sich einen Namen hätte machen können?

Warum versteckte er sich gerade hier? Warum?

»Maggie!« Das war Omies Stimme.

»Gott sei Dank«, antwortete das junge Mädchen erleichtert. »Sie sind so schnell nach draußen gestürmt, daß wir uns schon Sorgen gemacht hatten. Shade hat mich Ihnen hinterhergeschickt, damit ich schaue, ob Sie auch wirklich in Ordnung sind. Er wäre am liebsten selbst gekommen, aber die Leute haben einen furchtbaren Terror gemacht, als sie merkten, daß er von der Bühne wollte.«

»Mir geht es prima«, sagte Maggie. »Ich denke, ich bin soviel Qualm nicht gewöhnt.«

»Kommen Sie wieder zurück?«

Maggie schüttelte den Kopf. »Nein«, erwiderte sie. »Ich bin schrecklich müde. Ich glaube, ich werde ins Bett gehen.«

»Okay. Ich werd's Shade sagen. Aber ich glaube, daß er sehr enttäuscht sein wird.«

Omie drehte sich um und wollte schon gehen, aber Maggie hielt sie zurück. »Eine Frage noch, Omie, bitte«, sagte sie. »Welche Aufgabe haben die Texas-Ranger hier bei euch?«

»Oh, das weiß ich auch nicht so genau«, antwortete das Mädchen. »Aber ich glaube, daß sie genau wie andere Polizisten Untersuchungen führen und Gangster fangen. Ich weiß nur, daß sie ganz schön harte Burschen sind.«

Ihre Antwort beunruhigte Maggie, aber dennoch gelang es ihr zu lächeln. »Danke«, sagte sie. »Bis morgen.« Dann winkte sie Omie noch einmal zu und ging zu ihrer Hütte.

Ein Dutzend Erklärungen schossen ihr durch den Kopf, während sie weiterging, aber ein Gedanke kehrte immer wieder. Sie wurde den Verdacht nicht mehr los, daß jener Texas-Ranger tatsächlich nach Shade gesucht hatte.

Warum?

Wovor lief Shade davon? Wovor versteckte er sich? Aber wenn er sich tatsächlich versteckte, dann würde er doch nicht vor so vielen Menschen auftreten. Was hatte das alles zu bedeuten?

Sie überdachte jede Möglichkeit, die ihr einfiel, angefangen damit, daß er ein wichtiger Zeuge in einem wichtigen Prozeß sein könnte und hier solange Zuflucht gefunden hatte, bis zu dem Verdacht hin, daß er ein flüchtiger Mörder war. Verdammt noch mal, es würde ihr schon noch gelingen, die Lösung zu finden!

Und sie wußte auch schon, wie sie damit anfangen würde!

Als sie in ihrer Hütte war, zog sie sich schnell einen dunklen Jogginganzug an und schwarze Turnschuhe, dann suchte sie so lange in ihren Sachen, bis sie ihre Taschenlampe gefunden hatte. Byline strich um ihre Knöchel, miaute und lief neben ihr her, als sie zur Tür ging.

»Bleib hier!« befahl Maggie ihm, aber als sie die Tür öffnete, schoß der Kater durch den Spalt nach draußen und verschwand in der Dunkelheit. »Stures Katzenvieh!« schimpfte sie vor sich hin.

Vorsichtig vergewisserte sie sich, daß sie auch wirklich allein hier draußen war, dann schlich sie sich hinter die Hütten, bis sie zu dem Küchenfenster kam, das Shade hatte offenstehen lassen.

Es war nicht ganz einfach, durch das Fenster nach innen zu klettern, weil es ziemlich hoch war, und so leuchtete Maggie mit ihrer Taschenlampe herum, ob sich nicht etwas finden ließe, auf das sie klettern könnte. Warum war nie eine Leiter bei der Hand, wenn man eine brauchte?

Schließlich fiel ihr Blick auf eine ziemlich stabil wirkende Bretterkiste, und vorsichtig zog und schob sie sie an die Wand der Hütte, dann kletterte sie vorsichtig darauf. Na ja, ganz so stabil war sie doch nicht, aber es mußte gehen. Maggie schwang sich hoch und schob sich dann durch das Fenster.

Drinnen hatte sie keine solchen Schwierigkeiten, sie fluchte nur leise vor sich hin, als sie sich das Schienbein an einem Küchenstuhl stieß. Die Lampe draußen auf der Veranda warf einen schwachen Lichtschein, genug, um die Umrisse der Möbel zu sehen, aber unzureichend, um mehr erkennen zu können. Maggie nahm wieder ihre Taschenlampe, deckte sie mit der Hand ab und ließ den Lichtstrahl vorsichtig durch den Raum gleiten.

Maggies Aufmerksamkeit richtete sich auf eine Kommode, und leise ging sie dorthin, um den Inhalt zu untersuchen. Sie begann mit der untersten Schublade, aber sie fand nichts Besonderes – außer einer Schachtel Kondome, was sie mit hochgezogenen Augenbrauen registrierte. Schließlich zog sie die oberste Schublade auf.

Hier hatte Shade seine Unterwäsche untergebracht. *Seidene* Unterwäsche, wie Maggie feststellte, als sie den Stoff prüfend zwischen den Fingern rieb. Seltsam, wenn man bedachte, daß er gewöhnlich in alten, abgewetzten Jeans herumlief und in Shirts, die man noch nicht einmal für eine Altkleidersammlung genommen hätte. Vorsichtig tastete sie weiter, und plötzlich blitzte im Strahl ihrer Taschenlampe etwas Goldenes auf.

Maggie schaute genauer hin. Kein Zweifel, das war eine Rolex. Und nicht etwa eine der billigen Kopien, wie sie die Straßenhändler in New York nichtsahnenden Touristen andrehten. Dies war eine aus achtzehnkarätigem Gold.

Seltsam. Ausgesprochen seltsam.

Maggie machte die Schublade wieder zu, dann ging sie zum Kleiderschrank hinüber. Ganz wie sie es erwartet hatte, fand sie dort seine schäbigen Jeans und Shirts, aber als sie nach hinten faßte, entdeckte sie einen Anzug. Ein schneller Blick auf das Etikett zeigte ihr, daß es ein Anzug von Armani war.

Unten auf dem Boden des Schranks standen ordentlich seine Turnschuhe und Stiefel nebeneinander – aber auch hier gab es etwas, was nicht dazu paßte. Ein paar handgearbeitete italienische Schuhe aus feinstem Leder.

Maggie kniete sich und tastete nach hinten. Halb versteckt unter einem Beutel entdeckte sie einen ledernen Aktenkoffer.

Doch gerade, als sie sie herausziehen wollte, um sie sich genauer anzuschauen, hörte sie plötzlich, wie der Schlüssel im Schloß gedreht wurde. Maggie wurde von heller Panik gepackt. Himmel, Shade durfte sie hier nicht erwischen! Sie schob den Aktenkoffer wieder zurück und überlegte blitzschnell, welche Möglichkeiten sie hatte.

Es waren nicht viele.

Sie rannte quer durch den Raum, und gerade, als die Tür aufgestoßen wurde und das Licht anging, verschwand sie unter dem Bett. Da die Decke nicht ganz bis auf den Boden reichte, konnte Maggie zwei Paar Stiefel erkennen, ein größeres Paar, ein kleineres.

Sie hörte einen Mann etwas flüstern und eine Frau leise lachen, während die Stiefel sich unerbittlich dem Bett näherten. Genau davor blieben sie stehen, Zeh an Zeh.

Maggies Augen weiteten sich entsetzt, als sie beobachtete,

wie die Stiefel nach oben aus ihrem Blickfeld entschwanden, und dann hörte sie die unverkennbaren Laute, die Leute machten, wenn sie sich küßten. Das Murmeln einer tiefen Männerstimme, Stöhnen, eine Frau, die verlangend seufzte.

Dieser verdammte Bastard!

Und als sich dann auch noch die Matratze senkte und die Federn anfingen zu quietschen, bekam Maggie fast einen Schlaganfall. Sie würde doch nicht etwa gezwungen sein, hier unten auszuharren, während die da oben . . .

Ein Stiefel polterte auf den Boden, der zweite folgte, dann der dritte, der vierte. Maggie konnte von ihrem Versteck aus sehen, wie sie unordentlich auf dem Fußboden verstreut lagen. Als sie dann hörte, wie Reißverschlüsse aufgezogen wurden und die Frau albern kicherte, dann wieder tiefes Gestöhne und Geseufze kam und die Kleidungsstücke auf die Erde flatterten und als traurige Häuflein liegenblieben, hatte sie den perversen Wunsch, aus ihrem Versteck herauszuspringen und ›Überraschung! Überraschung!‹ zu rufen.

Aber das war natürlich unmöglich. Sie war gezwungen, lang ausgestreckt unter dem Bett liegenzubleiben. Sie schloß die Augen und hielt sich die Ohren zu, weil sie es noch nie besonders aufregend gefunden hatte, den Voyeur zu spielen, aber als sich die Matratze dann auf und nieder bewegte, riß sie entsetzt die Augen wieder auf.

Maggie fühlte sich gedemütigt wie nie zuvor in ihrem Leben – auch wenn sie sich selbst in diese Situation gebracht hatte. Sie fand es widerwärtig, Shades Grunzen und Stöhnen mitanhören zu müssen, während er es mit einer seiner heißen Verehrerinnen trieb.

Sie verfluchte das Schicksal, und sie verfluchte diesen Mann. Im Geiste bedachte sie ihn mit sämtlichen Schimpfwörtern, die sie je gehört hatte, und war selbst überrascht, welche neuen und gemeinen Variationen ihr zusätzlich einfielen. Sie hatte bis jetzt nicht gewußt, daß sie über eine solche sprachliche Kreativität verfügte.

Als die Matratze endlich wieder in eine Ruhelage kam – nach einer Ewigkeit, wie es Maggie schien! –, lag Maggie völlig erschöpft da, die Wange gegen den Boden gepreßt. Es kitzelte sie in der Nase. Verdammter Staub! Omie war beim Putzen wohl doch nicht so sorgfältig gewesen, wie sie es hätte sein sollen.

»O Baby!« stöhnte er.

»O du Süßer!« stöhnte sie zurück.

O Gott! stöhnte Maggie.

Und dann kam ihr ein noch viel entsetzlicherer Gedanke. Was war, wenn die beiden beschlossen, die ganze Nacht in diesem Bett zu verbringen?

Auf einmal kitzelte es noch viel stärker in ihrer Nase, und Maggie verspürte einen unwiderstehlichen Drang zu niesen. Vorsichtig hob sie die Hand, hielt sich die Nase zu und kämpfte mit all der Entschlossenheit, die sie überhaupt aufbringen konnte, dagegen an. So inbrünstig, wie sie noch nie in ihrem Leben gebetet hatte, betete Maggie darum, daß die beiden so schnell wie möglich in das Lokal zurückkehrten.

Und endlich hatte das Schicksal ein Einsehen. Ihre Gebete wurden erhört. Plötzlich mußte sie nicht mehr niesen, und dieses schamlose Bett-Duo begann, Kleider und Stiefel zusammenzusuchen und sich wieder anzuziehen.

Nachdem die beiden gegangen waren, wartete Maggie noch eine volle Minute, bevor sie wieder unter dem Bett hervorkrabbelte. Ihr erster Impuls war, sofort von hier zu verschwinden, wie der Teufel zu rennen, bis sie in der Sicherheit ihrer eigenen Hütte war. Aber dann tat sie das doch nicht.

O nein, sie würde es nicht einfach so hinnehmen, daß sie *das* hatte miterleben müssen. Alles in ihr schrie nach Rache, nach kaltblütiger, gemeiner Rache.

Sie würde es diesem Bastard schon zeigen, der ihr mit seinen süßen Worten den Kopf verdreht hatte, bis sie geglaubt hatte, daß er wirklich etwas für sie empfand, der sie geküßt hatte, als ob sie etwas ganz Besonderes für ihn gewesen wäre, und der der Grund dafür gewesen war, daß sie sich nachts schlaflos im Bett hin und her gewälzt hatte!

Maggies Augen wurden schmal, als sie nachdachte. Da kam

so einiges in Frage . . . Schließlich rieb sie sich die Hände und lachte leise vor sich hin.

Und dann machte sie sich an die Arbeit.

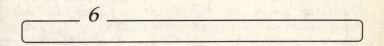

6

Als die Band endlich eine längere Pause machte, wandte Shade sich an die anderen und sagte: »Jungs, ich hab's für heute hinter mir. Ab jetzt laß' ich euch alleine spielen.«

»Hast du wirklich keine Lust mehr, mit uns weiterzumachen?« fragte Pete, der Bassist.

Shade grinste. »Nein, ich glaube, ich werde allmählich zu alt dafür. Ich bin fix und fertig.«

Pete, der mindestens zehn Jahre älter war als Shade, begann laut zu lachen und klopfte ihm auf die Schulter. »Bist du ganz sicher, daß du nicht nur deshalb jetzt aufhören willst, weil du dich mit einem dieser heißen Mäuschen, die dich so anhimmeln, draußen in den Büschen verabredet hast? Ich könnte dir auf Anhieb mindestens zehn hübsche Ladys nennen, die bereit und willig wären.«

»Nee. Kein Interesse.«

Es war nicht ganz einfach für Shade, nach draußen zu kommen, denn immer wieder wurde er gestoppt und mußte sich mit den Leuten unterhalten. Man merkte deutlich, daß bei einigen durch den reichlichen Alkoholgenuß schon etliche Hemmungen abgebaut waren, aber Shade versuchte, sich nichts anmerken zu lassen und zu allen freundlich zu sein, vor allem zu den Frauen – aber nicht zu freundlich, denn er war weit davon entfernt, es zu genießen, daß sie seinetwegen fast in Ohnmacht fielen.

Doch schließlich hatte er es geschafft, und er atmete tief die kühle Nachtluft ein, die seinen Kopf wieder klar machte. Dann ging er langsam zu den Hütten hinüber.

Es machte ihm einen Riesenspaß, seine eigenen Lieder zu singen und hin und wieder zusammen mit der Band zu spielen, aber er war sich schnell darüber klargeworden, daß sein Vergnügen nicht so weit ging, daß er ständig dieser Art von Leben hätte führen wollen.

Früher einmal, als er viel jünger gewesen war, hatte ihn die Vorstellung gereizt, von Ort zu Ort zu tingeln und die Bewunderung der Menge zu genießen. Aber er war nun erwachsen genug, den richtigen Stellenwert seiner Musik zu erkennen und sie als Hobby einzuordnen und damit zufrieden zu sein, auch wenn diese Entscheidung ihn manchmal mit bittersüßer Wehmut erfüllte.

Er hatte es bedauert, daß Maggie nicht länger geblieben war. Er hätte gern mit ihr getanzt und sie gefragt, wie ihr seine Lieder gefielen. Vor ein paar Nächten, als er nicht hatte schlafen können, weil er dauernd an sie gedacht hatte, hatte er ›Red-hot‹ geschrieben.

Shade fragte sich, ob sie bemerkt hatte, daß er an sie gedacht hatte, als er den Song schrieb. Aber offensichtlich schätzte sie seine Musik doch nicht so sehr, sonst wäre sie nicht mitten im Lied gegangen.

Vor ihrer Tür zögerte er einen Moment, doch als er sah, daß alles dunkel war, ging er weiter.

Er schloß die Tür zu seiner eigenen Hütte auf, öffnete sie und machte dann das Licht an.

»Welcher Idiot hat denn das hier gemacht!« brüllte er los.

Der ganze Raum war mit Toilettenpapier geschmückt, das sich wie eine Girlande um alle möglichen Gegenstände rankte, und von der Lampe hingen zwei wie Ballons aufgeblasene und mit Wasser gefüllte Kondome herunter. Noch mehr Kondome waren liebevoll überall im Raum verteilt, auf alle länglichen Gegenstände gesteckt, unter anderem waren sie auch über die Bettpfosten gestülpt.

Vor sich hinschimpfend und fluchend machte Shade sich daran, seine Hütte von den ›Verzierungen‹ zu befreien, dann ging er wütend ins Bad, um sie in den Abfalleimer zu schmeißen.

Doch als er dann das Bad betrat und sah, was auf den Spiegel geschrieben war, bedachte er denjenigen, der hier so gehaust hatte, mit ausgesprochen einfallsreichen Verwünschungen. Mit blauer Zahnpasta hatte jemand einen ziemlich ordinären Vorschlag gemacht, was er, Shade, mit sich selbst machen sollte, und das Ganze mit drei Ausrufezeichen versehen.

Wer um Himmels willen hatte hier den Vandalen gespielt? Kids, die eine Mutprobe machten? Ein wütender Kerl, dem es nicht paßte, daß seine Freundin Shade anhimmelte?

Einbrecher?

Nein, Einbrecher würden sich sicher nicht die Zeit genommen haben, die Kondome aufzublasen und dann auch noch mit Wasser zu füllen, aber dennoch überprüfte er schnell seine Sachen. Es schien nichts zu fehlen. Aber das Küchenfenster stand immer noch offen. Shade knallte es zu und verriegelte es dann.

Schließlich kam er zu dem Schluß, daß es wohl doch irgendwelche dummen Kids gewesen sein mußten, dann duschte er und ging anschließend ins Bett.

Schon zehn Minuten, nachdem Maggie in ihre Hütte zurückgekehrt war, bedauerte sie ihre alberne Reaktion. Natürlich war sie immer noch wütend, schrecklich wütend sogar, aber normalerweise verfügte sie über bessere Möglichkeiten, mit ihrer Wut fertig zu werden. Was hatte dieser Mann nur an sich, daß sie sich zu einem so kindischen Verhalten hatte hinreißen lassen?

Schon früh am nächsten Morgen machte sie sich auf den Weg, um nach Beaumont zu fahren. Sie war fest entschlossen, diesem Möchtegern-Playboy so oft wie möglich aus dem Weg zu gehen und ihre Begegnungen auf ein Minimum zu beschränken.

Sie ging in verschiedene Museen, setzte sich zum Mittagessen in ein kleines Restaurant, kaufte zwei Kochbücher mit Rezepten aus der Region und vertrieb sich so die Zeit, bis die

Bibliothek um zwei öffnete. Sie arbeitete dort, bis um elf geschlossen wurde.

Sie wußte natürlich, daß es sich nicht ganz vermeiden ließ, Shade zu begegnen, aber sie war entschlossen, die Distanz zwischen ihnen in jeder Hinsicht so groß wie möglich zu halten.

Shade wußte nicht mehr, woran er war. Er hatte Maggie am Sonntag vermißt, denn sie war wie vom Erdboden verschluckt gewesen, und als er am Montag in die Küche kam, hatte er das Gefühl, einen Eiskeller zu betreten. Der Blick, mit dem sie ihn bedachte, hätte selbst einem Gletscher alle Ehre gemacht. Als er versuchte, sie zu berühren, schlug sie seine Hand weg.

»Was ist denn los, Maggie?« wollte er wissen.

Sie schaute nicht einmal auf. »Ich habe zu tun«, war ihre ganze Antwort.

»Brauchst du Hilfe?«

»Nein. Warum verschwindest du nicht, um Billard zu spielen oder an deiner Gitarre herumzuzupfen oder um sonst etwas ähnlich Konstruktives zu machen?«

»Bist du wegen irgend etwas wütend auf mich?«

»Wütend? Warum sollte ich wütend auf dich sein?«

Er zuckte mit den Schultern. »Ich will verdammt sein, wenn ich es weiß, aber du benimmst dich so, als ob ich ein ekelhaftes Insekt wäre. Hast du vielleicht deine Tage oder was?« Er wußte selbst, daß letzteres keine faire Bemerkung gewesen war, aber Maggie machte ihn rasend.

Aus ihren Augen schossen Funken, als sie zu ihm herumwirbelte, das Fleischmesser in der Hand, mit dem sie gerade gearbeitet hatte. »Falls dir deine Männlichkeit, mit der du ja so gern herumprahlst, irgend etwas bedeutet, dann solltest du schleunigst deinen knackigen Hintern hier herausbefördern – und vergiß nicht, deine blöden sexistischen Bemerkungen mitzunehmen!«

Shade begriff, daß es in diesem Augenblick weiser war, einen taktischen Rückzug anzutreten, aber er hatte immer noch nicht die geringste Ahnung, was Maggie so auf die Palme gebracht hatte.

Während des Mittagessens vermied sie es geflissentlich, mit ihm zu reden oder ihm auch nur anzuschauen, und als er anbot, ihr wie üblich beim Abwasch zu helfen, lehnte sie kühl ab.

Das Abendessen verlief nicht besser. Maggie strahlte Eiseskälte aus. In dem verzweifelten Versuch, wenigstens ein bißchen Konversation zu machen, fragte er: »Sag mal, hast du am Samstagabend vielleicht zufällig irgendwelche seltsamen Geräusche in meiner Hütte gehört?«

Der Blick, mit dem sie ihn bedachte, war so schneidend, daß er sich unwillkürlich fragte, ob er nicht mindestens sechs Inches kleiner geworden sei. »Ach? An welche ›seltsamen‹ Geräusche hast du denn gedacht? – Nein, ich habe nichts gehört. Ich habe tief und fest geschlafen.«

Shade zuckte mit den Schultern und gab es auf.

Die Woche zog sich dahin, und Shade fühlte sich immer elender, während er verzweifelt versuchte herauszufinden, was wohl in Maggie gefahren war und wofür sie ihn verantwortlich machte. Er versuchte mit ihr zu reden, aber er hatte keinen Erfolg. Er traute sich kaum noch, irgend etwas zu sagen oder zu tun, weil er sie nicht noch mehr verärgern wollte, und er kam sich vor wie jemand, der auf rohen Eiern zu tanzen versuchte.

Aber auch seine Vorsicht brachte nichts. Maggie blieb angespannt und kühl, obwohl auch sie deutlich bemerkte, daß Buck sich in dieser unterkühlten Atmosphäre immer unwohler fühlte.

Am Donnerstagnachmittag hatte Shade endgültig genug. Er hatte unendliche Geduld gezeigt, er war höflich gewesen, doch all seine Rücksichtnahme hatte zu überhaupt nichts geführt – außer dazu, daß sein Frust ständig gewachsen war. Wenn irgendeine andere Frau es gewagt hätte, ihn so zu behandeln wie Maggie, dann hätte er ihr schon längst gesagt, daß sie sich zum Teufel scheren sollte.

Aber Maggie war es wert, daß man um sie kämpfte – auch wenn er dabei gegen sie selbst kämpfen mußte!

Entschlossen ging er zu ihrer Hütte und klopfte. Als sie öffnete, schob er schnell den Fuß zwischen die Tür, dann drängte er sich an Maggie vorbei in den Wohnraum. »Okay, Maggie«, begann er, »laß uns reinen Tisch machen. Ich will endlich wissen, warum du dich mir gegenüber so komisch benimmst.«

Sie sah ihn böse an. »Ich habe dir nichts zu sagen. Und jetzt geh bitte wieder.«

»Ich werde den Teufel tun. Ich verschwinde nicht eher von hier, als bis du mit mir geredet hast. Ich hatte die ganze Zeit gedacht, daß zwischen uns beiden etwas Besonderes sei . . .«

»Es gibt kein ›uns‹«, unterbrach sie hn.

»Das stimmt nicht, und das weißt du auch ganz genau. Willst du mir nicht endlich sagen, was ich gemacht habe, daß du mich nicht mehr beachten willst? Ich habe hin und her überlegt und mich immer wieder gefragt, womit ich dich beleidigt haben könnte, aber mir ist einfach nichts eingefallen. Es sei denn, du hättest mir mein Lied und meinen Auftritt mit der Band am Samstagabend übelgenommen. Stimmt das?«

»Wenn es dir Spaß macht, daß die Frauen deinetwegen vor Verzückung kreischen und fast in Ohnmacht fallen, wenn du singst und deine Hüften rotieren läßt, dann ist das dein Problem und nicht meins.«

Zum ersten Mal seit Tagen sah Shade wieder einen Hoffnungsschimmer. »Ich will verdammt sein«, sagte er leise vor sich hin, dann lächelte er und griff nach Maggie. »Du bist eifersüchtig!«

»Eifersüchtig!« schrie sie. »Du mieser, kleiner, eingebildeter Egoist, ich wäre noch nicht einmal dann eifersüchtig auf andere Frauen, wenn du der einzige Mann auf der ganzen weiten Welt wärst!« Sie versuchte, sich von ihm loszumachen, aber er lockerte seinen Griff kein bißchen.

»Zum Teufel, Maggie, das war doch nur ein harmloser Spaß. Diese anderen Frauen bedeuten mir doch überhaupt nichts. Du bist die einzige, die mir etwas bedeutet.«

»Ein harmloser Spaß? Du wagst es, das einen harmlosen Spaß zu nennen?« sagte sie, außer sich vor Wut. »Du unsensibler ... größenwahnsinniger ... Affe!« Sie hieb mit den Fäusten auf seine Schultern. »Laß mich bloß los!« schrie sie ihn an. »Ich denke gar nicht daran, mich in die Schlange deiner Bewunderinnen einzureihen, die alle nur darauf warten, mit dir ins Bett zu hüpfen!«

»Wovon in aller Welt redest du überhaupt? Ich habe noch nie mein Bett mit irgendeiner dieser Frauen geteilt!«

Maggie, deren Augen vor Zorn funkelten, hieb ihm noch einmal auf die Schultern. »Und zu allem Überfluß entpuppst du dich auch noch als Lügner!«

Nun verstand Shade überhaupt nichts mehr. »Wer auch immer dir einen solchen Schrott über mich erzählt hat, hat ...«

»Niemand hat mir was zu erzählen brauchen«, unterbrach sie ihn. »Ich habe dich doch selbst gesehen, mit meinen eigenen Augen!«

»Und was genau willst du gesehen haben?« fragte er.

»Dich und eine Frau. Samstagnacht. In deiner Hütte.«

»Liebes, du mußt dich irren. Irgend jemand ist durch mein Fenster hereingeklettert und ...«

»Nein, durchs Fenster ist niemand hereingekommen, aber durch die Vordertür. Mit dem Schlüssel. Ich weiß, daß ich mich nicht irre. Ich weiß schließlich, was ich gesehen habe. Und wenn du mich jetzt nicht auf der Stelle losläßt und verschwindest, dann rufe ich die Polizei und zeige dich an!«

Shade gab nach. Er war überrascht von der Heftigkeit, mit der sie verteidigte, was sie gesehen zu haben glaubte, und genauso überrascht war er davon, wie tief ihre Wut saß. Irgend etwas konnte nicht mit ihr stimmen. Entweder hatte sie ein ernsthaftes psychisches Problem, oder sie hatte tatsächlich etwas gesehen, aber die Fakten ganz falsch interpretiert. Und ihm wäre es natürlich tausendmal lieber, wenn letzteres der Fall wäre ...

Aber es hatte doch niemand anderer einen Schlüssel zu seiner Hütte – außer ...

Zwei Stunden später empfand Maggie immer noch den gleichen hilflosen Zorn. Sie hatte versucht zu arbeiten, aber im Geiste erlebte sie die Szene mit Shade wieder und immer wieder. Dann hatte sie versucht zu lesen, aber wieder aufgegeben, als sie merkte, daß sie kein einziges Wort begriff. Schließlich hatte sie das Buch wütend weggeschleudert, und dann hatte sie angefangen, unruhig in dem Raum auf und ab zu laufen.

Sie fragte sich immer wieder, warum es ihr auch nur irgend etwas ausmachen sollte, was ein Mann, den sie kaum kannte, in seinem eigenen Schlafzimmer trieb. Die paar Küsse, die sie gewechselt hatten, auch wenn es ganz heiße Küsse gewesen waren, bedeuteten doch wirklich nichts! Überhaupt nichts.

Warum hatte sie zugelassen, daß sie sich dermaßen über einen gewissenlosen Weiberhelden aufregte, dessen einzige Vorstellung davon, wie man wohl am besten ein paar Dollar verdiente, war, daß man einmal in der Woche in einem billigen Lokal in der hintersten Provinz ein paar Liedchen klimperte und mit den Hüften wackelte?

Es klopfte. Da Maggie sicher zu wissen glaubte, wer da vorhatte, sie von neuem zu ärgern, rührte sie sich nicht.

Das Klopfen wurde lauter, drängender.

Byline begann zu miauen.

Maggie riß die Tür auf und hatte schon den Mund aufgemacht, um Shade noch einmal mit allergrößter Deutlichkeit zu sagen, was sie von ihm hielt, doch dann machte sie den Mund wieder zu.

Neben Shade stand Omie. Eine sehr blasse Omie, deren Augen übergroß in dem schmalen Gesicht wirkten.

Shade schob das Mädchen in den Raum. »Omie hat dir etwas zu sagen, Maggie.«

»Ich . . . ich . . .« Das Mädchen schaute zwischen Shade, dessen Gesicht hart und entschlossen wirkte, und Maggie hin und her, dann blickte sie verlegen auf ihre Hände. Sie hatte sie so fest zusammengeballt, daß die Knöchel weiß hervortraten. »Ich hatte gedacht, die Hütte wäre nicht belegt.«

Maggie runzelte die Stirn. »Omie, was, um Himmels willen,

meinen Sie damit?« Dann sah sie Shade an. »Was hast du mit ihr gemacht?« wollte sie wissen.

»O nein, er hat mir überhaupt nichts getan«, verteidigte Omie ihn. »Er . . . er . . . ich . . . ich . . . ich meine, Billy Earl und ich haben am Samstagabend die Hütte hier benutzt. Shades Hütte, aber das wußte ich ja nicht, weil er sonst doch in der anderen wohnt. Wir wußten nicht, daß er umgezogen war. Ich dachte, die Hütte wäre leer, und wir wollten doch auch einmal allein miteinander sein, und . . . oh . . . oh, ich könnte sterben!« fügte sie verzweifelt hinzu.

Maggie schaute zuerst Shade an, dann wieder Omie, die abwechselnd rot und blaß wurde und verlegen auf ihre Füße starrte. Mitleidig legte Maggie ihr einen Arm um die Schultern. »O Omie, es gibt überhaupt keinen Grund, sich so aufzuregen. So ein Mißverständnis kann immer mal vorkommen.« Wieder sah sie Shade an. »Wie konntest du das Mädchen nur so demütigen, du unsensibler Mensch!«

»Ich soll *sie* gedemütigt haben? Verdammt noch mal, wenn *ein* Mensch an der ganzen Sache unschuldig ist, dann bin ich es! Und wenn du nicht so schnell und so voreilig deine Schlüsse gezogen hättest, dann hätten wir uns all das ersparen können! Hättest du mir nicht ein wenig mehr vertrauen können? Hättest du mich nicht einfach fragen können?«

»Wenn man dir eine Frage stellt, dann kann man auch genauso gut in den Wind spucken. Das Ergebnis ist das gleiche!«

»Kann ich jetzt gehen?« fragte Omie leise.

»Natürlich«, erwiderte Maggie. »Soll ich Sie nach Hause fahren?«

»Das erledige ich schon«, mischte Shade sich ein. An Maggie gewandt fügte er dann hinzu: »Und wir beide unterhalten uns nach dem Abendessen. Buck hat mir gesagt, daß ich dir ausrichten soll, daß noch vier andere Gäste zum Essen da sind.«

Als sich die Tür hinter den beiden schloß, ließ Maggie sich in einen Stuhl sinken, weil sie das Gefühl hatte, daß ihre Füße sie keine Sekunde länger tragen würden. Ihre Gefühle waren ein einziges Durcheinander. Natürlich würde sie sich bei Shade entschuldigen müssen, aber sie sollte am besten jetzt schon damit anfangen, sich eine verdammt gute Erklärung dafür zu überlegen, was sie in seiner Hütte gemacht hatte – warum sie sich in seiner Hütte *versteckt* hatte.

Sie hatte diesen Punkt absichtlich nicht angesprochen, wo und wie sie Omie und Billy Earl gesehen hatte, aber sie war sicher, daß das Shade nicht entgangen war und daß er darauf zurückkommen würde.

Natürlich gefiel ihr die Idee nicht, sich bei Shade entschuldigen zu müssen, aber das würde ihr Stolz überleben. Es war auch nicht so schlimm, ihm zu erklären, warum sie sich in seine Haus geschlichen hatte. Wenn sie brutal ehrlich sein wollte, dann würde sie zugeben, daß sie seinen ›Ausrutscher‹ als Vorwand benutzt hatte, um sich von ihm zurückziehen zu können. Es hatte ihr angst gemacht, zusehen zu müssen, wie ihre Gefühle für ihn immer stärker wurden. Und nun, wo sie ihren Ärger nicht mehr wie einen Schild vor sich halten konnte, um sich zu schützen, hatte sie nichts mehr, wohinter sie sich verstecken konnte.

Maggie hatte schreckliche Angst vor diesem Gespräch, das er ihr angekündigt hatte.

Und sie hoffte inbrünstig, daß er die Rede nicht noch auf ihre ›Verzierungen‹ bringen würde. Aber selbst wenn er die chinesische Wasserfolter anwendete, würde sie nicht zugeben, daß sie etwas so Kindisches getan hatte.

Himmel, sie mußte sich jetzt endlich ums Abendessen kümmern! Erschrocken blickte sie auf ihre Uhr, dann schnappte sie sich eins ihrer neuen Kochbücher und sprintete zur Küche hinüber. Mit vier zusätzlichen Gästen mußte sie die Mengen um einiges größer machen!

Nachdem Shade den letzten Topf abgetrocknet und Maggie die Arbeitsfläche schon zum dritten Mal abgewischt hatte, kam der gefürchtete Augenblick.

»Laß uns gehen«, sagte Shade nur.

»Möchtest du nicht doch noch ein Stückchen von dem leckeren Nußkuchen haben?« fragte Maggie mit einem Anflug von Verzweiflung.

»Nein, vielen Dank, er war hervorragend, aber zwei Stücke reichen mir«, erwiderte er. »Außerdem haben wir noch einiges zu bereden.«

»Hm, Shade, ich glaube nicht, daß das ein so guter Zeitpunkt ist«, versuchte es Maggie noch einmal. »Jedenfalls nicht für mich. Weißt du, ich müßte dringend weiterarbeiten.«

»Maggie!« Sein Ton und der strenge Blick, mit dem er sie bedachte, verrieten ihr, daß er ihre Verzögerungstaktik durchschaut hatte.

Maggie seufzte und streifte die Gummihandschuhe ab.

Eine Hand fest auf ihren Rücken gelegt, schob er sie durch die Hintertür nach draußen, und dann gingen sie zum Fluß hinunter, wo die Frösche und Grillen schon mit ihrem abendlichen Konzert begonnen hatten. Die Dämmerung senkte sich herab, und eine leichte Brise kräuselte die Blätter und brachte einen süßen Duft mit sich, der Maggie irgendwie an reife Melonen erinnerte. Obwohl es mild war, schauderte sie.

»Kalt?«

Sie schüttelte den Kopf. »Nein. Nervös.«

»Wenn du mit mir zusammen bist, brauchst du nicht nervös zu sein, Maggie«, sagte er sanft.

Sie lachte, aber es klang nicht fröhlich.

Dann gingen sie eine Weile schweigend weiter. Maggie wartete darauf, daß die Axt auf ihr Haupt niedersauste, aber Shade war so schweigsam wie die Pinien, an denen sie vorbeigingen. Maggie begriff, daß er es ihr nicht leicht machen würde.

»Okay, ich kann es auch genausogut gleich jetzt hinter mich bringen«, sagte sie schließlich und seufzte tief auf. »Shade, ich kann dir gar nicht sagen, wie leid mir das alles tut.«

»Was tut dir leid?«

»*Was*?« Maggie verdrehte die Augen. »Du weißt verdammt gut, was ich meine.«

»Wie wär's, wenn du es mir sagen würdest?«

Maggie atmete tief und geräuschvoll aus. »Es tut mir leid, daß ich dich fälschlicherweise beschuldigt habe, eine von deinen Verehrerinnen in deine Hütte und in dein Bett mitgenommen zu haben. Nicht, daß es mir irgend etwas ausmachen würde, was du tust, natürlich nicht, aber . . .«

»Maggie«, unterbrach er sie, »schau mich an!« Er hob ihr Kinn an und schaute ihr tief in die Augen. »Ich möchte aber, daß es dir etwas ausmacht, wie ich mich benehme! Es macht mir ja schließlich auch etwas aus, wie du dich verhältst. Vom ersten Moment an, als ich dich gesehen habe, sind alle anderen Frauen für mich uninteressant geworden. Ich kann nur noch an dich denken. Ich denke den ganzen Tag an dich, und nachts träume ich von dir. Ich bin ganz verrückt nach deinem Haar.« Langsam ließ er die Finger durch ihre weichen, dichten Haare gleiten. »Und ich liebe deine weiche Haut«, fuhr er fort und streichelte ihre Wangen. »Ich liebe es, wie deine Augen funkeln«, sagte er und küßte sie leicht auf die Lider. »Und ich liebe deinen heißen roten Mund, der ganz genau zu meinem paßt!«

Als seine Lippen ihre berührten, drohten ihre Knie unter ihr nachzugeben. Sie klammerte sich an seine Schultern, um einen Halt zu haben, und sie spürte, wie fest und stark seine Muskeln waren.

»Ich träume davon, dich hier zu berühren«, sagte er, und seine Stimme klang tief und rauh, während seine Hände über ihre Hüften glitten. »Und hier!« fügte er hinzu, als seine Hände zu ihren Brüsten wanderten und sie zärtlich berührten. »Die einzige Frau, die ich in meinem Bett haben möchte, bist du.«

Maggie wurde vollkommen schwach und willenlos, als seine Lippen sich wieder um ihre schlossen und er sie mit einer solchen Leidenschaft küßte, daß heißes Verlangen in ihr aufflammte. Sie schmiegte sich an ihn, versuchte, ihm so nah wie möglich zu sein. Jetzt und hier auf der Stelle hätte sie sich die Kleider vom Leib gerissen und sich ihm hingegeben, wenn er sich nicht plötzlich von ihr gelöst hätte.

»Willst du mich genauso, wie ich dich will?« fragte er, und in seiner Stimme schwang all sein Verlangen mit.

»Verdammt noch mal, ja!«

»Maggie, ich meine damit nicht schnellen, unverbindlichen Spaß. Ich will mehr. Mir ist es sehr, sehr ernst.«

Unwillkürlich versteifte sie sich in seinen Armen, und Shade seufzte auf.

»Genau das habe ich befürchtet. Denk darüber nach. Ich will dich nicht drängen, Maggie.«

Maggie dachte kaum noch an etwas anderes.

In jener Nacht drehte sie sich wieder von einer Seite auf die andere, am Morgen begann sie, wieder auf und ab zu laufen wie ein wildes Tier im Käfig. Als sie das Mittagessen vorbereitete, erwischte sie sich gerade noch rechtzeitig dabei, wie sie Zucker in das Irish Stew geben und dafür den Bananenpudding salzen wollte.

Shade, der ihr half, lachte nur und knabberte an ihrem Nacken, dann an ihrem Ohrläppchen und flüsterte ihr schließlich zu: »Wir sind heute ein wenig durcheinander, nicht?«

Wenn sie nicht schon vorher abgelenkt gewesen wäre, dann wäre sie es nun mit Sicherheit gewesen. »Du machst mich ganz nervös«, warf sie ihm vor. »Ständig bist du um mich herum.«

»Ständig?«

»Ja, ständig, auch wenn du gar nicht bei mir bist!«

Er lachte wieder, dann umfaßte er von hinten ihre Taille, während sie das Irish Stew umrührte, und rieb sein Gesicht in ihrem Haar. »Das hört sich so an, als hättest du in der vergangenen Nacht nicht viel Schlaf gefunden. Na ja, ich auch nicht. Ich habe einsam in meinem Bett gelegen und die ganze Nacht an dich gedacht und mir gewünscht, du wärst bei mir. Ich habe mich danach gesehnt, dich in meinen Armen zu halten und zu berühren.« Während er sie immer noch mit einem Arm festhielt und wieder an ihrem Ohr knabberte, strich er mit der anderen Hand über ihren Oberschenkel, auf und ab.

Ihre Finger umklammerten den Löffel, den sie zum Rühren benutzt hatte, so fest, daß die Knöchel weiß hervortraten, und ihr Kopf sank gegen seine Schulter. »Warum quälst du mich so?« wollte sie wissen.

»Weil ich dich ganz haben will!«

»Dann willst du zuviel. Denn ich will mich nicht mit einem Mann einlassen, von dem ich fast gar nichts weiß.«

»Was willst du denn wissen?« fragte er.

»Alles!«

Seine Hand glitt höher. »Ich schlage dir einen Handel vor«, sagte er. »Einmal pro Tag darfst du mir eine ganz persönliche Frage stellen, und ich verspreche dir, daß ich sie beantworten werde, wenn auch ich dir Fragen stellen darf.«

»Und du wirst auch ehrlich darauf antworten?«

Shade lachte. »Ja.«

»Also gut. Dann wüßte ich gern, wie du richtig heißt. Den Namen, auf den deine Eltern dich haben taufen lassen.«

»Paul«, erwiderte er.

»Paul«, wiederholte Maggie und kostete den Klang aus. »Das ist ein schöner Name. Und wie heißt du weiter?«

»Oh, oh! Das sind schon zwei Fragen.«

Maggie versteifte sich. »Ratte!« sagte sie böse. Sie versuchte, von ihm freizukommen, aber er hielt sie weiter fest.

»Du hast zugestimmt, Süße«, erinnerte er sie. »Und nun bin ich mit dem Fragen dran.« Wieder rieb er seine Wange an ihrem Haar, das er so liebte, und seine Hand glitt an ihrem Schenkel nach innen. »Hat dein Haar überall diese herrliche Farbe?« wollte er wissen.

Maggie ließ den Löffel fallen, und er versank in dem vor sich hinkochenden Stew.

Nach dem Essen an diesem Abend überredete Shade Maggie, mit ihm ins Kino zu gehen. Als er sie mit seinen grünen Augen bittend angeschaut und gesagt hatte: »Nun komm schon, süße Maggie«, da hatte sie nicht widerstehen können – wie üblich.

Sie wußte wirklich nicht, woran es lag, daß es ihr so schwerfiel, ihm etwas abzuschlagen, aber wenn sie es in eine

Flasche füllen und verkaufen könnte, dann würde ihr bald die halbe Welt gehören!

Sie fuhren in die nächste Stadt, einen kleinen Ort, und Shade kaufte die Eintrittskarten für den Film, auf den sie sich geeinigt hatten. Normalerweise war sie eine glühende Bewunderin von Mel Gibson, obwohl er so klein war, aber an diesem Abend konnte sie sich einfach nicht auf den Film konzentrieren.

Sie war sich des Mannes, der neben ihr saß, viel zu sehr bewußt. Shade war zu groß für den schmalen Sitz im Kino, deshalb stieß sein Bein ständig gegen Maggies, was ihr jedesmal ein Prickeln verursachte.

Den Arm hatte er hinten auf ihre Lehne gelegt, und mit dem Daumen strich er zärtlich über ihre Schulter. Es war eine so besitzergreifende Geste, daß er genausogut laut hätte herausschreien können, daß sie, Maggie, ihm gehörte.

Was ihr am meisten angst machte, war, daß ihr das so gut gefiel!

Maggie sprang plötzlich auf. »Ich will mir noch ein wenig Popcorn holen«, sagte sie nervös.

»Süße, wir haben noch einen vollen Becher hier«, erwiderte er und hob den Becher hoch, den sie vorhin gekauft hatten.

»Ich mag es aber lieber, wenn es ganz heiß ist.«

Plötzlich grinste Shade. »Ich mag bestimmte Sachen auch lieber heiß«, meinte er.

Maggie floh in den Waschraum und spritzte sich kühles Wasser in ihr erhitztes Gesicht, dann hielt sie die Handgelenke unter den Wasserstrahl. Sie war sich nicht sicher, ob das wirklich dabei half, sich wieder zu beruhigen, obwohl sie es in unzähligen Filmen im Fernsehen und Kino gesehen hatte.

Nun, ihr half es nicht. Das einzige, was passierte, war, daß ihre Uhr naß wurde.

Sie trocknete sich das Gesicht und schaute sich dann im Spiegel an. Wann hatte sie so die Kontrolle über sich verloren? Warum erlaubte sie Shade, daß er ihre Hormone völlig durcheinanderbrachte? Aber wenn er nicht der größte Schauspieler seit Barrymore war, dann war auch er nicht so cool, wie er sich gab!

Plötzlich grinste sie ihr Spiegelbild an. Es war Zeit, daß sie den Spieß umdrehte. Wenn Shade Spielchen spielen wollte – nun, dann hatte er in ihr eine Gegnerin gefunden, die ihm durchaus das Wasser reichen konnte!

Mit einem Becher frischen Popcorn und einer Cola bewaffnet kehrte sie auf ihren Platz zurück. »Ich hab' dir was Kaltes zu trinken mitgebracht«, flüsterte sie und reichte ihm die Dose.

»Hast du dir denn nichts zu trinken geholt?«

»Wir können uns die Cola ja teilen«, antwortete sie mit einem süßen Lächeln. Sie räumte das alte Popcorn beiseite, den Becher mit dem frischen stellte sie ihm auf den Schoß. Dann setzte sie sich so hin, daß sie ihm halb zugewandt war, und legte einen Arm um seine Schultern.

Maggie wickelte eine Locke um ihren Finger, streichelte dabei seinen Nacken und griff dann zu ihm hinüber, nahm die Hand, in der er die Cola hielt, und führte sie zu ihrem Mund, damit sie einen Schluck trinken konnte. Dabei vergewisserte sie sich, daß sie auch wirklich mit ihrer Brust seinen Arm berührte.

Maggie lächelte, Shade lächelte auch.

Sie blieb so sitzen, daß ihre Brust auch weiterhin seinen Arm berührte, dann ließ sie ihren Finger langsam zu seinem Ohr wandern. Aber damit gab sie sich noch nicht zufrieden. Sie streifte sich einen Schuh ab und begann, mit den Zehen an seinem Bein auf und ab zu gleiten. Als sie spürte, wie sein Körper sich anspannte, mußte sie ein Lachen unterdrücken. Es funktionierte!

Den Blick auf die Leinwand gerichtet, tastete sie nach dem Popcorn, das sie natürlich verfehlte. Shade zuckte zusammen, dann griff er nach ihrer Hand, hielt sie fest und steckte sie in den Popcornbecher.

Maggie lächelte, Shade lächelte, er allerdings offenbar leicht gequält.

»Danke«, sagte sie fröhlich und nahm sich von dem Popcorn. So viel, daß das meiste wieder aus ihrer Hand fiel und sich auf seinem Schoß verteilte. »O je!« rief sie leise, scheinbar erschrocken, gab das, was sie noch in der Hand hatte, wieder in den Becher, und begann dann hektisch, das verstreute Popcorn wieder einzusammeln.

Sie tastete über seine Schenkel, berührte seinen Schoß und ließ ihre Hand dort einen Moment verweilen.

»Was zum Teufel machst du da?« zischte er und hielt ihre Hand fest.

Unschuldig sah sie ihn an. »Ich hab' doch nur versucht, das Popcorn wieder einzusammeln, das ich verschüttet habe! Schließlich will ich doch nicht, daß du lauter Fettflecken auf deiner Jeans hast!«

»Wenn du nicht ganz schnell damit aufhörst, passiert etwas noch Schlimmeres«, sagte er zwischen zusammengebissenen Zähnen. »Komm, laß uns von hier verschwinden!«

»Aber der Film ist doch noch gar nicht zu Ende!« wandte sie ein.

»Wen interessiert das schon? Ich habe sowieso nichts von dem mitbekommen, was auf der Leinwand passiert ist. Du?«

Maggie schüttelte den Kopf.

Als sie aus dem Kino kamen, drückte Shade ihr den Becher mit dem Popcorn in die eine und die Büchse Cola in die andere Hand.

»So, und die hältst du jetzt schön so fest, bis wir bei Buck sind. Solange deine Hände ausschließlich *damit* beschäftigt sind, habe ich nämlich noch eine Chance, uns nach Hause zu bringen, ohne den Wagen um den nächsten Leitungsmast zu wickeln!«

Maggie grinste. »Ich verstehe überhaupt nicht, was du hast. Bist du nervös, Shade?«

»Du weißt verdammt gut, warum ich ›nervös‹ bin«, erwiderte er.

»Ach ja? Interessant. Austeilen kannst du, aber einstecken kannst du nicht, was?«

»Süße Maggie, glaub mir, auch für dieses Problem gibt es eine Lösung!«

»Ja.« Sie lachte nur und warf das Popcorn und die Büchse in den nächsten Abfalleimer.

Als sie zurückfuhren, schien Shade entschlossen, sämtliche

Geschwindigkeitsrekorde zu brechen – und es gelang ihm auch.

Als sie schließlich vor ihrer Tür standen, hob er Maggies Gesicht an und küßte sie zärtlich. »Hast du über das nachgedacht, was du willst?« fragte er leise.

»Ja«, erwiderte sie. »Ich habe sogar sehr lange darüber nachgedacht.« Dann packte sie ihn am Hemd und zog ihn zu sich herunter, damit sie ihn besser küssen konnte.

7

Wütend schmiß Maggie am Samstagmorgen ihre Bürste gegen die Wand. Der Kater sprang hoch, zu Tode erschrocken, und verschwand blitzschnell unter dem Bett.

»Tut mir leid, Byline«, entschuldigte sie sich, »aber Shade – Paul oder wie immer er heißen mag – macht mich so verrückt, daß ich platzen könnte!«

Wieder hatte sie eine schlaflose Nacht verbracht. Und das nur, weil sie magische Worte nicht aussprechen wollte, auf die er so wartete. Und was noch viel schlimmer war – er hatte ja recht. Sie, Maggie, war noch nie der Typ gewesen, der sich leichten Herzens auf eine flüchtige Affäre einließ, das war auch nicht angebracht in diesen Zeiten.

Und bis zu dem Tag, als sie Shade begegnet war, hatte sie sich auch nie für eine besonders leidenschaftliche Frau gehalten. Doch Shade hielt sie in einem Zustand ständigen Verlangens, und sie ahnte, daß mit ihm alles ganz anders sein könnte.

Aber sie war auch nicht bereit für eine langandauernde – oder vielleicht auch nur mittellang dauernde – Beziehung mit einem Mann, der ihr nach wie vor ein Geheimnis war. Selbst nachdem sie in seiner Hütte herumgeschnüffelt hatte, wußte sie nicht mehr über ihn – im Gegenteil, das, was sie entdeckt hatte, hatte nur weitere Fragen aufgeworfen.

Was machte ein Mann wie er mit einer goldenen Rolex und mit einem Anzug von Armani?

Was hatte er getan, bevor er vor einigen Monaten hier in diese einfache Hütte eingezogen war? Mit irgend etwas mußte er doch seinen Lebensunterhalt verdient haben!

Während ihr diese Fragen immer noch durch den Kopf gingen, schnappte sie sich die Tasche mit ihren Unterlagen und verließ die Hütte.

Draußen auf ihrer Veranda sah Shade, wie üblich den Stuhl auf den hinteren Stuhlbeinen balancierend und die Füße auf das Geländer gelegt. Er lächelte sie an. »Guten Morgen«, sagte er freundlich. »Ich habe nicht geklopft, weil ich dachte, daß du vielleicht länger schlafen wolltest. Würde es dir Spaß machen, nach Galveston zu fahren und den Tag dort zu verbringen?«

Maggie schüttelte den Kopf. »Tut mir leid, aber ich muß unbedingt in der Bibliothek in Beaumont arbeiten.«

»Brauchst du Hilfe? Ich könnte mitkommen und die Seiten für dich umblättern.«

»Das würde mich viel zu sehr ablenken!«

Ein Lächeln breitete sich auf seinem Gesicht aus. »Auch wenn ich verspreche, daß ich ganz brav bin und mich von meiner besten Seite zeige?«

»Nicht einmal dann!« Sie war schon ein paar Schritte gegangen, als ihr etwas einfiel und sie wieder zurückkam. »Ich darf dir doch heute wieder eine Frage stellen, nicht?«

»Ja. Ich dir aber auch.«

Sorgfältig überlegte sie, was sie fragen sollte, dann sagte sie: »Womit hast du dir deinen Lebensunterhalt verdient, bevor du hierher gekommen bist? Hast du in einer Band gespielt?«

»Nun«, begann er und wippte mit seinem Stuhl. »Ich habe eine ganze Menge Sachen gemacht, aber ich habe noch nie in einer Band gespielt. Ich wollte es zwar immer, aber . . . Okay, laß mich mal überlegen.«

Er strich sich über die Bartstoppeln und tat so, als müßte er angestrengt nachdenken. »Ich habe viele Jobs gehabt – unter anderem auf einer Ölförderinsel im Golf. Ja, und Rinder habe ich auch gebrannt. Dann habe ich es mit Versicherungen probiert und mit Immobilien und noch mehr solcher Sachen. Ich habe ein paar Songs geschrieben, die ich nie verkauft habe. Und – ach ja, habe ich die Bank schon erwähnt? Mehr fällt mir im Moment nicht ein.«

Sie sah ihn ungläubig an. »*Du* hast in einer Bank gearbeitet?«

Shade legte die Füße anders hin, und Maggie merkte, daß er sich plötzlich ein wenig unbehaglich zu fühlen schien. Wie nett!

»Na ja, ich habe nicht direkt *in* der Bank gearbeitet«, erwiderte er. »Ich meine, ich war nicht hinter dem Schalter oder so.«

»Was warst du denn sonst? Wachmann oder so?«

Shade räusperte sich. »Nun ja, man könnte schon sagen, daß ich so etwas wie ein Wachmann war«, meinte er. »Ich habe mich halt um Verschiedenes gekümmert und aufpassen müssen. – Aber das langt jetzt für heute, Maggie. Ich habe mindestens vier Fragen gezählt.«

Er scheint ja wirklich verlegen zu sein, dachte Maggie überrascht, aber auch ein wenig gerührt. Es war doch nichts Schlimmes dabei, wenn man als Wachmann arbeitete, im Gegenteil, es war eine durchaus ehrenhafte Tätigkeit!

»Ich bin ganz sicher, daß du alles, was du getan hast, auch zufriedenstellend erledigt hast!« sagte sie deshalb.

Shade zuckte mit den Schultern. »Beschwerden habe ich jedenfalls nie bekommen.«

Maggie lächelte ihn an. »Okay, für meine Extra-Fragen hast du auch welche frei!«

Als sie sich wieder umdrehte, um zu gehen, sagte er: »Warte noch einen Moment!«

Sie hielt inne, und er stand auf und ging zu ihr. Dann legte er ihr einen Arm um die Schultern.

»Also los, dann frag!« forderte sie ihn auf.

»Welche Schuhgröße hast du?«

Maggie sah ihn irritiert und ein wenig abweisend an. »Man fragt eine Frau nicht nach ihrer Schuhgröße!«

Er zog eine Braue hoch. »Würdest du schummeln?«

»Natürlich nicht«, erwiderte sie, »aber es ist schon eine seltsame Frage. Willst du damit etwa andeuten, daß ich zu große Füße hätte?«

Shade lachte und hauchte ihr einen Kuß auf die Nase. »Süße, neben meinen Riesenfüßen wirken deine wie die von einem Zwerg! Wirst du es mir jetzt endlich verraten?«

»Also gut«, gab sie widerstrebend nach. »Neununddreißigeinhalb.« Das stimmte zwar nicht, aber sie hatte auch nur ein bißchen geschummelt. Und außerdem, das ging ihn ja nun wirklich nichts an, oder?

Er strich ganz leicht mit seinen Lippen über ihre, einmal, zweimal, und er wußte genau, was sie dabei empfand: daß sie plötzlich das unbändige Verlangen nach mehr hatte. Nach sehr viel mehr!

»Bist du ganz sicher, daß du nicht doch schwänzen und mit mir nach Galveston fahren willst?« fragte er leise, dann hauchte er noch einmal einen Kuß auf ihre Lippen. »Ich würde dir auch rosa Zuckerwatte kaufen, die dich an der Nase kitzelt und wie süße Elfenflügel auf deiner Zunge schmilzt!«

»Wie süße Elfenflügel?« wiederholte Maggie. »Mein Gott, du wirst ja richtig poetisch!«

Shade zuckte mit den Schultern. »So bin ich halt – ein poetischer Bursche!« Er tat so, als hielte er in der einen Hand ein Mikrofon, mit der anderen Hand schnippte er. »Oh, mir stecken Rhythmus und Romantik tief in der Seele«, sang er, und als sie nur schnaubte, grinste er. »Im Ernst, Maggie, wie lange ist es her, daß du zum letzten Mal Zuckerwatte geschenkt bekommen hast?«

Ein wehmütiger Ausdruck huschte über ihr Gesicht, als sie daran dachte, wie wenige solcher kostbarer Erinnerungen sie aus ihrer Kindheit hatte. »Du führst mich in Versuchung, Shade«, erwiderte sie, »aber trotzdem: nein danke! Ich muß wirklich ganz dringend in die Bibliothek.«

»Aber verausgabe dich nicht! Ich habe nämlich vor, heute abend mit dir das Tanzbein zu schwingen!«

Maggie schüttelte den Kopf. »Ich habe dir doch schon ein paarmal gesagt, daß ich nicht die geringste Ahnung habe, wie man zu eurer Country- und Western-Musik tanzt! Und außerdem habe ich zwei linke Füße.«

Er warf einen Blick auf ihre Turnschuhe. »Komisch, die sehen aber aus wie ein rechter und ein linker! Offensichtlich hattest du nur keinen guten Lehrer! Bei mir wirst du den Two-Step in ein paar Sekunden gelernt haben!«

»Hast du heute abend auch wieder deinen großen Auftritt?«

»Einen Auftritt bei dir, Süße?« fragte er mit hochgezogenen Augenbrauen und zwinkerte ihr übertrieben zu. »Nun ja, unter bestimmten Bedingungen würde ich mich durchaus dazu überreden lassen!«

Maggie verdrehte die Augen! »Du weißt genau, was ich damit gemeint habe! Ob du heute abend wieder auf der Bühne stehst?«

»Würde es dir denn etwas ausmachen?«

Dumme Frage – natürlich würde es ihr etwas ausmachen! Oder wußte er vielleicht nicht, daß seine Auftritte keine Frau ungerührt ließen, sie, Maggie, genausowenig wie jede andere Frau unter neunzig, die noch atmen konnte!

»Ich schätze, deine Fans würden einen Aufstand veranstalten, wenn du nicht auf die Bühne gehen würdest«, antwortete sie schließlich.

»Danach habe ich dich nicht gefragt, Maggie«, stellte er fest. »Sag nein, und ich tue es auch nicht!«

»Ich habe doch überhaupt kein Recht, dir vorzuschreiben, was du zu tun und zu lassen hast!«

Er lehnte seine Stirn gegen ihre. »Aber ich möchte dir dieses Recht gern einräumen, süße Maggie.«

Er küßte sie sanft, und wieder schmolz sie dahin. »Spiel ruhig, wenn du möchtest«, sagte sie. »Wirklich. Ich habe nichts dagegen. – So, und jetzt muß ich endlich los.«

Sie machte sich dann los und rannte fast zu ihrem Wagen – bevor sie sich noch von ihm dazu überreden ließ, ihm ihr Erstgeborenes zu schenken oder was auch immer er von ihr erbat!

Himmel, mit einem bloßen Blick aus seinen grünen Augen konnte er sie zu allem bringen! Und seine tiefe, heisere Stimme war Verführung pur!

Maggie war an diesem Tag ungeheuer produktiv. Sie arbeitete acht Stunden lang mit höchster Konzentration, und als sie endlich ihre Sachen einpackte, wußte sie, daß sie all das Material, das sie für ihre Geschichte brauchte, endlich zusammenhatte. Die Fakten waren hieb- und stichfest, und sie war sich sicher, daß aufgrund ihres Artikels eine polizeiliche Untersuchung eingeleitet werden würde.

Nun brauchte sie nur noch ein paar Bestätigungen und ein paar Tage, an denen sie ungestört den Artikel schreiben konnte. Was das erste anging, so würde sie einen Bekannten in New York anrufen, der ihr noch einen Gefallen schuldete und ihr deshalb sicher weiterhalf; was das Ungestörtsein betraf, so würde das wohl nicht ganz einfach sein, solange Shade in ihrer Nähe war.

Da sie sich nicht einmal zu Mittag eine Pause erlaubt hatte, hielt Maggie wieder an jenem Restaurant an, wo sie schon vorher gegessen hatte, denn allmählich fand sie großen Gefallen an diesen Cajun-Gerichten.

Sie machte dem Besitzer so viele Komplimente, daß er ihr einige seiner Rezepte gab, darunter auch eins für Gumbo, doch Maggie war sich nicht sicher, ob sie je die Geduld aufbringen würde, um dieses Gericht zuzubereiten.

Als sie dann zu ihrem Wagen ging, fiel ihr Blick zufällig auf den Buchladen, wo sie sich den Krimi gekauft hatte. Vor dem Geschäft war ein roter Pick-up mit besonders viel Chrom und einem Überrollbügel geparkt. Sie hatte schon einige Tage lang nicht mehr an jenen Texas-Ranger gedacht, aber als sie den roten Pick-up sah, fiel ihr wieder ein, daß der Wagen des Rangers die gleichen Extras gehabt hatte.

Zufall, nichts als Zufall, dachte sie, aber ihre angeborene Neugier trieb sie dann doch dazu, zu dem Laden zu gehen. An der Tür hing ein Schild, das besagte, daß geschlossen war, aber innen brannte Licht. Während Maggie so tat, als würde sie interessiert die Bücher im Schaufenster betrachten, versuchte sie, einen Blick in das Innere zu erhaschen.

Ihr Herz schlug plötzlich schneller, als sie einen Mann mit schwarzem Hut erkannte, der die blonde Besitzerin des Ladens zärtlich in seinen Armen hielt. Lieber Himmel, es war tatsächlich der Ranger! Maggie wandte sich schnell ab und ging zu ihrem Wagen zurück.

Erst als sie hinter dem Steuer saß, ging ihr auf, wie albern sie sich benommen hatte. Sie hatte doch überhaupt keinen Grund, sich so zu benehmen, als hätte *sie* etwas ausgefressen! Weder hatte sie Plätzchen geklaut noch einen Strafzettel wegen falschen Parkens bekommen, und außerdem hatte der Ranger sie damals doch überhaupt nicht gesehen!

Wenn sie wirklich hätte wissen wollen, ob er tatsächlich nach Shade suchte und warum, dann hatte das Schicksal ihr vorhin die perfekte Gelegenheit geboten, es herauszufinden. Sie brauchte nur zu dem Buchladen zurückzugehen, an die Scheibe zu klopfen und dem Mann ein paar Fragen zu stellen.

Denn dies war etwas, was sie wirklich beherrschte. Sie war sehr gut darin, eine scheinbar harmlose Unterhaltung zu beginnen und dann geschickt ihre Fragen zu stellen und die Leute zum Reden zu ermuntern. Schon so mancher, der sonst eher zu der schweigsamen Sorte gehörte, hatte sich anschließend verwundert gefragt, was zum Teufel ihn dazu gebracht haben mochte, dieser hübschen Frau sein Herz auszuschütten.

Pech war nur, daß Shade eine der berühmten Ausnahmen von der Regel war!

Maggie hatte die Wagentür schon wieder geöffnet und einen Fuß auf die Straße gestellt, um auszusteigen, als ihr plötzlich ein irritierender Gedanke kam.

Wollte sie es wirklich wissen?

Sei nicht albern, schimpfte sie mit sich selbst. Natürlich willst du es wissen!

Doch ihr Körper schien den Befehlen ihres Verstandes einfach nicht gehorchen zu wollen. Maggie saß da wie festgeklebt. Sie sah plötzlich Shade vor sich, sah ihn lächeln und glaubte fast, ihn sagen zu hören: »Vertrau mir, Maggie!«

Und dann war es zu spät. Sie hörte eine Wagentür zuknallen, ein Motor wurde angelassen, und dann fuhr der rote Pick-up aus der Parklücke.

Verdammt! Sie hieb mit der Faust auf das Lenkrad. Was war nur los mit ihr? Hatte die heiße Texas-Sonne ihr den Verstand ausgetrocknet? Oder hatte sie in der Küche zuviel Mehl eingeatmet, so daß ihr Verstand zu einem matschigen Kuchen geworden war?

Sie beschimpfte sich selbst während der ganzen Fahrt zurück – allmählich wurde das schon zur Routine!

Als sie zu ihrer Hütte kam, sah sie vor ihrer Tür eine Schachtel liegen, in schönes Geschenkpapier eingepackt und mit einer großen roten Schleife verziert. »Was kann das denn sein?« fragte sie sich, hob die Schachtel auf und nahm sie mit hinein.

Byline strich maunzend um ihre Knöchel, während Maggie ihre Sachen auf den Küchentisch legte und dann die Schachtel auf dem kleinen Sofatisch abstellte. Sie bückte sich, um den Kater hinter den Ohren zu kraulen.

»Hast du mich vermißt, oder hast du einfach nur Hunger?« fragte sie dabei, doch dann fügte sie schnell hinzu: »Nein, antworte lieber nicht, sonst könntest du noch meine Gefühle verletzen!«

Sie zog ihre Schuhe aus, ließ sich auf das Sofa fallen und betrachtete neugierig die so hübsch verpackte Schachtel. »Was meinst du, Byline?« fragte sie. »Was mag das wohl sein? Mein Geburtstag ist doch erst in ein paar Monaten!«

»Miau.«

»Hast recht, Kleiner. Ich mach's einfach auf.« Sie streifte das Band ab, dann riß sie das Papier auf und betrachtete staunend das wunderschöne paar Westernstiefel, das in dem Karton lag. Rostbraun, aus herrlich weichem Leder, über das Maggie bewundernd mit den Fingern strich.

Dann bemerkte sie, daß zwischen den Stiefeln eine Karte steckte, und zog sie heraus. In schwungvoller Handschrift stand darauf:

Stiefel schieben ist viel einfacher, wenn man wirklich welche anhat. Bis nachher beim Tanzen

Shade

Maggie drückte die Stiefel an sich. Noch nie in ihrem Leben hatte ihr jemand einfach so etwas geschenkt. Und ganz bestimmt auch noch nie etwas so Teures. Eigentlich hätte sie die Stiefel ja zurückgeben müssen, aber sie wußte, daß sie das nicht übers Herz bringen würde.

Doch dann kam ihr plötzlich ein fürchterlicher Gedanke. Sie schaute auf die Schuhschachtel und stöhnte auf. Tatsächlich! Jetzt konnte sie nur noch beten, daß ihr die Stiefel trotzdem paßten! Schnell zog sie sie an.

Sie paßten nicht.

Mit Sicherheit war das Gottes Strafe dafür, daß sie gelogen hatte. Und dabei hatte sie ihre Füße doch nur um eine halbe Nummer kleiner gemacht – aber diese machte einen großen Unterschied an ihren Füßen!

Blöde Quadratlatschen! Aber sie würde sich lieber vierteilen lassen, als zuzugeben, daß die Stiefel nicht paßten, weil ihre Zehen zu groß waren!

Nachdem Maggie sich geduscht und zurechtgemacht hatte, zog sie Jeans an und das dünnste paar Socken, das sie hatte finden können. Dann schlüpfte sie in ihre wunderschönen neuen Stiefel und machte sich auf den Weg zum Lokal, aus dem ihr schon laute Musik entgegenklang.

In dem Moment, als Maggie die Tür aufmachte, entdeckte Shade sie schon. Himmel, sah sie hinreißend aus! Ihr Haar floß als wilde Mähne über ihre Schultern, und ihr blaues Shirt und ihre knappsitzende Jeans betonten, was für eine himmlische Figur sie hatte.

Sie blieb einen Moment am Eingang stehen und schaute sich um, dann bemerkte sie ihn und lächelte ihm zu. Als sie dann auf ihn zukam, wurde Shade die Kehle eng. Schnell trank er einen großen Schluck von seinem Bier, stellte die Flasche wieder auf die Theke.

»Hi«, sagte sie, als sie vor ihm stehenblieb. Sie schaute auf ihre Füße, dann blickte sie Shade an, und auf einmal wurde ihr Lächeln so strahlend, daß er sie am liebsten auf der Stelle in die Arme gezogen und geküßt hätte, vor Gott und allen Leuten.

»Danke für die Stiefel! Ich habe noch nie ein schöneres Geschenk bekommen!«

»Passen sie auch gut?«

»Du wärst erstaunt«, erwiderte sie, dann lachte sie und warf das Haar zurück, und Shade kam es vor wie eine Kaskade aus glitzernden Funken. Er sehnte sich danach, seine Arme um sie zu legen und sein Gesicht in den seidigen Locken zu verbergen.

»Willst du tanzen?« fragte er.

»Ich würde lieber zuerst etwas trinken und mich dann so nach und nach ans Tanzen wagen«, erwiderte Maggie.

Sie schwang sich auf den Barhocker neben ihm, und Shade machte Buck ein Zeichen. »Was möchtest du denn trinken?« erkundigte er sich.

»Am liebsten hätte ich ja einen Chablis, aber ich würde mich auch mit einem Bier zufriedengeben.«

Shade grinste. »Paß mal auf, wie ich zaubern kann«, meinte er vergnügt. Sie hatte am vergangenen Abend erwähnt, daß sie gern Chablis trank, und als er heute in der Stadt gewesen war, um Maggies Stiefel zu kaufen, hatte er die Gelegenheit gleich dafür genützt, einen Karton Chablis zu besorgen. Als er zurück gewesen war, hatte er den Wein sofort kalt gestellt.

Als Buck ihm nun das Glas gab, reichte er es an Maggie weiter. »Voilà!«

»Wie hast du das denn geschafft?«

»Zauberei, wie ich schon sagte!«

Sie lachte auf diese kehlige Art, die er so sexy fand und die in seinen Gedanken stets das gleiche Bild produzierte: kühle Laken und warme, weiche Haut.

Sie tranken, und Shade bemühte sich, eine halbwegs vernünftige Unterhaltung aufrechtzuerhalten, doch er konnte an nichts anderes denken als daran, wie es sein mochte, sie in seinem Bett zu haben und in seinen Armen zu halten.

Als die Band ein bekanntes Lied spielte, stand er auf und zog Maggie auf die Füße. »Das ist ein ganz einfach zu lernender Two-Step«, sagte er. »Komm!«

Er führte sie durch die Menge auf die Tanzfläche. Sie begriff schnell, wie es ging, nachdem er ihr kurz die Schritte demonstriert hatte, aber obwohl er sie anbetete, mußte er zugeben, daß sie nicht gerade leichtfüßig tanzte. Aber vielleicht liegt es ja nur an den Stiefeln, dachte er.

»Was machen deine Stiefel?« fragte er, als sie mit der Menge über die Tanzfläche wirbelten.

Maggie machte einen Patzer und sah ihn ganz seltsam an. »Warum willst du das wissen?«

»Weil ich gerade daran gedacht habe, daß du eigentlich nicht an Stiefel gewöhnt bist und ich ein Narr bin, daß ich dich gebeten habe, daß du sie zum Tanzen anziehst, ohne sie richtig eingelaufen zu haben.«

Nun lächelte Maggie wieder strahlend. »Kein Problem«, behauptete sie. »Ich kann nur nicht gleichzeitig mitzählen und mich unterhalten.« Sie stolperte, weil sie schon wieder aus dem Takt gekommen war.

»Ich finde, daß du dich ganz hervorragend schlägst«, erwiderte Shade. »Du machst es wirklich ganz prima!«

Sie starb, sie starb unter entsetzlichen Qualen!

Maggie war noch nie in ihrem Leben so erleichtert gewesen wie in dem Moment, als Shade aufhörte mit ihr zu tanzen, weil er nun auf die Bühne sollte. Von ihren Füßen waren nur noch brennende Stümpfe übrig, als sie zurück zur Bar humpelte. Sie fühlten sie an, als steckten sie in einem Foltergerät und als wäre jemand damit beschäftigt, ihr ununterbrochen mit einem Vorschlaghammer auf die Zehen zu hauen. Wahrscheinlich würde sie noch auf den Blasen Blasen bekommen, und sie wäre nicht im geringsten überrascht, wenn ihr die Füße abfielen, sobald sie die Stiefel auszog!

Hatten sie wirklich nur eine Stunde getanzt? So, wie ihre Füße schmerzten, hätte Maggie schwören können, daß sie tagelang ununterbrochen über die Tanzfläche gestampft wäre. Shade hatte ihr außer dem Two-Step auch noch beigebracht, wie man Polka und Boogie tanzte, und sie hatte ihr Bestes gegeben, um nicht einfach tot umzufallen. Aber wahrscheinlich würde sie nun für den Rest ihres Lebens verstümmelt bleiben und nie wieder normal gehen können! Wie hielten es nur Ballettänzerinnen aus, ihre Füße ständig einer solchen Qual auszusetzen?

»Sie sehen ziemlich erschöpft aus!« stellte Buck fest. »Möchten Sie noch ein Glas von Ihrem vornehmen Wein?«

»Ich *bin* erschöpft«, erwiderte Maggie mit einem Seufzer. »Könnte ich gleich die ganze Flasche haben?«

»Klar. Eine Sekunde.«

Als Buck zurückkam und die Flasche vor sie hinstellte, trank Maggie schnell hintereinander zwei Gläser Chablis und widerstand dann der Versuchung, sich auch noch ein drittes Glas einzuschenken. Als Betäubungsmittel für die Schmerzen hatte der Alkohol nicht gewirkt, und so war es sicher besser, wenn sie nüchtern blieb und Schmerzen hatte, als wenn sie betrunken gewesen wäre und immer noch Schmerzen gehabt hätte.

Als Shade sang, gerieten die Frauen wieder reihenweise in Verzückung, aber Maggie achtete nicht einmal darauf. Sie war sich nicht sicher, ob sie je wieder würde laufen können, geschweige denn tanzen. Aber was sollte sie Shade nur als Entschuldigung sagen? Sie würde sich lieber Daumenschrauben anlegen lassen, als zugeben, daß sie ihn, was ihre Schuhgröße anging, angelogen hatte.

Dann gab sie doch der Versuchung nach und schüttete sich das dritte Glas Wein ein. Darauf kam es doch nun wirklich nicht mehr an!

Es half immer noch nicht. Nichts würde helfen, bis sie sich diese Knochenbrecher von den Füßen gezogen hatte!

Sie lehnte sich auf die Theke, stützte das Gesicht in die Hände und versuchte, sich mit angenehmen Gedanken abzulenken. Sie versuchte, ihre Gedanken auf liebliche Landschaften zu konzentrieren, auf sternenerfüllte Nächte, auf sanft rauschende Wasserfälle, auf langsam dahinziehende flockige weiße Wolken, auf Wellen, die leise an einen weißen Strand schlugen.

Es klappte nicht. Ihr Verstand schob all diese Gedanken beiseite und schrie unvermindert laut: »Meine Füße bringen mich um!«

Plötzlich spürte Maggie, wie ein Arm um ihre Taille gelegt und ein Kuß auf ihren Nacken gehaucht wurde. Im Spiegel sah sie Shade hinter sich stehen. Er trug ein Shirt und darüber eine Jeansweste, sein Haar war zerzaust, und er wirkte so sexy, daß es einem den Atem raubte. Sie wußte, daß alle Frauen hier im Saal sie glühend beneideten – und sie konnte nur an ihre Füße denken!

»Hast du Lust, noch ein bißchen mit mir zu tanzen?« fragte er.

Maggie bemühte sich zu lächeln, und sie hoffte, daß es ihr auch gelang, dann sagte sie: »Na klar, was denn sonst? Aber möchtest du nicht zuerst noch einen Schluck Bier trinken?«

»Nein, ich würde lieber auf dieses langsame Lied mit dir tanzen. Ich habe den Jungs gesagt, daß sie es extra gefühlvoll spielen sollen!«

»Dann komm!« hatte Maggie Marino je vor einem unüberwindlich erscheinenden Hindernis aufgeben? Nein! Also, warum sollte sie dann nicht jetzt tanzen können?

Sie gab sich wirklich Mühe. Sie stand auf.

Doch plötzlich schossen ihr Tränen in die Augen. Ihr Magen benahm sich ganz komisch, und Schweißperlen traten ihr auf die Oberlippe. Ihre Knie gaben nach, und Shade konnte sie gerade noch auffangen, bevor sie zusammensackte.

»Liebes, was ist los?«

»Wahrscheinlich ist mir nur ein bißchen schwindelig«, behauptete sie. »Ich habe wohl etwas zuviel Wein getrunken, und außerdem ist es hier drin schrecklich stickig.«

»Dann laß uns nach draußen gehen und ein bißchen frische Luft schnappen!« schlug er vor.

Maggie stützte sich auf ihn und zuckte bei jedem Schritt zusammen. Sie versuchte, nicht zu humpeln, aber sie schaffte es einfach nicht. Als sie endlich die Tür erreicht hatten, brannten ihre Füße so sehr, als ob man sie über glühende Kohlen gejagt hätte.

Und es war ihr offensichtlich auch nicht gelungen, Shade etwas vorzumachen, denn er sagte besorgt: »Es sind die Stiefel, nicht wahr! Verdammt noch mal, ich hätte wirklich ein bißchen mehr Vernunft zeigen sollen. Ich könnte mich in den Hintern treten!«

Dann hob er sie einfach auf die Arme und trug sie zu ihrer Hütte.

»Laß mich runter!« protestierte Maggie. »Du kannst mich nicht tragen!«

»Sieht ganz so aus, als könnte ich das doch, oder?«

»Aber ich bin zu schwer!«

»Nein. So ein Leichtgewicht ist überhaupt kein Problem für mich! Schling die Arme um meinen Hals, und hör auf zu strampeln!« Als er sie dann vor ihrer Tür absetzte, fragte er. »Wo hast du die Schlüssel?«

»O je!« meinte sie nur und wurde rot.

»O je was?«

»In meiner Handtasche.«

»Und wo ist deine Handtasche?«

»In der Hütte!«

Er hob sie wieder auf, ging eine Hütte weiter und setzte Maggie auf das Geländer, bis er seinen Schlüssel herausgeholt hatte. Er stieß die Tür auf, trug Maggie hinein und trat die Tür dann mit dem Fuß wieder zu.

Sanft legte er sie auf sein Bett. »So, jetzt werden wir erst einmal diese verdammten Stiefel ausziehen und uns ansehen, welchen Schaden meine Dummheit angerichtet hat.« Er hob einen ihrer Füße hoch und versuchte, ihr den Stiefel auszuziehen.

Maggie konnte einen Schrei nicht unterdrücken.

Shade murmelte einige ausdrucksvolle Flüche vor sich hin, die Maggie noch nicht kannte. »Liebes, es tut mir ja so leid, es tut mir entsetzlich leid«, meinte er dann. Er suchte etwas in seiner Jeanstasche und zog dann ein kleines Messer heraus.

Maggies Augen wurden ganz groß, als er die Klinge herausklappte. »Was willst du damit machen?« fragte sie.

»Dir die verdammten Dinger von den Füßen schneiden«, antwortete er. »Das werde ich tun.«

»Aber meine schönen Stiefel!« rief sie entsetzt. »Dann sind sie ja ganz kaputt!«

»Ich werde dir neue kaufen!«

Sie zuckte zusammen, als das Messer durch das schöne weiche Leder schnitt. Sie sehnte sich unendlich danach, keine Schmerzen mehr zu haben, aer es tat ihr auch weh, etwas so Schönes zerstört zu sehen. Aber im Grunde war es albern, daß sie so empfand, denn für nichts auf der ganzen Welt hätte sie diese Stiefel jemals wieder angezogen und noch einmal solche Qualen durchlitten.

»Vielleicht sollte ich beim nächsten Mal die Stiefel etwas größer kaufen«, sagte Shade ganz beiläufig. »Sie scheinen ein bißchen klein zu sein, nicht?«

Als dann endlich der erste Fuß befreit war, war das ein himmlisches Gefühl. Maggie ließ sich auf das Bett sinken und streckte Shade den anderen Fuß entgegen.

Als sie dann auch ihn frei bewegen konnte, seufzte sie tief auf. So ungefähr mußte man sich im Paradies fühlen. »Du kannst dir gar nicht vorstellen, wie gut das ist . . .«, sagte sie.

Doch dann richtete sie sich auf und riß erstaunt die Augen auf, als Shade wieder zu fluchen begann, diesmal sogar noch einfallsreicher als vorher.

»Was ist denn los?« wollte Maggie wissen.

»Verdammt noch mal, Maggie, du hast Blut an den Socken«, rief er. »Wirklich, man sollte mich durchprügeln und dann zu Fischköder verarbeiten.«

Sie lachte. »Ich glaube, ich ziehe es vor, dich ganz zu behalten und dafür die kleinen Elritzen weiter an den Haken zu stecken«, antwortete sie.

»Maggie, das ist nicht komisch, verdammt noch mal!«

schimpfte er und begann, ihr vorsichtig die Socken von den Füßen zu ziehen. »Du kannst eine Infektion bekommen!«

»Ach was. Wahrscheinlich ist nur eine der Blasen aufgegangen.« Doch als sie dann ihre armen Füße anschaute, verzog sie unwillkürlich das Gesicht. »Sieht schlimm aus, nicht?« gab sie zu. »Aber meine Haut ist schon immer schnell geheilt.«

Shade murmelte leise etwas Obszönes vor sich hin, aber Maggie hatte es trotzdem verstanden, und sie zog die Brauen hoch.

Aber noch erstaunter war sie, als er plötzlich sagte: »Zieh deine Jenas aus. Ich bin gleich wieder zurück.«

Doch dann grinste sie nur. »Sag, bist du von der schnellen Sorte? Kein Vorspiel und nichts?«

»Verdammt noch mal, Maggie, Sex ist im Moment das allerletzte, woran ich denke! Ich werde jetzt einen Erste-Hilfe-Kasten holen und eine Schüssel, in der du deine Füße baden kannst. Und das geht nun mal leichter, wenn du deine Jeans ausgezogen hast!«

Er ging ins Bad und kam mit seinem Bademantel zurück. »Zieh das hier an, wenn du so sehr auf deine Tugend bedacht bist!«

Sein herablassender Ton ärgerte sie, doch statt ihm eine scharfe Antwort zu geben, hielt sie den Mund. Ihr war etwas Besseres eingefallen!

Kaum war er fort, stieg sie aus ihren Jeans. Das allerletzte, woran du im Moment denkst, was? Na, das werden wir ja sehen! Dann zog sie sich den Sweater über den Kopf und warf ihn auf den Boden. Sie wollte eben den BH aufhaken und sich den Slip ausziehen, als sie es sich wieder anders überlegte. Nein, sie mußte nicht gleich übertreiben.

Sie richtete die Kissen so, daß sie sich bequem dagegen lehnen konnte, dann legte sie sich in einer betont verführerischen Pose auf das Bett und wartete.

Je länger sie wartete, desto mehr Zeit hatte sie, um nachzudenken. Und je mehr sie nachdachte, desto sicherer war sie, daß das Ganze doch eine reichlich alberne Idee war. Sie wollte gerade nach dem Bademantel greifen, als Shade zurückkam.

Unter dem einen Arm hatte er den Erste-Hilfe-Kasten, unter dem anderen eine Eisbox. Er machte zwei Schritte in den Raum, dann blieb er plötzlich wie angewurzelt stehen und betrachtete mit schmalen Augen das Bild, das sich ihm bot.

»Warum hast du die Eisbox mitgebracht?« wollte Maggie wissen.

Er schaute auf die Box, als sei er selbst überrascht, daß er sie bei sich hatte. Dann räusperte er sich. »Um deine Füße hineinzustecken und so zu vermeiden, daß sie zu stark anschwellen.« Er vermied es sorgfältig, wieder zu ihr hinzuschauen, während er in die kleine Küche ging. »Du solltest den Bademantel vielleicht doch besser anziehen, damit dir nicht kalt wird.«

Beinahe hätte Maggie gekichert. Wer war nun auf seine Tugend bedacht? »Oh, ich fühle mich aber ganz gut so, danke«, erwiderte sie zuckersüß. In Wirklichkeit fühlte sie sich überhaupt nicht gut, aber lieber hätte sie sich die Zunge abgebissen, als das zugegeben. Himmel, war sie nervös!

Sie hörte Wasser laufen, und gleich darauf kam Shade wieder zurück und stellte die große Eisbox neben einen Stuhl. Dann hob er Maggie hoch und trug sie zu dem Stuhl, als ob sie überhaupt nichts wiegen würde.

»Aber meinen Füßen geht es wirklich schon viel besser«, wandte sie ein. »Ein bißchen Seife und Wasser und genug Schlaf heute nacht, und sie werden wieder wie neu sein.«

»Halt den Mund und laß mich das machen!«

Er setzte sie auf den Stuhl und zog dann mit dem Fuß die Eisbox heran. Maggie betrachtete, was er vorbereitet hatte. »Aber das ist ja *Eiswasser*!« protestierte sie. »Ich werde Frostbeulen bekommen.«

Er lachte. »Nicht, solange du die Füße nur für fünf Minuten da hineinsteckst! Vertrau mir, Maggie!«

Da sie immer noch nicht gewillt schien, die Füße freiwillig in das eisige Wasser zu stecken, packte Shade einfach ihre Knöchel und steckte ihre Füße in das kalte Bad. Maggie schnappte nach Luft und umklammerte erschrocken die Lehne des Stuhls. Aber nachdem der erste Schock vergangen war, mußte sie zugeben, daß das Wasser eine himmlische Wirkung auf ihre brennenden Füße hatte.

Doch es dauerte nicht lange, da fing sie an, mit den Zähnen zu klappern.

»Kalt?« fragte Shade.

»Überhaupt nicht! Wie kommst du darauf?« erwiderte sie und versuchte zu lächeln, dann biß sie ganz fest die Zähne zusammen.

»Du bist das dickköpfigste Wesen, das ich je getroffen habe«, stellte er fest.

Sie lächelte ihn süß an. »Gleich und gleich gesellt sich gern!«

Er verdrehte die Augen, dann ging er zum Bett, zog den Quilt herunter und wickelte Maggie in die Decke. »Besser?«

»Kaum. Sind die fünf Minuten schon vorbei? Ich komme mir vor wie ein Eiszapfen.«

Er holte ein Handtuch, hockte sich neben sie und legte sich ihre Füße auf seine Knie. Vorsichtig tupfte er die Füße ab, bis sie trocken waren. Seine Berührungen waren so sanft, und sein Gesichtsausdruck war so zärtlich, daß es Maggie die Kehle zuschnürte.

Zu ihrem Entsetzen merkte sie, daß ihre Augen plötzlich feucht wurden. Sie versuchte verzweifelt, die Tränen wegzuzwinkern, aber dann rollte ihr doch eine über die Wange. Aber Maggie war so fest in die Decke eingewickelt, daß sie keine Hand freibekam, um die Träne wegzuwischen.

Als Shade aufblickte, verdüsterte sich seine Miene. »Oh Darling, es tut mir so leid. Habe ich dir so weh getan?«

Sie schüttelte den Kopf, und als er einen Fuß anhob und einen Kuß auf die Innenseite hauchte, konnte sie die Tränen endgültig nicht mehr zurückhalten.

»Liebes, ich versuche, so sanft wie möglich zu sein!«

»Ich weiß«, schluchzte Maggie.

Er griff in den Erste-Hilfe-Kasten und holte eine Salbe heraus, die er so vorsichtig wie möglich auf ihren Blasen und der geschundenen Haut verteilte, dann verband er ihre Zehen und klebte auf beide Fersen ein großes Pflaster. Als er fertig war, gab er Maggie auf jeden Fuß einen Kuß.

Sie schniefte. O verdammt! Jetzt lief ihr auch noch die Nase!

Shade hatte die Brauen zusammengezogen und schaute immer noch verärgert drein. »Liebes, es tut mir so leid wegen dieser verdammten Stiefel.« Er hob sie hoch und trug sie wieder zum Bett zurück.

Wieder schniefte sie. »Ich bin schon okay. Du hast mir nicht weh getan. Meinen Füßen geht es schon viel besser. Ich fühle sie kaum noch.«

»Warum weinst du dann?«

»Ich weine überhaupt nicht. Ich weine nie!«

»O Maggie, aber über deine Wangen laufen Tränen. Und ich bin mir sicher, daß man genau das ›weinen‹ nennt. Warum?«

Er küßte sie zärtlich auf die Stirn, und nun wurden die Schleusen erst richtig geöffnet. Maggie lehnte ihren Kopf an seine Schulter. »Weil sich noch nie jemand so um mich gekümmert hat wie du!«

»Vielleicht liegt das daran, daß dich noch nie jemand so geliebt hat wie ich.«

Ihr Herz schlug plötzlich einen Purzelbaum. »Du kannst mich nicht lieben«, sagte sie.

»Nein? Kann ich nicht?«

»Nein! Du kennst mich doch überhaupt nicht lange genug«, erwiderte sie.

Er plazierte sie so auf dem Bett, daß sie sich gegen die Kissen lehnen konnte. Dann setzte er sich auf die Bettkante, beugte sich vor und gab ihr einen Kuß auf die Augenlider und auf die Nasenspitze. »Maggie, ich habe dich mein ganzes Leben lang geliebt«, sagte er. »Ich habe nur eine Weile gebraucht, um dich zu finden.«

Shade richtete sich auf und wollte wieder aufstehen, doch Maggie schaffte es, eine ihrer Hände zu befreien. Sie konnte ihn gerade noch an der Weste packen und zurückhalten.

8

»Verdammt noch mal, Shade du kannst nicht einfach eine solche Bombe platzen lassen und dann ruhig aufstehen und davongehen!« sagte sie. »Erklär mir das gefälligst ein bißchen genauer!« Sie zog an seiner Weste, bis er nachgab und sich neben sie setzte.

Shade zuckte mit den Schultern. »Wie kann ich das schon erklären?« fragte er. »Ich liebe dich. Meinst du vielleicht, ich wüßte, wie das passiert ist? Als du damals so plötzlich bei Buck hereinspaziert bist, hatte ich auf einmal das Gefühl, daß mich ein Bulldozer gerammt hatte. Ich will dich heiraten, Maggie!«

»Du willst mich heiraten?« wiederholte sie. »Aber du weißt doch überhaupt nichts von mir!«

»O doch, ich weiß genug. Ich weiß zum Beispiel, daß du die einzige Frau bist, die wirklich zu mir paßt.«

»Aber das ist einfach unmöglich. So etwas wie Liebe auf den ersten Blick gibt es nicht! Das ist romantischer Schwachsinn! Ich bin zwei Jahre lang mit meinem Ex-Mann ausgegangen, bevor wir geheiratet haben.«

Shade lächelte. »Und was ist dabei herausgekommen?«

»Das eine hat doch mit dem anderen nichts zu tun«, behauptete sie.

»Nein? Hast du ihn denn geliebt?«

»Ich dachte, ich hätte ihn geliebt«, murmelte sie vor sich hin.

»Und welche Gefühle hat er in dir sonst noch geweckt?«

»Das geht dich nichts an.«

»Maggie, hast du unseren Deal vergessen? Ich habe heute morgen auch alle deine Fragen beantwortet, und du schuldest mir immer noch ein paar Antworten.«

Welche Gefühle hatte John in ihr geweckt? Maggie mußte eine Weile darüber nachdenken, denn sie wollte eine ehrliche Antwort geben. »Bei ihm habe ich mich weniger . . . nun ja, anfangs hat er mir das Gefühl gegeben, daß ich endlich irgendwohin gehöre!«

»Und wie war es, wenn er dich geküßt hat?«

»Angenehm.«

»*Angenehm*?« Shade schnaubte verächtlich.

»Ja, angenehm«, erwiderte sie trotzig. »So, und jetzt hast du genug gefragt. Jetzt sind wir wieder quitt.«

Er zog sie blitzschnell in seine Arme und küßte sie mit einer solchen Wildheit, daß Maggie keine Luft mehr bekam – aber noch nie hatte sie unter einer solch süßen Atemnot gelitten. Alles in ihr drängte diesem Mann entgegen, und sie konnte einfach nicht genug bekommen.

Erst nach einer halben Ewigkeit gab er sie wieder frei. »Und wie fühlst du dich, wenn ich dich küsse?« wollte er wissen.

»Atemlos«, flüsterte sie. »Glühend heiß.«

»Süße Maggie, und das war erst der Anfang!«

Er lächelte sie wieder so verführerisch an, daß eine Welle heißen Verlangens ihren ganzen Körper packte. Ohne den Blick von ihr abzuwenden, zog er sich die Stiefel aus, warf sie in eine Ecke, dann kam die Weste dran, und auch sie landete irgendwo auf dem Boden. Er öffnete den obersten Knopf seiner Jeans, und als er dann langsam auf Maggie zukam, dachte sie unwillkürlich, daß er aussähe wie ein Panther, der seine Beute im Visier hat.

Und ihr wurde noch heißer, als sie ihn betrachtete. »Willst du nicht das Licht ausmachen?« fragte sie leise.

Er schüttelte nur den Kopf und setzte sich dann zu ihr auf das Bett. »Kommt überhaupt nicht in Frage«, antwortete er. »Ich will dich sehen, Maggie!«

Fasziniert schaute sie zu, wie er eine Hand auf ihren Fuß legte und dann mit seinen Fingern eine glühende Spur über ihre Haut zog, während seine Hand von ihrem Knöchel bis zu ihrem Oberschenkel wanderte. Sie hielt den Atem an, als er den Daumen sinnlich über die empfindliche Haut an der Innenseite ihrer Schenkel kreisen ließ. Dann machte er mit der anderen Hand das gleiche, und Maggie stöhnte auf.

»Ich liebe deine Beine«, sagte er. »Sie sind so schön und so endlos lang. Ich habe ständig geträumt, wie es wäre, wenn du sie um meine Hüften schlingst . . .«

Ihr Herz blieb fast stehen, aber dann schlug es doppelt so schnell weiter, als er mit seinen Händen immer höher glitt. Shade beugte sich vor und küßte ihren Bauchnabel, und Maggie seufzte, als er begann, kleine Kreise mit seiner Zunge zu ziehen. Shade lachte leise, als er ihre Reaktion bemerkte.

Seine Lippen und seine Zunge erregten sie, bis Maggie glaubte, es nicht mehr aushalten zu können. Sie schrie verhalten auf, als seine Hände zu ihren Brüsten glitten und sanft die Brustwarzen streichelten. Maggie bog sich ihm entgegen, weil sie einfach nicht genug von diesem herrlichen Gefühl bekommen konnte.

»Sag mir, was du am liebsten magst«, flüsterte er an ihrer Haut. »Sag mir, was ich tun soll.«

Sie preßte seine Hände fest gegen ihre Brüste, und er streichelte sie weiter. »Ich möchte, daß du mich da mit deinem Mund berührst«, antwortete sie.

Mit einem schnellen Griff hatte er ihr den BH geöffnet und zog ihn ihr aus. Ihre Temperatur stieg noch einmal um ein paar Grad, als er sie betrachtete und allein mit seinen Blicken ihre Haut in Flammen zu setzen schien. Er nahm ihre Brüste in seine Hände, senkte den Kopf und begann sie mit seinen Lippen zu liebkosen, zu streicheln, zu erregen.

Maggie seufzte leise und verlangend. Es war unglaublich, was er mit ihr machte, es war eine süße, herrliche Qual, und sie wollte immer noch mehr.

Ihre Hände glitten zu seinem Rücken, streichelten seine feste Haut, seine harten Muskeln. »Ich will deine Haut an meiner fühlen«, sagte sie und zog an seinem Shirt.

Er streifte es schnell ab und warf es dann achtlos neben sich – und es landete genau auf der Nachttischlampe, dämpfte das Licht und tauchte den Raum in einen roten Schimmer. Genauso schnell entledigte er sich dann seiner Jeans und der Socken, bis er schließlich nur noch einen schwarzen Slip trug.

Maggie sog seinen Anblick in sich ein. Himmel, er war phantastisch! Er hatte einen schönen, gutgebauten Körper, und fasziniert betrachtete sie die dunklen Haare auf seiner Brust. Sie waren weich wie Seide, stellte sie überrascht fest, als sie ihre

Hände darüber gleiten ließ. Sie rieb ihre Wange an seiner Haut und berührte eine seiner Brustwarzen mit ihrer Zunge.

Als Shade aufstöhnte, lächelte sie vor sich hin, denn es gefiel ihr, daß sie die gleiche Macht hatte, ihn zu erregen.

Shade schien von einem wilden Hunger nach ihr erfüllt zu sein, und auch sie war begierig, ihn zu berühren, zu schmecken. Mit seinen Händen und seinem Mund erforschte er ihren ganzen Körper, ließ keine Stelle aus.

Mit zitternden Fingern streiften sie sich die letzten Kleidungsstücke ab, und wieder streichelte und küßte Shade sie und flüsterte ihr süße Liebesworte zu, bis Maggie vor Verlangen fast verrückt wurde. Als sie glaubte, daß sie es keine Sekunde länger würde aushalten können, zog sie ihn auf sich und flehte ihn an, sie doch endlich ganz zu besitzen. Shade machte sich für einen Moment von ihr frei, um Schutzvorkehrungen zu treffen, dann kam er wieder zu ihr zurück.

Er kniete vor ihr und hob ihre Hüften an, und endlich drang er in sie ein, langsam und aufreizend, bis Maggie ihn fest an sich zog. Es war wunderbar, ihn so spüren, so hart und so fest, und es schien, als wären sie füreinander geschaffen.

»Weißt du jetzt endlich, daß du zu mir gehörst?« fragte Shade. Er zog sich zurück, drang dann wieder ganz tief in sie ein. »Daß du immer zu mir gehört hast?«

Seine Worte, sein Körper, seine Bewegungen lösten ein so überwältigendes Gefühl in Maggie aus, daß sie es fast nicht ertragen konnte. Mit einer Wildheit, die sie selbst überraschte, nahm sie seinen Rhythmus auf, und er reagierte mit der gleichen ungestümen Leidenschaft, bis sie alles um sich herum vergaßen und es nur noch sie beide gab.

Maggie brannte lichterloh, und Shade schürte das Feuer. Maggie hungerte nach ihm, und er gab ihr, was sie wollte. Jeder nahm und gab, bis ein so intensives Glücksgefühl sie erfüllte, daß sie beide die Erlösung herbeisehnten.

Maggie schrie auf, als sie spürte, wie Wellen und Wellen von Lust sie immer höher trugen, und dann hatte sie den Höhepunkt erreicht, den Shade nur Sekunden später mit ihr teilte. Ein tiefes Stöhnen drang aus seiner Kehle.

Maggie klammerte sich an ihn, als wollte sie ihn nie wieder loslassen, und auch Shade hielt sie ganz, ganz fest. Es war einfach unglaublich gewesen, und sie beide brauchten lange, bis sie wieder in die Wirklichkeit zurückkehrten. Eine ganze Weile blieben sie einfach so liegen.

Schließlich rollte Shade sich auf die Seite und blickte Maggie an. In seinen Augen konnte sie die ganze Liebe lesen, die er für sie empfand.

»Du warst ungeheuerlich«, sagte er leise.

Maggie kuschelte sich an ihn und lachte. »Ungeheuerlich gut oder ungeheuerlich schrecklich?« wollte sie wissen.

»Ungeheuerlich gut«, erwiderte er lächelnd. »Besser als gut. Phantastisch. Phänomenal.« Plötzlich grinste er. »Und wie hast du es gefunden – *angenehm*?«

Sie zwickte ihn in die Brustwarze, und schnell griff er nach ihrer Hand, zog sie an seinen Mund und hauchte einen Kuß darauf. »Sollte das ›ja‹ heißen?« fragte er lachend.

»Auch auf das Risiko hin, daß ich jetzt deinem männlichen Ego viel zu sehr schmeichle, muß ich zugeben, daß ich so etwas noch nie erlebt habe«, gestand Maggie, und dann grinste sie genauso, wie er vorhin gegrinst hatte. »Oder meinst du, ich habe es vielleicht nur deshalb so toll gefunden, weil ich so lange absolut keusch gelebt habe?«

Er stützte sich auf einen Ellbogen und zeichnete die Linien ihrer Lippen mit einem Finger nach. »Ich weiß nicht«, meinte er scheinbar ganz ernst. »Wir könnten's ja noch mal probieren und sehen, ob es dann immer noch so phantastisch ist!«

»Aber Shade, du kannst doch bestimmt noch nicht schon . . .«

»Wetten?«

Maggie öffnete die Augen und versuchte sich zu strecken, aber ein haariges Bein lag über ihren, und ein Arm, auf dem eine vertraute Tätowierung war, hielt sie fest gegen einen nackten Körper gedrückt.

Sie rutschte ein bißchen hin und her und stöhnte leise auf, als sie die Füße bewegen wollte und bemerkte, daß sie immer noch ein wenig weh taten. Doch dann lächelte sie. Ihr Körper schien satt und träge zu sein, und es war ein herrliches Gefühl.

Sie hatte schon öfter davon gehört, daß Leute sich die ganze Nacht geliebt hatten, aber sie selbst hatte es noch nie vorher getan – erst in dieser Nacht.

Mein Gott, dachte sie, dieser Mann ist wie ein Stier. Unersättlich. Erfindungsreich. Ihre früheren Erfahrungen verblaßten dagegen und schienen ihr nun nichts als stümperhafte Versuche gewesen zu sein. Mit Shade hatte sie zum ersten Mal erfahren, wie Liebe wirklich sein konnte.

Ihr Magen knurrte, und wieder bewegte sie sich.

Shade küßte sie auf die Schulter. »Bist du wach?«

»Hm.«

»Woran hast du gerade gedacht?« Er drehte sich so, daß er sie anschauen konnte.

Maggie lächelte. »Daß ich meine Seele für ein frisches Hörnchen und kremigen Frischkäse geben würde.«

»Wird besorgt«, sagte er und küßte sie. »Wird gleich besorgt«, wiederholte er und gab ihr noch einen Kuß. »Ist schon so gut wie besorgt.« Sie bekam einen dritten Kuß, dann stand er auf und begann sich anzuziehen.

Maggie zog die Decke um sich und richtete sich auf. »Was machst du da?« fragte sie verdutzt.

»Ich ziehe mich an, damit sich niemand beschwert, wenn ich die frischen Hörnchen für dich einkaufe.«

Maggie lachte. »Und wo, glaubst du, wirst du hier frische Hörnchen bekommen?«

»Ich kenn' da eine nette kleine Bäckerei in Beaumont.«

»Aber, um hinzufahren und zurückzukommen, brauchst du doch eine Stunde«, wandte Maggie ein.

»Ja. Warum legst du dich nicht solange wieder hin und schläfst noch ein Ründchen?« Er setzte sich neben sie, damit er seine Stiefel besser anziehen konnte, dann gab er ihr einen Kuß auf die Nasenspitze. »Wenn ich zurückkomme, will ich dich genau hier finden!« sagte er mit einem Lächeln, das ihr durch und durch ging.

»Aber ich muß doch Byline füttern!«

»Es wird diesem fetten Kater nicht schaden, wenn er noch eine Stunde warten muß. Ich hole mir den Generalschlüssel und füttere Byline, sobald ich zurück bin. Bis dann, süße Maggie.«

Maggie hatte ohnehin keine andere Wahl, als in seiner Hütte zu bleiben. Omie kam sonntags immer erst nach dem Mittagessen, und sie wollte Buck nicht um einen Ersatzschlüssel bitten. Nicht daß es ihr peinlich gewesen wäre, wenn er gemerkt hätte, daß sie die Nacht bei Shade verbracht hatte, zumindest behauptete sie das vor sich selbst, sondern weil sie nicht wollte, daß Buck seine auch so schon leicht zu durchschauenden Bemühungen, sie beide zu verkuppeln, jetzt erst recht verstärkte.

Denn die Vorstellung, daß sie und Shade für immer ein Paar bleiben könnten, war einfach lächerlich, auch wenn er ihr in dieser Nacht immer wieder gesagt hatte, daß er sie liebte. Bettgeflüster, nichts als Bettgeflüster, dachte sie. Worte, die man im Rausch der Leidenschaft leicht dahinsagt!

Sie zog sich die Decke bis unters Kinn und versuchte, noch einmal einzuschlafen, aber sie war hellwach und hatte das Gefühl, daß sie vor Energie fast platzte. Seltsam, wo sie doch in dieser Nacht mit Shade so gut wie keinen Schlaf gefunden hatte . . . Er war ein Liebhaber, wie man ihn sich besser nicht wünschen konnte – leidenschaftlich, sensibel und von einer wirklich ungeheuren Ausdauer.

Ich könnte mich daran gewöhnen, dachte sie mit einem Lächeln, denn noch nie in ihrem Leben hatte sie sich so weiblich gefühlt und eine solche Erfüllung gefunden.

Nein, sie durfte so etwas gar nicht erst denken! Das war gefährlich. Wenn ihre Story über Tree Hollow veröffentlicht und einigen der ach so respektablen Herren die Maske des Biedermanns vom Gesicht gerissen worden war und diese Schurken ins Gefängnis wanderten oder zumindest in Schande davongejagt wurden, konnte sie endlich nach New York zurückkehren, in die Stadt, die ihr Zuhause war. Dort gehörte sie hin.

Sie liebte die Hektik und die Geschäftigkeit dieser Stadt, und sie konnte sich nicht vorstellen, wie Shade jemals in ihr Leben dort passen sollte; er wäre nicht glücklich dort. Genausowenig, wie sie glücklich wäre, wenn sie den Rest ihres Lebens damit zubringen müßte, weiße Rüben zu kochen und dem Gras beim Wachsen zuzusehen.

Sie gab den Versuch auf, einschlafen zu wollen, und stand auf. Vorsichtig löste sie die Verbände von ihren Zehen, und stellte dann erleichtert fest, daß sie gar nicht mehr so schlimm aussahen. Also konnte sie auch unbesorgt duschen.

Als sie fertig war und sich abgetrocknet hatte, zog sie Shades Bademantel an, aber sie mußte die Ärmel ein paarmal aufkrempeln. Dann schnupperte sie plötzlich. Der Bademantel roch nach Shade, und tief atmete sie diesen Duft ein.

Auf bloßen Füßen wanderte sie dann durch die Hütte und überlegte sich, wie sie am besten die Zeit totschlagen konnte, bis Shade wieder zurückkam. Erst einmal jedoch machte sie das Bett und faltete ihre Sachen zusammen, die überall verstreut auf dem Fußboden gelegen hatte. Blieben immer noch zweiundvierzig Minuten, wie sie nach einem Blick auf die Uhr feststellte.

Hm, dann konnte sie vielleicht – nein, das konnte sie nicht! Es wäre gemein, wenn sie das täte!

Langsam ging Maggie auf den Kleiderschrank zu, zögerte, aber dann konnte sie doch nicht widerstehen und machte die Türen auf. Sie schob die aufgehängten Kleidungsstücke beiseite und bückte sich. Ja, dort stand immer noch der Aktenkoffer, in der hintersten Ecke. Sie zog ihn heraus, trug ihn zum Bett und versuchte, ihn zu öffnen.

Verschlossen! Mist!

In der Hoffnung, daß sie dort vielleicht den Schlüssel finden würde, wühlte sie in der kleinen Schachtel herum, die in der obersten Schublade der Kommode lag und in der sich allerlei Krimskrams befand. Aber auch damit hatte sie kein Glück. Da sie keine Haarnadeln hier hatte, konnte sie sich vielleicht mit einem Fischhaken behelfen . . . sie mußte ihn nur mit irgend etwas gerade biegen . . . was ihr dann schließlich auch mit einer kleinen Zange gelang, die sie in seiner Werkzeugkiste fand.

Sie brauchte dann immer noch zwanzig Minuten, bis das Schloß seinen Widerstand aufgab – und obwohl sie sich ein paarmal tüchtig in den Finger gestochen hatte, lächelte sie, als sie endlich das typische Klicken hörte.

Maggie wischte sich die schweißnassen Hände am Bademantel ab und drückte das Schloß auf. Dann schaute sie sich um, als ob sie sich vergewissern müßte, daß sie tatsächlich allein war und niemand sie beim Schnüffeln erwischen würde.

»Unsinn!« sagte sie laut zu sich selbst, aber sie hatte trotzdem ein schlechtes Gewissen. Aber da sie nun schon so weit gegangen war, konnte sie auch den Rest erledigen.

Ihr Herz klopfte, als sie langsam den Deckel anhob – und dann starrte sie entsetzt auf den Inhalt des Koffers. Ihre Augen weiteten sich erschrocken.

»Gütiger Himmel«, murmelte sie vor sich hin.

Ordentlich gebündelt steckten Dollarnoten in dem Koffer. Nichts als Dollarnoten, Zwanzig- und Fünfzigdollarscheine. Unmengen. Sie machte sich nicht die Mühe, das Geld zu zählen, aber es mußten Tausende von Dollars sein. Sie wollte das verdammte Geld nicht einmal berühren. Sie schlug heftig den Deckel wieder zu und wollte den Aktenkoffer verschließen.

O verdammt! Wie bekam sie das Schloß wieder richtig zu? Sie versuchte es wieder mit dem Fischhaken, aber ihre Hände zitterten so sehr, daß sie Angst bekam, sie würde das Schloß verkratzen oder es sogar endgültig ruinieren. Sie nahm den Bademantel und wischte damit ihre Fingerabdrücke ab – warum sie das tat, hätte sie selbst nicht sagen können, und stellte den Aktenkoffer dann wieder in den Schrank zurück.

Maggie begann, nervös in der Hütte auf und ab zu marschieren. Wie kam Shade an so viel Bargeld? Konnte es eine logische Erklärung dafür geben? Bankwächter – hatte er wirklich gesagt, daß er ein Bankwächter war?

Nein, das hatte sie nur angenommen, und Shade hatte nicht widersprochen, jedenfalls nicht richtig.

Verdammt noch mal, es konnte doch nicht wahr sein, daß sie sich in einen Bankräuber verliebt hatte!

Maggie blieb plötzlich wie angewurzelt stehen. Verliebt? Wie kam sie denn auf die Idee?

Ach du lieber Himmel, das war nicht wahr, das *durfte* nicht wahr sein. Sie würde sich doch nie in ihrem Leben in einen Bankräuber verlieben. Oder in jemanden, der eine Unterschlagung begangen hatte.

Aber wenn Shade weder ein Bankräuber noch ein Betrüger war, was war er dann? Die einzigen Alternativen, die ihr dazu einfielen, waren noch viel unangenehmer. Erpresser. Drogenhändler. Angehöriger der Mafia – der Mafia? O nein, nicht das.

Aber vielleicht hat er ja auch ganz einfach in der Lotterie gewonnen, dachte sie mit plötzlicher Hoffnung, aber dann ermahnte sie sich selbst, sich nicht irgend etwas aus den Fingern zu saugen, nur weil sie nicht wollte, daß er ein Verbrecher war.

Vielleicht waren es ja auch Blüten – aber das war auch keine Möglichkeit, die sie vorgezogen hätte.

Maggie rannte wieder zum Schrank und zog den Koffer noch einmal heraus, um ihn erneut zu öffnen. Sie blätterte ein Bündel Zwanziger durch, aber sie hatten alle verschiedene Nummern aus unterschiedlichen Serien, und einige sahen abgenutzter aus als andere. Nein, das Geld schien echt zu sein.

Sie zog eine einzelne Note aus dem Bündel heraus und untersuchte sie genauer. Der Schein wirkte eindeutig echt, aber sie war ja schließlich keine Expertin. Sollte sie den Schein zu einer Bank mitnehmen und ihn dort untersuchen lassen?

Nein, nein, sie mußte ihn wieder zurückstecken.

Sie versuchte, den Schein wieder in das Bündel zurückzuschieben, aber das war gar nicht so einfach. Ihre Hände zitterten immer noch. Sie probierte es noch einmal.

Plötzlich riß die Banderole.

»O nein!« rief Maggie, als um sie herum die Zwanzigdollarnoten zu Boden flatterten.

Dies war der Augenblick, als sie endgültig in Panik geriet. Hektisch sammelte sie die Scheine wieder ein und versuchte, sie ordentlich zusammenzustecken, aber sie war so nervös, daß sie keine Chance hatte. Sie wickelte die Banderole wieder um die Scheine, aber natürlich hielt sie nicht mehr. Verzweifelt schob sie das Bündel ganz nach unten, versteckte es unter den anderen, dann schob sie den Aktenkoffer ganz schnell in den Schrank zurück.

Maggie wischte sich den Schweiß von der Stirn, dann nahm sie ihre Wanderung durch den Raum wieder auf. Nein, Shade war mit Sicherheit kein Bankräuber oder ein Betrüger. Und schon ganz bestimmt kein Drogenhändler. Ihn für einen Mafioso zu halten, war ebenfalls absolut lächerlich. Und der Erpressertyp war er auch nicht gerade.

Aber was, zum Teufel, war er dann?

Verdammt, hör doch endlich auf! sagte Maggie zu sich selbst. Hatte sie nicht in den vielen Jahren, die sie schon als Reporterin arbeitete, gelernt, daß man nicht voreilig Schlußfolgerungen ziehen sollte, solange man nicht alle Fakten zusammen hatte?

Und nun hatte sie ihre Schlüsse gar nicht schnell gengug ziehen können!

Beruhige dich, befahl sie sich. Benutz deinen Verstand. Okay, vielleicht hat er etwas getan, was so eben noch am Rande der Legalität war, aber mit Sicherheit würde es auch dafür eine vernünftige Erklärung geben.

Sie brauchte Shade nur zu fragen.

Und zugeben, daß sie in seinen Sachen herumgeschnüffelt hatte. Er würde alle seine Illusionen verlieren. Er würde sie zum Teufel schicken.

Maggie war immer jemand gewesen, der über eine gute Menschenkenntnis verfügte und sich selten irrte, und sie konnte sich bei Shade einfach nicht vorstellen, daß er etwas Ungesetzliches tat. Aber wenn er eine reine Weste hatte, warum, verdammt noch mal, war er dann ein solcher Geheimniskrämer, was seine Person anging?

Natürlich – warum war sie nicht eher darauf gekommen? Sicher war er ein Spieler. Es paßte alles zusammen. Kein geregeltes Arbeitsverhältnis. Eine große Menge Bargeld. Kein

Bankkonto, keine Unterlagen. Die Steuer würde nie etwas erfahren. Aber vielleicht war er ja auch ein Buchmacher.

Aber wo hatte er dann das Büro für die Wettannahme? Ihre Augen verengten sich. Ob Buck auch mit drinsteckte? Jetzt, wo sie genauer darüber nachdachte, mußte sie sich fragen, wie er den Laden am Laufen halten konnte, wenn er so vergleichsweise wenig Umsatz machte.

Im Moment konnte sie allerdings nichts anderes tun, als wachsam zu sein, den Mund geschlossen und ihre Augen weit offen zu halten.

Sie überlegte flüchtig, ob sie sich schnell anziehen und die Hütte verlassen sollte, bevor Shade zurückkam, aber sie hatte ja immer noch keinen Schlüssel für ihre eigene Hütte. Und Shade konnte ja gar nicht wissen, daß sie sein Geheimnis entdeckt hatte – also hatte sie auch keinen Grund, sich vor ihm zu fürchten.

Außerdem hatte er sich ihr gegenüber bis jetzt immer sanft und hilfreich gezeigt, und sie konnte sich nicht einmal in einer Million Jahren vorstellen, daß er ihr je etwas Böses antun könnte. Das einzige Problem war, ob sie es schaffen würde, so zu tun, als wäre überhaupt nichts passiert, während er fortgewesen war.

Sich eine Antwort auf diese Frage zu überlegen wurde überflüssig, weil sie in diesem Augenblick draußen Schritte hörte, die sich näherten. Maggie spurtete durch den Raum, setzte sich auf die Couch und legte die Füße auf den kleinen Tisch.

Als er hereinkam und sie dort sitzen sah, breitete sich ein zärtliches Lächeln auf seinem Gesicht aus, und er kam schnell zu ihr und bückte sich, um ihr einen Kuß zu geben.

Und kaum hatten seine warmen Lippen ihren Mund berührt, waren alle Gedanken, ob er etwas Unrechtes getan haben könnte, wie aus ihrem Verstand fortgeblasen.

»Solltest du nicht immer noch im Bett liegen?« fragte er.

Maggie zuckte mit den Schultern. »Ich habe einfach nicht mehr einschlafen können«, erwiderte sie.

Shade knabberte an ihrem Ohrläppchen. »Hm«, sagte er.

»Du riechst gut – nach meiner Seife! Hoffentlich hast du dir die Verbände nicht naß gemacht!«

»Ich habe sie abgenommen. Meinen Zehen geht es inzwischen wieder ganz hervorragend.«

Er legte die Tüte, die er immer noch in der Hand gehalten hatte, auf dem Tisch ab, kniete sich hin und untersuchte Maggies Füße dann mit großer Sorgfalt. »Du hast recht. Sie sehen schon viel besser aus. Aber ich werde trotzdem noch einmal etwas von der Salbe drauftun.« Er küßte sie zärtlich auf die Innenseiten ihrer Füße, dann grinste er. »Ich würde aber wenigstens noch einen Tag Ruhe empfehlen«, sagte er. »In meinem Bett. Zusammen mit mir.«

»Aber ich muß heute arbeiten. Oder hast du meine Geschichte ganz vergessen?«

»Wann wirst du mich sie endlich lesen lassen?«

Sie murmelte irgend etwas Unverbindliches vor sich hin, dann griff sie nach der Tüte, die er mitgebracht hatte. »Sind da die Hörnchen drin?« wollte sie wissen.

»Ja. Und weil ich vergessen hatte, welche Füllung du am liebsten magst, habe ich von jeder Sorte einige mitgebracht.«

»Einfach so, ohne alles, esse ich sie am liebsten. Aber ich mag sie auch mit Schokolade. Hast du welche mit Schokolade?«

»Ja, Madam, habe ich. Ich werde sie schnell noch im Backofen aufwärmen.«

»Ich helfe dir dabei«, sagte Maggie und wollte aufstehen, doch Shade drückte sie sanft wieder zurück.

»Du bleibst genau hier sitzen und läßt deine hübschen Füße auf dem Tischchen liegen. Ich will dich verwöhnen.«

»Ich bin nicht daran gewöhnt, daß mich jemand verwöhnt«, wandte sie ein.

Er gab ihr noch einen Kuß. »Dann wird es Zeit, daß du lernst, dich verwöhnen zu lassen. Denn ich habe vor, dich ganz schrecklich zu verwöhnen.«

»Ach ja?« Sie lachte.

»Ja, süße Maggie, das habe ich vor. Ich nabe nämlich schon einige Pläne für die Zukunft gemacht.« Er knabberte wieder an ihrem Ohrläppchen.

»Paul?«

»Ja?«

»Och, ich wollte eigentlich nichts Besonders. Nur mal ausprobieren, wie sich dein Name so anhört. Willst du mir nicht doch verraten, wie du mit Nachnamen heißt?«

»Berringer.«

»Paul Berringer«, sagte sie langsam. »Hört sich nicht schlecht an. Gefällt mir.« Ihr Magen knurrte vernehmlich.

Shade lachte und klopfte leicht auf ihren Bauch. »Frühstück ist gleich fertig.«

Sie schaute ihm hinterher, als er in die kleine Küche ging und bewunderte seinen knackigen Po, seine breiten Schultern, seine langen Beine, die Anmut, mit der er sich bewegte. Sie seufzte. Dieser Mann konnte kein Verbrecher sein – denn sie liebte ihn.

Gott mochte ihr helfen, aber sie liebte ihn wirklich.

9

Während Maggie am Computer saß und den ersten Teil ihrer Geschichte ausarbeitete, schaute sie mit einem Auge immer wieder nach draußen. Kaum hatte sie gesehen, daß Shade mit seinem Pick-up davonfuhr, als sie einen Knopf drückte, damit ihr der Text nicht abstürzte, dann lief sie zur Tür.

Sie hatte keine Ahnung, wie lange er fortbleiben wollte, und sie wollte die Chance nicht verpassen, Buck nach allen Regeln der Kunst auszufragen.

Drei Tage war es nun schon her, seit sie das Geld entdeckt hatte, und dies war die erste Gelegenheit, die sie hatte, um einmal allein mit Buck zu reden.

Sie schlenderte hinüber in den Laden für Angelzubehör, wo Buck gerade damit beschäftigt war, tote Elritzen aus dem Eimer herauszufischen, in dem sie aufbewahrt wurden. Maggie schaute ihm über die Schulter. »Kommt mir wie Verschwendung vor«, sagte sie.

Buck zuckte mit den Schultern. »Sind immer ein paar Ausfälle dabei«, erwiderte er. »Shade meinte, Sie wollten heute nachmittag schreiben.«

»Hab' 'ne Pause gebraucht«, behauptete sie. Sie ging zu dem altmodischen Getränkekühler hinüber und nahm sich eine Cola heraus, machte die Dose auf und setzte sich dann auf die Truhe. Sie nahm einen tiefen Schluck und ließ die Füße baumeln.

»Ich würde Sie gern etwas fragen«, begann sie.

»Tun Sie sich keinen Zwang an!«

»Könnten Sie mir vielleicht sagen, ob man hier in der Nähe irgendwo Wetten abschließen kann? Auf ein Basketballspiel zum Beispiel, oder auf Pferderennen oder so was?«

»Nee«, meinte er und warf die toten Elritzen in einen anderen, kleineren Eimer. »Hab' von so was keine Ahnung. Ich bin kein Spieler. Und Sybil hält auch nichts davon. Aber nicht weit von hier gibt es eine Rennbahn. Über die Grenze in Louisiana. Hab' aber vergessen, wie der Ort heißt.«

Soviel also zu der Idee, Buck könnte im Buchmachergeschäft mitmischen!

»Meinen Sie denn, Paul könnte das vielleicht wissen?«

»Vielleicht könnte er das – von wem haben Sie eben geredet?«

Maggie lachte. »Ich weiß, daß Shade mit richtigem Namen Paul Berringer heißt«, antwortete sie. »Er hat es mir selbst verraten. Sie brauchen sich also keine Sorgen zu machen, daß Sie etwas ausgeplaudert hätten.«

Ein Angler kam herein, um zwei Dutzend Würmer zu kaufen. Maggie saß schweigend da, trank von ihrer Cola, bis der Mann den Laden schließlich wieder verließ.

»Sie und Shade sind gute Freunde, nicht wahr?« fragte sie weiter.

»Ja«, sagte Buck. »Ich denke, er ist der beste Freund, den ich jemals hatte. Würde das alles hier gar nicht besitzen, wenn er nicht gewesen wäre.«

Maggie versuchte, sich ihr Erstaunen nicht anmerken zu lassen. »Dann sind Sie also Geschäftspartner?«

»Nein. Er hat nichts davon haben wollen. Gehört alles mir allein.«

»Sie meinen, er hat es bezahlt? Woher sollte er denn soviel Geld haben?«

Buck sah sie scharf an. »Ich hab' ziemlich viel über Sie nachgedacht, Miss Maggie, und ich sag' das zwar nicht gern, aber ich denke, daß Sie irgend etwas vorhaben. Ich meine, wenn Sie noch mehr solcher Fragen haben, dann sollten Sie sie lieber Shade selbst stellen. Ich misch' mich nicht in seine Angelegenheiten ein, und er sich nicht in meine!«

Maggie senkte den Kopf. »Okay. Das habe ich verdient, Buck. Tut mir leid.« Sie sprang von der Truhe herunter und warf die leere Dose in den Abfall. »Ich wäre Ihnen allerdings sehr dankbar, wenn Sie Shade nichts von unserer Unterhaltung erzählen würden.«

»Bin noch nie einer gewesen, der herumtratscht«, sagte Buck.

Maggie grinste ihn an. »Bis dann, Buck!«

Elender Mist, dachte Maggie, als sie in ihre Hütte zurückkehrte. Sie hatte Buck unterschätzt. Und deshalb wußte sie jetzt auch nicht mehr als vorhin.

Und ihr ›Deal‹ mit Shade, daß sie ihm eine Frage pro Tag stellen durte, hatte sich auch als Flop erwiesen. Er hatte die albernsten Sachen gefragt, aber steif und fest behauptet, daß er das wirklich wissen wollte und er sie *nicht* auf den Arm nähme, dann hatte er gesagt, daß sie zu neugierig sei und sich nicht an die Regeln hielte, und daraufhin hatte er sich geweigert, ihr auch nur noch eine vernünftige Antwort zu geben.

Natürlich hatte er das alles ins Lächerliche gezogen, aber verdammt noch mal, es gab eine Menge Dinge, die sie wissen wollte – die sie wissen *mußte*!

Sie hatte versucht, darauf zu beharren, daß er ihre Fragen beantwortete, aber er hatte sie nur mit diesem sexy Lächeln angelächelt, das sie jedesmal in eine stammelnde Idiotin verwandelte, dann hatte er sie geküßt, bis sie überhaupt nicht mehr denken konnte, und schließlich gesagt: »Süße Maggie, in dem Augenblick, in dem du zustimmst, mich zu heiraten, wird mein Leben wie ein offenes Buch für dich sein!«

Sie hatte vorgehabt, doch noch ein oder zwei Antworten aus ihm herauszukitzeln, wenn er einmal abgelenkt war – zum Beispiel, wenn sie sich gerade geliebt hatten, was jede Nacht geschah und auch noch mehrmals, aber dann war sie diejenige gewesen, die alles vergaß. Das hieß, sie war dann so in ihrer Leidenschaft gefangen, daß sie schlicht und einfach zu denken aufhörte.

Himmel, sie vergötterte diesen Schuft!

Aber ihn zu lieben genügte nicht. Und zuzustimmen, einen Mann zu heiraten, dessen Art zu leben so weniger zu ihrer paßte und über dessen sozialen Hintergrund sie ernsthafte Zweifel hatte, wäre absolut schwachsinnig. Nach allem, was sie wußte, bestand die Gefahr, daß jederzeit jemand auftauchte und ihn ins nächstbeste Kitchen brachte.

Noch mal verdammt.

Am besten für sie selbst wäre, wenn sie ihre Story schnellstens fertig schrieb, sie an den Meistbietenden verkaufte und dann verschwand. Sie hatte schließlich auch so schon genug Sorgen.

Sie setzte sich wieder an ihren Computer und arbeitete mit wilder Besessenheit, bis sie schließlich jemanden klopfen hörte. Ungehalten über die Unterbrechung stand sie auf und ging zur Tür, wobei sie auch noch über Byline stolperte.

»Hast du denn nichts Besseres zu tun?« fuhr sie den Kater an. »Warum gehst du nicht raus, um Comet ein bißchen zu quälen?«

»Miau!«

»Ich weiß.« Maggie seufzte. »Ich kann dich ja verstehen. Schließlich hat sein Herrchen die gleiche Wirkung auf mich. Nur, daß ich nicht so gut wie du darin bin, auf Bäume zu klettern!«

Als sie die Tür aufmachte, sah sie Shade vor sich stehen, eine große Schachtel in der Hand. Er gab sie ihr und küßte sie dann auf die Wange.

»Was ist das?« wollte Maggie wissen.

Er grinste nur. »Mach's selbst auf und schau nach.«

Da diese Schachtel in das gleiche Papier gewickelt war wie die, die er ihr vor ein paar Tagen gegeben hatte, war der Inhalt nicht schwer zu erraten.

Maggie riß das Papier auf und öffnete dann die Schachtel. Ein neues Paar wunderschöner Stiefel lag darin. Die gleichen wie die anderen.

»Zieh sie mal an«, forderte Shade sie auf. »Ich habe sie eine halbe Nummer größer gekauft. Dann hast du auch mehr Platz für deine Zehen. Und wenn du sie jeden Tag ein paar Stunden trägst, dann hast du sie bis Samstag eingelaufen.«

Schnell zog sie ihre Turnschuhe aus und die Stiefel über. Dann machte sie ein paar Schritte. »Sie passen perfekt«, sagte sie.

Shade grinste. »Davon bin ich eigentlich auch ausgegangen. »Ich habe nämlich bei deinen anderen Schuhen nachgeprüft, welche Größe du hast.«

»Du Schuft!« Sie hieb ihm mit dem Karton auf den Kopf.

Shade lachte, duckte sich und hielt sie dann an den Armen fest. Als sie den Mund aufmachte, um ihm ein paar saftige Schimpfwörter an den Kopf zu werfen, verschloß er ihn ihr mit seinen Lippen. Und dann geriet der Kuß ein wenig außer Kontrolle. Eins führte zum anderen – nun ja, und dann war es das erste Mal, daß sie Stiefel trug, während sie mit einem Mann schlief!

Am nächsten Morgen fuhr Maggie mit dem Wagen zum nächsten öffentlichen Telefon – wobei ›nah‹ ein wenig übertrieben war, denn es befand sich an einer Tankstelle, die sieben Meilen entfernt war. Sie wollte Mel Wanamaker anrufen, einen frei arbeitenden Journalisten, der sich immer ein bißchen mürrisch gab, aber schon seit Jahren einer ihrer besten Freunde war, und sie wollte nicht, daß jemand vielleicht zufällig das Gespräch mitanhörte.

Mel, der neben anderen Auszeichnungen auch ein paarmal

den Pulitzerpreis bekommen hatte, lebte schon seit langem in New York und kannte alle Größen und Möchtegern-Größen im Mediengeschäft.

Maggie nahm genug Kleingeld aus ihrem Portemonnaie, dann holte sie tief Luft und wählte seine Nummer.

Gott sei Dank kam er gleich an den Apparat.

»Mel?« sagte sie. »Hier ist Maggie Marino.«

»Wo zu Teufel bist du die ganze Zeit gewesen?«

Sie lachte. »Ich habe mich vor den bösen Jungs versteckt!« antwortete sie.

»Süße, so weit kannst du gar nicht fortlaufen!« meinte er ernst. »Weil es nämlich mindestens hundertmal mehr böse Jungs gibt als solche anständigen Menschen, wie wir es sind. Als ich von London zurückkam, hörte ich, daß man dich gefeuert hätte und daß du seitdem mit unbekanntem Ziel verschwunden wärst.«

»Stimmt. Weil ich nämlich zu allem Überfluß auch noch ein paar nette Anrufe bekommen hatte, in denen man mich bedrohte, und als das nichts half, kam eine Kugel durch mein Wohnzimmerfenster geflogen, und schließlich haben sie mit einem schwarzen Lincoln versucht, mich frühzeitig in den Himmel zu befördern. Als das passierte, kam ich zu dem Schluß, daß es gesünder für mich sei, wenn ich eine Weile verschwinden würde.«

»Du machst doch nur Witze, nicht wahr?«

Maggie seufzte. »Nein, leider nicht«, erwiderte sie ernst. »Mel, ich bin über eine ganz heiße Story gestolpert, und wenn ich heiß sage, dann meine ich das auch so. Mit dem, was ich herausgefunden habe, könnte man einen Riesenskandal entfachen.«

Sie schwieg einen Moment, bevor sie weiterredete. »Und gefeuert haben sie mich, weil unser guter alter Verleger bis zur Halskrause mit drin im Schlamm steckt.« Sie seufzte. »Es ist alles mit dabei, Mel: Sex, Drogen, Geldwäsche, nichts war diesen Kerlen zu schmutzig.«

Maggie ließ ihn heilige Eide schwören, niemandem etwas zu verraten, und dann erst gab sie ihm einen kurzen Überblick über das, was sie herausgefunden hatte und nannte ein paar der Verantwortlichen beim Namen, darunter den Präsidenten einer der größten Banken der Stadt, ein paar Lokalpolitiker, einen Anwalt, der bekanntermaßen für die Mafia arbeitete.

Mel stieß einen Pfiff aus. »Das hört sich ganz so an, als würdest du auf einem Faß voller Dynamit sitzen!« meinte er nur. »Hast du Beweise?«

»Ja, ich habe vier Tonbänder mit Gesprächen, die ich mit den Jugendlichen in Tree Hollow geführt habe, ich habe Fotokopien von verschiedenen Buchhaltungsunterlagen, ich habe Fotos – recht eindeutige Fotos, Mel! Ich habe mehrere Kartons voller Material. Die meisten Sachen habe ich noch in New York bekommen, die Hintergrundinformationen habe ich mir hier besorgt, und hier habe ich auch noch verschiedene Sachen nachgeprüft.«

»Wo ist ›hier‹, Maggie?«

»Das werde ich dir nicht sagen, Mel. Nicht einmal dir«, erwiderte sie. »Tut mir leid.«

Sie konnte ihn beinahe vor sich sehen, wie er mit den Schultern zuckte. »Auch gut«, sagte er nur. »Und wie bist du an die Unterlagen aus der Buchhaltung gekommen?«

Maggie lachte. »Mel, du solltest doch wissen, daß du auf solche Fragen nie eine Antwort bekommst!«

»Und was wirst du damit machen?«

»Ich will die Geschichte an den Meistbietenden verkaufen«, antwortete sie, »und ich habe dich angerufen, weil ich dachte, du könntest mir dabei helfen. Am liebsten wäre mir natürlich, wenn man mir gleichzeitig einen festen Job anbieten würde. Und du, Mel, kennst alle, die in diesem Geschäft etwas zu sagen haben. Könntest du dich für mich mal ein bißchen umhören und herauszufinden versuchen, wer interessiert sein könnte? Du weißt, wie man so etwas am besten macht.«

Er ließ sich Zeit mit seiner Antwort. »Okay, ich werde ein paar Telefongespräche führen«, sagte er schließlich. »Wie kann ich mich mit dir in Verbindung setzen?«

»Gar nicht. Ich werde dich am Montag oder Dienstag noch einmal anrufen. Bis dahin, hoffe ich, habe ich die Story fertig geschrieben. Danke, Mel«, fügte sie dann hinzu. »Und sei vorsichtig. Ich möchte nicht, daß auch du noch in Schwierigkeiten gerätst.«

»Ein so alter, zäher Krieger wie ich?« Er lachte. »Maggie, ich habe nicht umsonst eine so dicke Haut!«

Dann verabschiedete sie sich, und Maggie beeilte sich, zurückzukommen und das Mittagessen vorzubereiten. Mel hätte wahrscheinlich einen Schlaganfall bekommen, wenn sie ihm tatsächlich verraten hätte, wo sie war und womit sie sich ihren Aufenthalt hier verdiente!

Als Maggie am Nachmittag aus ihrer Hütte kam, um hinüber in die Küche zu gehen und das Abendessen zu machen, saß Shade wieder draußen auf seiner Veranda, in seiner üblichen Haltung, die Füße auf dem Geländer und den Stuhl zurückgekippt. Byline lag zusammengerollt in seinem Schoß, und Comet lag schnarchend auf dem Boden.

»Ich kann es einfach nicht glauben, daß die beiden sich einmal nicht gegenseitig an den Hals gehen wollen«, sagte Maggie. »Wie hast du das geschafft? Hast du sie mit Drogen betäubt?«

Shade lachte. »Nein, sie haben von sich aus einen Waffenstillstand geschlossen. Aber wir sollten trotzdem lieber vorsichtig sein. Ich werde Byline in deine Hütte tragen.«

Erst als Shade wieder zurückkam, bemerkte Maggie, daß neben seinem Stuhl auf dem Boden ein großer Picknickkorb stand, über den eine fein säuberlich zusammengefaltete Decke lag.

»Was ist das denn?« wollte sie wissen.

»Ich nehme dich zu einem Picknick mit – ich kenne da einen hübschen, ganz verborgen liegenden Strand«, antwortete Shade.

»Ein einsamer Strand? Wo?«

Er gab ihr einen Kuß auf die Nase. »Sei nicht so neugierig«, meinte er. »Du wirste es schon sehen.«

»Und was ist mit Buck? Kommt er auch mit?«

Shade grinste. »Ich habe ihn nicht eingeladen.«

»Ich meine, was soll er denn dann essen?« fragte Maggie.

»Während du dich mit deiner Schreiberei vergnügt hast, habe ich in der Küche geschwitzt und Hähnchen gebraten«, erwiderte er. »Keine Bange, ich habe eine Menge für ihn übriggelassen. Er wird ganz bestimmt nicht verhungern!«

Er klemmte sich die Decke unter den Arm, hob den Korb auf und bat Maggie, ihm zu folgen.

»Aber das ist doch der Weg zum Fluß«, stellte sie nach einer Weile fest.

»Stimmt.«

»Flüsse haben keine Strände.«

»Vertrau mir!«

»Bist du sicher, daß du auch wirklich weißt, was du tust?« fragte sie weiter, als er ihr dabei half, in ein kleines Boot zu steigen.

»Ja.«

Shade ließ den Motor an, dann steuerte er das flache Boot etwa eine Meile den Fluß hinauf, schließlich machte er es am Ufer genau dort fest, wo eine Sandbank weit in den Fluß hinausragte und so eine kleine Bucht bildete. Er sprang hinaus, zog das Boot aufs Ufer und reichte dann Maggie die Hand, um ihr aussteigen zu helfen.

Maggie bückte sich, nahm eine Hand voll weichen Sand und ließ ihn langsam durch ihre Finger rinnen. Er war ganz fein und weiß. »Das ist ja wirklich fast wie am Meer«, sagte sie.

Shade hob den Korb aus dem Boot, nahm die Decke, stellte alles ab und legte dann eine Hand auf sein Herz. »Würde ich es je wagen, dich anzulügen, süße Maggie?« fragte er, während er sie treuherzig anblickte.

Maggie antwortete nicht darauf, sondern lächelte nur leicht. Würdest du mich anlügen? dachte sie. Gute Frage.

Shade breitete die Decke auf dem weichen Sand aus, dann zog er seine Turnschuhe aus und rollte sich die Hosenbeine hoch. »Hast du Lust, nach Muscheln zu suchen?«

»Nach Muscheln?« wiederholte Maggie. »Hier? Machst du Witze?«

»Ja. Aber was wir machen können, ist, eine Sandburg bauen, wenn dir das besser gefällt.«

»Einverstanden«, erwiderte sie lachend. Sie zog schnell ihre Schuhe aus, dann suchte sie eine Stelle, wo der Sand feuchter war, und kniete sich hin.

Die nächste halbe Stunde verbrachten sie damit, ein ziemlich bizarres Gebilde zu schaffen, sicherlich nicht sehr geeignet für irgendwelche Majestäten, höchstens für den Froschkönig.

Aber es machte ihnen viel Spaß, und sie lachten und alberten herum wie Kinder.

Als der Turm, den Maggie zu bauen versuchte, zum dritten Mal in sich zusammenstürzte, stand sie auf und klopfte sich den Sand von den Shorts. »So, das war's«, erklärte sie. »Laß uns jetzt endlich was essen. Wo kann ich meine Hände waschen?«

Shade breitete die Arme aus. »Ein ganzer Fluß steht dir zur Verfügung«, sagte er.

»In dem Wasser, in dem es Frösche und Fische und Schlangen gibt, soll ich mir die Hände waschen?« erwiderte sie. »Kommt überhaupt nicht in Frage.« Dann sah sie ihn forschend an. »Du machst doch schon wieder Witze, nicht?«

»Himmel, warum vergesse ich nur ständig, daß du eine Gewächshauspflanze bist? Sind Sie damit zufrieden, Madam?« Er nahm eine Flasche Mineralwasser aus dem Korb und reichte sie ihr, als wäre er ein Kellner und böte ihr den besten Wein an, den er hatte.

»Na ja«, meinte sie von oben herab, »wenn du nichts Besseres hast, dann wird das wohl genügen müssen!«

Sie grinsten sich an, als er ihr das Wasser über die Hände schüttete, dann holte er ein Taschentuch hervor und überreichte es ihr mit einer Verbeugung.

Nachdem sie sich die Hände getrocknet hatte, betrachtete Maggie das Taschentuch aus feinstem Leinen ein bißchen genauer. Besonders interessierte sie das gestickte Monogramm in einer Ecke. »P – E – B«, sagte sie. »Wofür steht denn das E?«

»Für Ellison.«

»Paul Ellison Berringer«, sagte Maggie vor sich hin. »Hört sich ziemlich vornehm an. Mit so einem Namen solltest du eigentlich ein mächtiger Wirtschaftskapitän sein oder wenigstens Mitglied in einem stinkfeinen Countryclub.«

»Wie wär's mit einem Stück Hähnchen?« fragte er und hielt ihr einen Schenkel hin.

Maggie packte ihre Shorts, als wären sie ein Rock, und machte einen Knicks. »Mit dem größten Vergnügen«, erwiderte sie. Dann nahm sie das Fleisch in die Hand, und während sie daran knabberte, beobachtete sie, wie Shade die anderen Köstlichkeiten auspackte.

Und so hielten sie denn am Ufer des Neches River ihr Picknick ab, das aus gebratenem Hühnchen, Kartoffelsalat und gebackenen Bohnen bestand, die Shade warmgehalten hatte. Sie unterhielten sich über alles mögliche, ohne dabei auch nur ein ernsthaftes Thema zu berühren, sie lachten und alberten herum.

Den Hintergrund zu dieser idyllischen Szene bildete der Fluß mit seinem ständigen Gemurmel, die Vögel, die fröhlich zwitscherten, die Baumfrösche, die ihr tiefes Quaken beisteuerten.

Maggie lag mit dem Kopf auf Shades Schoß und balancierte dabei ihr Weinglas auf dem Bauch, während Shade sie mit Weintrauben fütterte, und so beobachteten sie, wie die untergehende Sonne den Himmel in wunderschöne Pastellfarben tauchte und die Oberfläche des Flusses wie geschmolzenes Gold schimmern ließ.

Maggie war gesättigt und vollkommen entspannt, und sie fühlte einen Frieden in sich, wie sie ihn nur selten in ihrem Leben empfunden hatte.

Als sie die letzte Traube gegessen hatte, begann Shade, die Linien ihres Gesichts mit seinen Fingern nachzuziehen. Er verweilte an ihrem Mund, strich zart über ihre Lippen, dort, wo sie sich trafen. In seinen Zärtlichkeiten lag ein solche bittersüße Intimität, daß Maggie plötzlich die Tränen kamen.

Shade, dem nur selten etwas entging, was Maggie betraf, fragte leise: »Darling, stimmt etwas nicht?«

»Ist alles in Ordnung«, erwiderte sie. »Jetzt, in diesem

herrlichen Moment, ist wirklich alles in Ordnung. Hier ist es so schön und so friedlich wie im Paradies. Das wirkliche Leben mit all seinen häßlichen Seiten scheint mir schrecklich weit entfernt zu sein. Ich kann mir kaum noch vorstellen, daß es tatsächlich noch jemanden außer uns auf der Welt gibt.«

»Wenn du willst, können wir für immer hier bleiben«, bot er an. Seine Finger glitten zu ihrem Ohrläppchen.

Maggie seufzte. »Dummerweise kann ich mir das nicht leisten«, antwortete sie. »Das Paradies ist wirklich herrlich – solange man ihm nur einen kurzen Besuch abstattet. Aber immer hier leben wollte ich nicht. Wahrscheinlich würde ich mich schon nach kurzer Zeit zu Tode langweilen – mit nichts als Blumen und Bäumen und Ruhe um uns herum. Ich ziehe Abwechslung und Aufregung vor.«

Shade langte in den Korb, holte etwas heraus. »Iß einen Apfel«, sagte er und grinste.

Maggie lachte und berührte die auf seinen Arm tätowierte Schlange. »Das verspricht genau die Aufregung, die ich mag«, meinte sie.

Er zog eine Augenbraue. »Okay«, meinte er. »Laß uns beide ein Stück abbeißen, und dann ziehen wir uns aus.«

Shade kitzelte sie, und sie lachte und versuchte, von ihm wegzukommen. Doch er hielt sie fest, bis sie ihm mit gleicher Münze zurückzahlte und begann, auch ihn zu kitzeln. Er versuchte das zu verhindern, indem er beide Arme fest an seine Rippen drückte.

»Aha!« rief sie. »Jetzt zeigt sich, wer hier wirklich kitzelig ist!«

Er sprang auf und rannte davon – nicht zu schnell, wie sie feststellte –, und sie jagte ihn über die Sandbank, bis er ihr erlaubte, ihn zu fangen.

Dann hob er sie hoch und schwang sie durch die Luft, und Maggie klammerte sich nur allzu gern an seinen Schultern fest. Sie lachten und fühlten sich so unbeschwert wie zwei Kinder.

Sie sahen sich an, und plötzlich hörten sie beide auf zu lachen. In seinem Blick lag auf einmal eine solche Intensität, daß Maggie für einen Moment die Augen schloß.

»Du lieber Himmel«, sagte er leise. »Ich liebe dich so sehr, Maggie, daß es fast weh tut!«

Sie umschloß sein Gesicht mit ihren Händen, wobei sie unwillkürlich registrierte, daß seine Bartstoppeln ihre Haut kratzten, und musterte ihn nachdenklich. Er hatte ein anziehendes, gutgeschnittenes Gesicht, und während sie ihn weiter betrachtete, dachte sie, was für ein unglaubliches Glück es war, daß dieser wunderbare Mann sie liebte.

Denn daß er sie wirklich und aufrichtig liebte, davon war sie überzeugt. Um so tragischer war es, daß ihrer Liebe kein Happy-End bestimmt war.

Nein, daran wollte sie in diesem Moment nicht denken. »Küß mich«, sagte sie leise. »Nimm mich in die Arme und liebe mich. Jetzt und hier!«

Shade trug sie zu der Decke zurück, als sei sie ein kostbarer Schatz, und legte sie dann vorsichtig nieder. Während sie sich küßten und liebkosten, zogen sie sich eilig aus und warfen ihre Sachen unachtsam in den Sand.

Eine leise Brise kühlte ihre erhitzten Körper, und über ihnen am Himmel, der immer dunkler wurde, begannen die ersten Sterne zu funkeln.

Sie flüsterten einander süße Worte zu, und der Fluß murmelte eine leise Melodie, als sie sich liebten und festhielten, als wollten sie sich nie wieder loslassen.

Es war Freitagabend, und Maggie, die Spaghetti zum Abendessen machte, stand über den Topf gebeugt und probierte, ob die Nudeln schon gar waren.

»Sie brauchen noch ein paar Minuten«, stellte sie fest. »Und wie sieht's mit den Fleischklößchen aus?« fragte sie Shade.

Er hatte die Augen geschlossen und sog den würzigen Duft ein, den die vor sich hin köchelnde Soße verströmte. »Perfekt«, sagte er und hauchte einen Kuß auf seine Fingerspitzen wie ein italienischer Koch.

Maggie grinste. »Weißt du was, Shade?« fragte sie. »Ich glaube, ich gewinne dieser ganzen Kocherei allmählich doch eine Menge Spaß ab. Aber bist du ganz sicher, daß Buck Spaghetti mag?«

»Darling, süße Maggie, *jeder* mag Spaghetti!« erwiderte er. Dann nahm er sie in den Arm und drückte sie fest. »Du bist eine großartige Köchin geworden, Maggie!«

»Mit einer Menge Hilfe von dir!« betonte sie. »Ich wäre nie im Leben allein damit fertig geworden. Habe ich mich in letzter Zeit eigentlich schon mal wieder dafür bedankt?« wollte sie dann wissen.

»Zumindest nicht in den letzten zehn Minuten oder so.«

»Danke!« Sie schlang ihre Arme um seinen Hals und gab ihm einen verliebten Kuß.

Shade reagierte voller Leidenschaft und hob sie hinauf auf die Arbeitstheke, dann stellte er sich zwischen ihre Beine.

»Unser Abendessen wird ruiniert werden, wenn du so weitermachst«, sagte sie, als sie wieder Luft bekam. Doch sie geriet in neue Atemnot, als er seine Wange an ihrer Brust rieb.

»Unsinn. Wie läuft's mit deinem Buch?«

Maggie zögerte. Himmel, sie haßte es, ihn ständig anlügen zu müssen. Ob sie ihm die Wahrheit sagen sollte? Sie schwankte und hatte sich schon fast entschlossen, ihm alles zu erzählen, aber dann tat sie es doch nicht. Noch nicht. Was sie zurückhielt, hätte sie selbst nicht sagen können.

»Oh, ich komme hervorragend mit meiner Arbeit voran«, erwiderte sie schließlich, und so ausgedrückt, war das noch nicht einmal gelogen.

Er rieb seine Nase an ihrer Wange. »Und wann wirst du mich deine Geschichte endlich lesen lassen?«

»Niemand liest, was ich geschrieben habe, bevor es fertig ist«, erwiderte Maggie streng. »Ich bin da eigen. Abergläubisch.«

Shade lachte. »Komisch, bis jetzt bist du mir aber gar nicht wie der abergläubische Typ vorgekommen!«

»Das zeigt nur, wie wenig du im Grunde von mir weißt«, erwiderte sie.

»Oh!« Er lachte sie immer noch an. »Ich weiß genug von dir, süße Maggie. Ich weiß, daß deine Lieblingsfarbe Blau ist, und ich weiß, daß du hier« – er tippte mit dem Finger auf ihre linke Brust – »ein Muttermal hast. Und ich weiß auch, daß du es magst, wenn ich dich da berühre!«

Maggie hatte Mühe, Luft zu bekommen. »Ich glaube, ich sollte lieber noch einmal nach den Spaghetti schauen«, sagte sie und versuchte, sich von ihm freizumachen.

Shade drückte sie noch einmal an sich, dann gab er sie frei.

Maggie glitt von der Theke. Shade hatte sie wieder einmal so erregt, daß sie kaum einen klaren Gedanken fassen konnte. Was hatte sie noch mal tun wollen? Ach ja, die Spaghetti!

»Sie sind gar«, sagte sie, nachdem sie noch einmal probiert hatte. »Bist du so lieb und schneidest das Knoblauchbrot? Dann schütte ich inzwischen die Nudeln ab.«

»Dein Wunsch ist mir Befehl!«

Maggie lachte. »Ja, natürlich, in meinen Träumen!« erwiderte sie. »Steht der Salat schon auf dem Tisch?«

»Ja.«

Maggie gab die Spaghetti in eine große Schüssel, dann verteilte sie die Tomatensoße darauf und gab die Fleischbällchen darüber.

»Hm, es riecht himmlisch!« meinte sie, dann steckte sie einen Finger in die Soße und leckte ihn ab. »Und es schmeckt auch so. Du hattest recht mit dem Oregano.«

»Würde ich dir je etwas Falsches sagen?« fragte er.

Maggie zog eine Augenbraue hoch. »Das habe ich mir auch schon manchmal überlegt«, antwortete sie. Dann nahm sie die Schüssel und wollte zu der Tür gehen, die ins Lokal führte. »Ich bring' die Spaghetti rein«, rief sie Shade über die Schulter zug, »wenn du das Brot mitbringst.«

Als sie sich wieder umdrehte, sah sie plötzlich einen Mann zur Vordertür hereinkommen. Einen Mann, den sie kannte. Einen großen Mann mit einem weißen Cowboyhut, einem silbernen Stern am Hemd und einer Waffe am Gürtel. Ihr Herz fing rasend schnell an zu schlagen.

Eilig zog sie sich in die Küche zurück. »Verschwinde!« zischte sie Shade zu. »Polizei!«

»Hm?«

»Gerade ist ein Texas-Ranger zur Vordertür hereingekommen. Schnell, verschwinde durch die Hintertür. Ich werde ihn aufhalten.«

»Maggie . . .«

»Würdest du jetzt endlich abhauen? Los, beeil dich!«

»Maggie . . .«

»Verdammt, beweg endlich deinen Hintern!«

Shade gehorchte endlich, und nicht eine Sekunde zu früh. Maggie, die die Schüssel mit den Spaghetti fest mit beiden Händen umklammerte, trat genau in dem Moment durch die Tür, als der Ranger an die Bar kam.

Sie setzte ein falsches, strahlendes Lächeln auf. »Kann ich Ihnen helfen?« fragte sie.

Er tippte sich an den Hut. »Tag, Madam. Ich suche nach einem Burschen namens Paul Berringer. Haben Sie ihn vielleicht zufällig hier gesehen?« Er machte ein paar Schritte nach vorn, auf die Küche zu.

Doch Maggie trat schnell einen Schritt zur Seite und blockierte ihm den Weg. Sie klimperte mit den Wimpern, als hinge ihr Leben davon ab, und sagte dann: »Ach, ich glaube nicht. Kann mich nicht erinnern. Wie sieht der Kerl denn aus?«

Er versuchte, an ihr vorbei einen Blick in die Küche zu werfen, aber Maggie tänzelte hin und her.

»Er ist ungefähr so groß wie ich, hat grüne Augen und auf den Oberarm eine Schlange tätowiert«, erwiderte er. Wieder versuchte er, an ihr vorbei einen Blick in den anderen Raum zu erhaschen, wieder trickste sie ihn aus.

»Hört sich ja ziemlich abscheulich an«, meinte sie. »Was hat er denn ausgefressen?«

»Madam, versuchen Sie, irgend etwas vor mir zu verbergen?« wollte er wissen. »Ist da jemand in der Küche?«

Maggie war ganz die zu Unrecht beschuldigte Unschuld. Mit großen Augen schaute sie ihn an. »Himmel, wie kommen Sie denn auf die Idee?«

»Madam, ich werde mich jetzt mal in der Küche umschauen«, sagte er schon sehr viel strenger, packte sie an den Unterarmen und versuchte, sie beiseite zu schieben.

»Den Teufel werden Sie tun, Sie brutaler Kerl!«

Sie riß sich von ihm los, dann hob sie die Schüssel und schmiß ihm die Spaghetti ins Gesicht.

Er stieß einen Schrei aus, der Tote wieder zum Leben hätte erwecken können.

Shade hatte sich vorsichtig um das Gebäude geschlichen, und gerade, als er die Vorderseite erreichte, hörte er Maggies Gegner einen Reihe drastischer Flüche ausstoßen, die eine andere Frau als Maggie sicher hätten rot werden lassen. Dann hörte er ein vertrautes Lachen und jemanden leise sagen: »O je!«

»Ross, was, zum Teufel, geht da drin vor sich?« wollte er wissen.

»Hallo, großer Bruder! Himmel, tut es meinen Augen gut, dich endlich wiederzusehen!« Er klopfte Shade auf den Rücken, dann zeigte er durch das Fenster nach innen. »Ich beobachte gerade, wie Holt mit einer Wildkatze kämpft, die mit einer Schüssel voller Spaghetti bewaffnet ist.«

Shade zuckte zusammen, als Maggie dem Ranger die Spaghetti ins Gesicht warf, und Ross lachte, als sein Zwillingsbruder drin auf einem Fleischbällchen ausrutschte und sich unsanft auf den Hosenboden setzte.

»Ich glaube, die Wildkatze gewinnt«, stellte er fest. »Ist sie eine Freundin von dir?«

»Deine zukünftige Schwägerin, falls ich sie doch noch dazu überreden kann, mich zu heiraten.«

»Meinst du das ernst? Mann, das ist großartig.« Wieder bekam Shade einen Schlag auf den Rücken, dann wandte Ross sich erneut dem Fenster zu. »Meinst du nicht, wir sollten reingehen und die beiden Kampfhähne trennen?«

Shade schüttelte den Kopf und trat einen Schritt vom Fenster zurück. »Holt wird ihr nicht weh tun, und Maggie kann durchaus allein mit ihm fertig werden. Warum seid ihr beide hergekommen?« wollte er dann wissen.

»Weil zu Hause alles ganz schön den Bach runtergeht«,

erwiderte Ross. »Holt und ich sind Texas-Ranger, und verdammt gute. Aber vom Geschäft haben wir nicht die geringste Ahnung. Selbst wenn wir die Zeit hätten, uns ums Geschäft zu kümmern – und die haben wir nun mal nicht! –, haben wir nicht das richtige Fingerspitzengefühl. Und von Mama kannst du nicht erwarten, daß sie das ganze Unternehmen führen kann. Wir brauchen dich, Bruderherz.«

»Und was ist mit Jack Rule?« wollte Shade wissen. Jack war der Mann, dem er die Leitung übertragen hatte.

»Hat vor ein paar Wochen gekündigt. Heute war er den letzten Tag da.«

Shade stieß ein paar unfeine Flüche aus und wandte sich ab.

»Die Leute haben komisch darauf reagiert, daß du plötzlich nicht mehr da warst«, erzählte Ross weiter. »Die Wölfe haben Blut geleckt. Wenn du nicht so schnell wie möglich zurückkommst, dann könnte nicht mehr viel übrig sein, zu dem du zurückkehren könntest.«

Maggie war aus der Küche gerannt, als sei der Teufel hinter ihr her, und als sie draußen war, mußte sie sich erst einmal gegen die Wand lehnen. Tief holte sie Luft. Gott sei Dank war Buck endlich hereingekommen, so daß sie ihre Chance hatte nutzen können und vor dem Ranger geflohen war. Sie war fix und fertig.

Plötzlich hörte Maggie, wie sich zwei Männer leise miteinander unterhielten. Die Stimmen kamen von der Vorderseite des Gebäudes. Sie überlegte blitzschnell, dann schlich sie vorsichtig um die Rückseite herum, bis sie an die vordere Ecke kam. Sie blieb stehen, flach an die Wand gedrückt und in der Dunkelheit kaum sichtbar, und sie versuchte zu lauschen.

»Wie hast du mich gefunden?« fragte Shade gerade.

»Ich hatte schon vermutet, daß du hier sein könntest, als ich mich neulich mit ihm unterhalten habe. Er ist übrigens ein schlechter Lügner. Dann habe ich mir die Nummern sämtlicher Wagen hier notiert und überprüfen lassen, und dabei habe ich herausgefunden, daß ein neuer Pick-up auf dich zugelassen war. Hat mich nur ein bißchen Zeit gekostet.«

Als er lachte, krümmte Maggie sich.

»Ein Texas-Ranger findet jeden«, fuhr er fort. »Wie ist es, kommst du friedlich mit?«

»Ich fürchte, nicht«, erwiderte Shade.

»Es bleibt dir aber gar keine andere Möglichkeit«, erwiderte der Ranger. »Shade, es geht hier nicht um Kleinigkeiten. Früher oder später wirst du dich doch stellen müssen.«

»Gib mir noch ein paar Tage – ich muß noch ein paar lose Enden zusammenknüpfen«, bat Shade. »Danach komme ich freiwillig.«

»Und woher soll ich wissen, daß du dich nicht über die Grenze absetzt und uns eine lange Nase drehst?«

Shade lachte, aber Maggie fand, daß sein Lachen ziemlich hohl klang. »Du hast mein Wort darauf!«

»Okay, einverstanden«, stimmte der Ranger zu. »So, und jetzt werde ich besser reingehen und mich um meinen Bruder kümmern. O je, er wird wütender sein als ein Bulle, den man tagelang gefangengehalten hat!«

Maggie hatte genug gehört. Tränen schossen ihr in die Augen, als sie zu ihrer Hütte lief. Sie schloß die Tür hinter sich ab, dann lehnte sie sich erschöpft dagegen und versuchte, ihren Herzschlag wieder zu beruhigen.

Nein, sie würde nicht hysterisch werden und losheulen, das kam überhaupt nicht in Frage. Gerade jetzt mußte sie einen kühlen Kopf bewahren und die Situation ganz logisch und objektiv analysieren.

Doch obwohl sie Shade liebte, obwohl sie versucht hatte, alle möglichen Gründe dafür zu erfinden, daß er so viel Geld in dem Aktenkoffer in seinem Schrank verwahrte, trotz all der Erklärungen, die sie sich dafür ausgedacht hatte, daß er so ein Geheimnis um sein Leben machte, konnte sie die Wahrheit nicht länger ignorieren.

Shade war ein Mann, der von der Polizei gesucht wurde.

Maggies Knie gaben nach. Gütiger Himmel, was sollte sie jetzt bloß tun?

10

Wenn sie sonst schon nichts für ihn tun konnte, dann wollte sie wenigstens dafür sorgen, daß sein Stolz nicht verletzt wurde. Zu diesem Schluß kam Maggie, als sie Shade am Samstagabend beobachtete, wie er auf der Bühne stand.

Sie würde fortgehen.

Während er ins Gefängnis wanderte, würde sie in die wirkliche Welt zurückkehren. An diesem Nachmittag hatte sie ihre Story zu Ende geschrieben. Nun mußte sie nur noch Mel am Montag anrufen. Und in der nächsten Woche schon würde sie dann wieder in der großen Stadt sein, einen neuen Job haben und ihren großen Erfolg genießen. Vielleicht war diesmal sogar sie diejenige, die den Pulitzerpreis bekam!

Natürlich hatte Shade nicht zugegeben, daß er ins Gefängnis kommen würde. Als er am vergangenen Abend zu ihr in die Hütte gekommen war, nachdem die Ranger wieder weggefahren waren, hatte er nur ganz unschuldig gefragt: »Kannst du mir vielleicht sagen, was für ein Tumult das vorhin da drin war?«

Clever, hatte sie mit widerwilliger Bewunderung gedacht. Sie kannte diese Spielchen auch: Greif an, bevor dich jemand in die Verteidigung drängt, und sie selbst hatte dies oft genug gemacht, um sein Geschick darin nun bewundern zu können.

Sie hatte nur mit den Schultern gezuckt und beschlossen, mitzuspielen.

»Ich weiß auch nicht genau, was über mich gekommen ist«, hatte sie behauptet. »Es ist mir schon ein paarmal passiert, daß ich durchdrehe, wenn mich ein Bulle zu sehr bedrängt. Hängt wahrscheinlich mit der Zeit zusammen, in der ich damals auf der Straße gelebt habe. Das habe ich dir doch schon erzählt – das war damals, bevor ich nach Tree Hollow gekommen bin.«

»Aber ihm gleich die guten Spaghetti ins Gesicht werfen!« Shade lachte. »Warum hast du überhaupt versucht, mich zu warnen?«

Sie zuckte mit den Schultern. Sie konnte ihm nicht in die Augen sehen. »Weil er nach dir gesucht hat. Und . . . und als er mich am Arm gepackt hat, habe ich ganz instinktiv reagiert.«

Shade zog sie plötzlich ganz nah an sich heran und schaute sie forschend an. »Aber er hat dir doch nicht weh getan, oder?«

»Nein, jedenfalls nicht so, wie du mir jetzt weh tust!«

Sofort lockerte er seinen Griff. »Tut mir leid«, sagte er, dann zog er sie wieder an sich, aber sehr viel sanfter. »Ich weiß es durchaus zu schätzen, Liebes, daß du dir solche Sorgen um mich gemacht hast, aber glaub mir, niemand will mich ins Gefängnis stecken!«

Maggie widersprach nicht.

»Buck ist gerade damit beschäftigt, alles aufzuputzen, und ich werde uns schnell ein paar Pizzas besorgen. Was für eine möchtest du haben?«

Danach hatten sie nicht mehr über diesen Zwischenfall gesprochen. Sie hatten schließlich die Pizzas gegessen, dann war Shade mit zu ihr in die Hütte gekommen, und sie hatten sich die ganze Nacht fast verzweifelt geliebt.

Shade hatte am Morgen wenig Neigung gezeigt, in seine eigene Hütte zurückzukehren, aber Maggie hatte ihn erbarmungslos rausgeschmissen. Den ganzen Tag lang hatte sie dann mit verbissener Konzentration gearbeitet, und endlich war ihre Story fertig geworden. Jede Formulierung saß. Und die Story war verdammt gut geworden, das ließ sich nicht leugnen.

Die Leute im Saal klatschten begeistert Beifall, als Shade sein Lied beendete. »Danke«, sagte er mit seiner tiefen Stimme, die sie so sehr mochte. »Heute abend stehe ich für eine ganze Weile zum letzten Mal auf der Bühne«, fuhr er fort, und die Gäste protestierten.

Er lächelte traurig, und Maggie brach es fast das Herz. »Aber heute abend möchte ich gern noch ein Lied singen, das ich für die Frau geschrieben habe, die ich gebeten habe, mich zu heiraten.«

Aller Augen wandten sich ihr zu, als Shade das Lied anstimmte, und als er dann mit seiner weichen, einschmeichelnden Stimme anfing, davon zu singen, wie er Sandburgen im Garten Eden baute, füllten sich ihre Augen mit Tränen, und das Rauschen in ihren Ohren wurde so laut, daß sie kein Wort vom Text mehr verstand.

Noch bevor das Lied zu Ende war, rannte Maggie aus dem Saal, in die Sicherheit, die ihre Hütte ihr bot.

Sie blickte auf die neuen Stiefel, die sie trug, die perfekt saßen und so schönes weiches Leder hatten. Sie riß sich einen vom Fuß, warf ihn quer durch den Raum. »Es ist nicht fair!« schrie sie. »Verdammt noch mal, es ist einfach nicht fair!« Der zweite Stiefel folgte dem ersten, und Byline schoß unters Bett.

Als es kurz darauf klopfte, ging Maggie zur Tür und riß sie auf. Shade lehnte sich gegen den Türrahmen, die Arme verschränkt, die Stirn gerunzelt.

»Warum bist du weggerannt?«

»Warum ich weggerannt bin?« wiederholte sie, und ihre Stimme klang schrill. »Warum hast du vor aller Welt herausposaunen müssen, daß du mich gebeten hast, deine Frau zu werden? Ich hab' dir doch schon mindestens ein dutzendmal gesagt, daß ich dich nicht heiraten will!«

»Warum nicht?«

»Warum nicht? Warum nicht?« schrie sie, und ihre Stimme wurde um noch eine Oktave höher. »Bist du eigentlich verrückt? Du weißt doch ganz genau, warum nicht!«

»Dann sag es mir doch noch einmal!«

»Weil du ein . . .« Im letzten Moment konnte sie sich zurückhalten, das auszusprechen, was ihr auf der Zunge lag. »Weil ich überhaupt nichts über dich weiß.«

»Du weißt genug«, behauptete er. »Du weißt, daß du mich liebst.«

»Das ist doch nicht das Problem«, erwiderte sie hitzig. »Ich habe nicht vor, den Rest meines Lebens in einem gottverlassenem Nest an einem gottverdammten Schlammfluß am Ende der Welt zu verbringen. Schließlich muß ich auch an meine Arbeit denken.«

»Du bist Autorin«, wandte er ein. »Autoren können überall schreiben.«

»Nein, das können sie nicht, vor allem, wenn sie . . .« Sie unterbrach sich, holte tief Luft und atmete sie dann ganz langsam wieder aus. »Okay, ich kann dir auch genausogut die Wahrheit sagen. Ich schreibe keine Kriminalromane. Ich bin – ich war – Reporterin, Enthüllungsreporterin, und ich habe für eine große New Yorker Zeitung gearbeitet. Inzwischen bin ich freiberuflich tätig.«

Sein Gesicht verdüsterte sich. »Und worüber schreibst du?« fragte er barsch. »Über mich?«

»Um Gottes willen, natürlich nicht! Ich habe eine Story geschrieben, in der ich einen Riesenskandal in New York aufdecke. Über Tree Hollow. Die Kids dort haben sich mir anvertraut und mir einige ganz schlimme Sachen erzählt. Mißbrauchsgeschichten.« Sie schwieg einen Moment. »Du kannst dir nicht vorstellen, was man diesen Kindern angetan, wie man sie ausgebeutet hat . . .«

»Worüber hast du mich noch angelogen?«

»Hey, ausgerechnet du willst mir vorwerfen, daß ich gelogen hätte!« fuhr sie auf und sah ihn empört an.

»Wann habe ich dich jemals angelogen?« brüllte er.

»Lieber Gott, befreie mich von allen Idioten dieser Welt!« schrie sie zurück. »Bring mich wieder in die Zivilisation zurück!«

»In die Zivilisation? Ja glaubst du denn im Ernst, daß New York zivilisiert wäre? Jede Sekunde geschieht dort ein Verbrechen, die Hälfte der Bevölkerung ist drogensüchtig, und die Leute bringen einander schneller um, als Kaninchen Junge werfen können! Aber, okay, wenn du diesen Sumpf zivilisiert nennen willst, dann werde ich dich nicht zurückhalten.«

»Das mußt ausgerechnet du sagen!«

»Was meinst du denn damit?«

»Bei deinem Hintergrund – vielmehr bei deinem Mangel an Hintergrund . . .«

»Ach!« Er schaute sie böse an. »Dann darf ich also annehmen, daß ein armer, bescheidener Kerl wie ich wohl nicht gut genug ist für unsere smarte Großstadtreporterin, was? Kein Problem. Mir macht das überhaupt nichts aus.«

Er wandte sich von ihr ab und marschierte wütend nach draußen. Mit einem lauten Knall fiel die Tür ins Schloß.

»Verdammt noch mal, Shade, so habe ich das doch überhaupt nicht gemeint«, rief sie hinter ihm her, aber nur noch Byline hörte ihre Worte.

Maggie wollte Shade schon nachlaufen, aber dann überlegte sie es sich anders. Sie war doch sowieso entschlossen gewesen, mit ihm Schluß zu machen, da kam es doch überhaupt nicht darauf an, auf welche Art und Weise es passierte! Trotzdem hatte sie nicht gewollt, daß . . .

Ach, verdammt, dachte sie sich. Wir werden es beide überleben!

Sie hörte, wie nebenan ein Wagen gestartet wurde und der Motor aufheulte. Der Kies spritzte auf, als Shade davonraste. Soll er doch machen, was er will! dachte sie verärgert.

Aber dann warf sie sich verzweifelt auf ihr Bett und heulte sich die Seele aus dem Leib.

Als Maggie am Sonntagmorgen erwachte, waren ihre Augen rotgerändert, ihre Kleider verknittert. Irgendwann in der Nacht mußte sie die Decke über sich gezogen haben.

Ihr erster Gedanke galt Shade. Sie sprang auf und rannte nach draußen, aber sein Wagen war nirgendwo zu sehen.

Langsam ging sie wieder hinein und ließ sich auf ihr Bett fallen. Byline sprang zu ihr hoch und setzte sich auf ihren Bauch. Maggie streichelte über seinen Rücken und blickte zur Decke hoch.

»Schätze, jetzt sind nur noch wir beide übriggeblieben«, sagte sie leise.

»Miau!« Der Kater rieb seinen Kopf an ihrem Kinn.

»Danke, alter Junge!«

Maggie blieb noch einen Moment lang so liegen, dann zwang sie sich, aufzustehen und ins Bad zu gehen. Nachdem sie sich geduscht hatte, stellte sie ihrem Kater das Futter hin, machte sich selbst eine Tasse Kaffee, dann zog sie sich an.

Aber es war Sonntag, und sie hatte nichts zu tun. Sie mußte nicht kochen, und auch an ihrer Geschichte brauchte sie nicht mehr zu schreiben, und Shade – nun, Shade war nicht da.

Eins allerdings wußte sie ganz genau: Wenn sie den ganzen Tag allein hier blieb, würde sie durchdrehen. Also griff sie nach ihren Autoschlüsseln, nahm ihre Handtasche, stieg ins Auto und fuhr nach Beaumont.

Sie setzte sich in ein kleines Lokal, von dem sie fand, daß es ganz einladend wirkte. Dort bestellte sie sich ein reichhaltiges Frühstück und las dabei mehrere Zeitungen. Sie bestellte sich neuen Kaffee, dann noch eine Tasse, aber irgendwann hatte sie auch den letzten Artikel gelesen.

Und als dann immer mehr Leute zum Lunch hereinkamen, räumte sie ihren Tisch, ging ins Einkaufszentrum und wanderte durch die Läden.

Doch das langweilte sie schnell, und so beschloß sie, noch etwas für ihre Bildung zu tun, und machte eine Museumstour. Mit Sicherheit waren die meisten Sachen, die dort ausgestellt waren, recht interessant, aber Maggie konnte sich an diesem Sonntag auf nichts konzentrieren. Sie hatte sich noch nie in ihrem Leben so einsam gefühlt.

Als sie weiter durch die Stadt streifte, entdeckte sie einen kleinen Park, und dort setzte sie sich ins Gras. Aber auch dort schien sich alles gegen sie verschworen zu haben. Überall um sie herum sah sie nur Familien und Kinder, die zusammen lachten und spielten, und sie fühlte sich noch einsamer und unglücklicher.

Schließlich hielt sie es nicht mehr aus und ging zu ihrem Wagen zurück, dann fuhr sie zu Hebert's Restaurant. Sie wollte sich einen Roman kaufen, aber der Buchladen war geschlossen. Okay, es würde auch ohne gehen. Sie nahm ein einsames Abendessen zu sich, aber wenigstens fühlte sie sich in der vertrauten Umgebung des Restaurants nicht ganz so verloren.

Nach dem Abendessen schaute sie sich im Kino hintereinander zwei Filme an, von denen sie keiner sonderlich interessierte, schließlich fuhr sie zurück. Der Parkplatz vor

Hütte Nummer Drei war immer noch leer, und auch aus dem Inneren drang kein Lichtschein.

Maggie hatte mörderische Kopfschmerzen.

Der Montag begann nicht besser als der Sonntag. Maggie ging hinüber in Bucks Laden, weil sie sich nach einem freundlichen Gesicht sehnte. Buck war gerade damit beschäftigt, den gekühlten Behälter für die Angelköder mit neuen Würmern aufzufüllen.

»Morgen«, sagte er und lächelte sie breit an.

»Guten Morgen«, erwiderte Maggie. »Sie sehen ja richtig glücklich aus!« stellte sie dann fest.

»Ich bin es auch. Vorhin hat Sybil angerufen. Kommt übermorgen zurück.«

»Na, dann brauche ich ja gar nicht weiterzufragen«, meinte Maggie. »Sicher sind Sie sehr froh darüber.«

»Können Sie laut sagen!«

Bevor sie in den Laden gekommen war, war sie fest entschlossen gewesen, sich mit keinem Wort nach Shade zu erkundigen, aber dann sprudelten die Worte einfach aus ihr heraus.

»Haben Sie was von Shade gehört?« fragte sie.

Buck wurde plötzlich wieder ernst. »Hat gestern angerufen«, erzählte er. »Sagte, ich soll mich um seine Sachen kümmern.« Er wandte sich wieder dem Behälter zu.

Maggie hatte plötzlich das Gefühl, als hätte man ihr ein eisernes Band um die Brust gelegt. »Von wo hat er denn angerufen?« forschte sie weiter.

»Hab' ihn nicht gefragt.«

»Ich verstehe.« Maggie preßte die Hände auf die Brust, dann holte sie einmal tief Luft. »Buck, da wir gerade vom Telefonieren sprechen – ich müßte ein paar Gespräche führen. Ich werde den Münzfernsprecher in der Bar benutzen, ja?«

»Kein Problem.«

Maggie betrat das Restaurant, in dem dieses Kapitel ihres Lebens seinen Anfang genommen hatte. Sie ging zu dem

Billardtisch hinüber und strich mit dem Finger leicht über den weichen grünen Stoff. Sie erinnerte sich wieder daran, wie Shade sich vorgebeugt hatte, den Queue in der Hand.

War es wirklich gerade erst drei Wochen her? Ihr kam es vor wie eine Ewigkeit.

Maggie tippte mit dem Finger an eine der Kugeln und beobachtete, wie sie über den Tisch rollte und dann in eins der Löcher fiel. Schnell wandte sie sich ab. Das Lokal, das ihr inzwischen so vertraut war mit dem typischen Geruch nach schalem Rauch und Holzpolitur, mit seiner großen Tanzfläche und dem Podium für die Band, erschien ihr endlos groß und endlos leer.

Als sie die Augen schloß, schien es ihr, als könnte sie die Band spielen hören und der Applaus der begeisterten Menge.

Maggie schüttelte den Kopf und holte ein paar Münzen aus ihrer Tasche.

Sie versuchte, Mel zu erreichen, aber sie hörte nur das Besetzzeichen. Mit dem zweiten Anruf hatte sie mehr Glück. Der Rechtsanwalt ihres Onkels erzählte ihr, daß jemand auf Silas' Besitz ein Angebot gemacht hatte, und ein sehr gutes dazu.

Maggie war angenehm überrascht. Sie hatte nicht geglaubt, daß das Grundstück soviel wert war, und sie hatte auch nicht geglaubt, daß der Verkauf so schnell über die Bühne gehen könnte.

»Es ist noch keine Viertelstunde her, daß der Immobilienmakler mich angerufen hat«, berichtete ihr der Anwalt. »Wenn Sie das Angebot annehmen – und ich an Ihrer Stelle würde das tun, denn ein so gutes bekommen Sie sicher nicht so schnell wieder –, dann können wir bis Ende der Woche alles geregelt haben.«

»Sagen Sie dem Mann, daß ich gern annehme«, erwiderte sie.

Nachdem sie dieses Gespräch beendet hatte, versuchte sie es noch einmal bei Mel, und dieses Mal hatte sie mehr Glück. Er meldete sich gleich.

»Mel, hier ist Maggie«, sagte sie. »Ich habe es vor ein paar Minuten schon einmal versucht, aber da war bei dir besetzt.«

Er seufzte. »Ich hatte gerade einen letzten Versuch gemacht, deine Geschichte zu verkaufen, Maggie.«

Ihr Magen krampfte sich zusammen, und sie spürte, wie ihr die Farbe aus dem Gesicht wich. »Einen letzten Versuch?« wiederholte sie. »Das hört sich aber gar nicht gut an.«

»Nicht gut ist die Untertreibung des Jahres«, erwiderte er. »Es sieht miserabel aus. Irgend jemand hat hier ziemlich üble Gerüchte über dich in die Welt gesetzt, und ich habe den starken Verdacht, daß es Robert Bartlett und seine Kumpane waren. Dein früherer Arbeitgeber ist ein mächtiger Mann. Du bist ein Paria in dieser Stadt, Süße, eine Ausgestoßene.«

Mel schwieg einen Moment, bevor er weiterredete. »Man hat das Gerücht ausgestreut, daß du nicht mehr ganz richtig im Kopf bist, daß du völlig durchgedreht hast, und als man dich wegen deines seltsamen Benehmen feuern mußte, wärst du auf Bartlett losgegangen und hättest geschworen, dich zu rächen. Du hättest geschworen, ihn zu ruinieren. Sie behaupten außerdem, daß du eine Story mit gefälschtem Material verfaßt hättest. Daß nichts von all dem wahr wäre.«

»Aber, Mel, das stimmt doch alles nicht!«

»Natürlich nicht, Maggie, du weißt das, und ich weiß das auch«, erwiderte er. »Aber niemand hier wird das Risiko eingehen, eine deiner Storys zu veröffentlichen und sich deinetwegen einen Prozeß aufzuhalsen. Selbst wenn du es schaffen solltest, einen der Chefredakteure von der Wahrheit deiner Geschichte zu überzeugen, würde niemand sie veröffentlichen.«

Maggie lehnte sich gegen die Wand, weil sie etwas brauchte, woran sie sich stützen konnte. »Was soll ich denn jetzt machen?« fragte sie verzweifelt.

»Ich weiß es auch nicht, Mädchen«, meinte er. »Tut mir leid, Maggie, wirklich, aber ich habe mein Bestes versucht.«

»Ich weiß, daß du das getan hast, Mel, und ich danke dir auch dafür.«

Da es nichts mehr zu sagen gab, verabschiedete Maggie sich von Mel und hängte ein. Dann rutschte sie ganz langsam an der Wand herunter und legte den Kopf auf die Knie.

Paul Berringer saß an seinem kostbar geschnitzten Schreibtisch in seinem Penthouse-Büro und versuchte, wenigstens ein bißchen Ordnung in das Chaos zu bringen, das er bei seiner Rückkehr vorgefunden hatte. Er hatte den gesamten Sonntag mit Arbeiten verbracht, und auch heute war er schon seit dem frühen Morgen wieder in seinem Büro.

Er nahm den goldenen Füllfederhalter in die Hand, um einen ganzen Stapel Briefe zu unterschreiben, aber seine Hand versagte ihm den Dienst. Er fluchte und warf den Stift quer durch den Raum, dann drehte er sich mit seinem Sessel herum und schaute aus dem Fenster.

Es ging ihm elend, verdammt elend, doch die Gründe dafür waren andere als damals vor ein paar Monaten, als er genau wie jetzt in seinem Sessel gesessen und nach draußen gestarrt hatte.

Oder doch nicht?

Weil er geglaubt hatte, daß er mitten in der schönsten Midlife-crisis steckte, hatte er alles stehen- und liegenlassen und war fortgegangen, um den Regenbogen zu finden. Er hatte geglaubt, daß es ihn glücklich machen würde, wenn er sich die Wunschträume seiner Jugend erfüllte.

Aber es hatte nicht funktioniert. Oh, natürlich machte es ihm Spaß, zu singen und Lieder zu schreiben, aber das Leben eines Sängers war nichts für ihn. Er war auch damit nicht glücklich gewesen – bis er Maggie begegnet war.

Maggie. Wie sehr sie doch all seine Gedanken beherrschte!

Die Liebe zu ihr hatte die Leere in seinem Herzen und seiner Seele ausgefüllt. Und jetzt . . .

Verdammt! Was für ein Narr war er doch gewesen, als er wütend aus ihrer Hütte gestürmt war; wütend, weil sie ihn angelogen hatte, wütend, weil sie ihn nicht so akzeptieren konnte, wie er war.

Aber war seine Lüge nicht schlimmer gewesen? Zugegeben, es war nicht direkt eine Lüge gewesen, er hatte nur einen Großteil von der Wahrheit weggelassen, aber es war unfair, daß er ihr nicht reinen Wein über sich eingeschenkt hatte.

Er hatte sich immer nach einer Frau gesehnt, die ihn so liebte, wie er war, ihn als Menschen sah und nicht einfach nur die Dollars, die er besaß. Natürlich war er reich, sehr reich sogar, kein fauler Herumtreiber, und er wollte, daß Maggie das begriff.

Maggie war der Sonnenschein in seinem Leben, sein Schicksal, seine andere Hälfte. Sollte er wirklich zulassen, daß sein dummer Stolz ihm jede Chance vermasselte, die Frau, die er liebte, für sich zu gewinnen?

Verdammt noch mal, nein!

Das Mittagessen war ziemlich ungemütlich. Sicher, das Essen selbst war genießbar, jedenfalls soweit Maggie überhaupt etwas davon schmeckte, aber sie und Buck fühlten sich beide unbehaglich ohne Shades Anwesenheit.

Maggie hatte Buck gesagt, daß sie am nächsten Morgen ausziehen würde; sie wollte sich in der Stadt ein Motelzimmer nehmen, bis der Verkauf von Silas' Grundstück geregelt war. Buck versuchte zwar auf seine etwas unbeholfene Art, sie zum Bleiben zu bewegen, aber Maggie lehnte ab.

Nachdem sie das Geschirr gespült hatte, ging sie in ihre Hütte und begann, den größten Teil ihrer Sachen zusammenzupacken. Sie schaffte sogar schon den Computer, den Drucker und ihre gesamten Unterlagen über ihre Story in den Kombi.

Von Unruhe getrieben und von einer überwältigenden Traurigkeit erfüllt ging Maggie dann den baumgesäumten Pfad zum Fluß hinunter. Die großen Pinien seufzten leise, und die Blätter der mächtigen Eichen raschelten in der leichten Brise und schienen traurig zu flüstern. Selbst die Vögel schienen weniger fröhliche Lieder zu singen.

Maggie setzte sich ans Flußufer und blickte auf das Wasser hinaus, beobachtete das beständige Strömen des Flusses, der sich schon bald in den Golf ergießen würde. Auch das Leben ging immer weiter. Und immer wieder weiter.

Es hatte Maggie weh getan zu hören, daß man solche bösartigen Lügen über sie verbreitet hatte, und es war ein harter Schlag gewesen zu erfahren, daß ihre Story sich nicht verkaufen ließ. Aber auch davon würde sie sich wieder erholen, irgendwie. Sie war eine Kämpfernatur, jemand, der immer überlebte, und sie hatte schon schlimmere Situationen überstanden. Aber am härtesten hatte es sie getroffen, daß sie Shade verloren hatte.

Sie konnte sich nicht daran erinnern, daß sie jemals in all den fünfunddreißig Jahren ihres Lebens so unglaublich glücklich gewesen wäre wie mit Shade. Warum hatte sie ihn einfach fortlaufen lassen? Warum hatte sie nicht um ihn gekämpft? Einfach aufzugeben war völlig gegen ihre Natur.

Wenn sie miteinander geredet hätten, wirklich geredet, statt den anderen mit seiner Sturheit übertreffen zu wollen, dann hätten sie eine Lösung für all ihre Probleme finden können. Nachdem sie, Maggie, das Geld in seiner Hütte entdeckt und auch die Besuche des Rangers ohne ein Wort hingenommen hatte, hatte sie prompt das Schlimmste angenommen. Aber sie konnte sich einfach nicht vorstellen, daß der Shade, den sie kennengelernt hatte, etwas Illegales getan hätte. Und wenn er tatsächlich einen Zusammenstoß mit dem Gesetz gehabt hatte – nun, das konnte man sicher irgendwie ausbügeln.

Shade war ungeheuer begabt, sein musikalisches Talent war groß genug, daß er Erfolg als Komponist oder Sänger haben konnte, wenn sie ihn dazu ermutigte. Vielleicht konnten sie nach Nashville gehen. Sicherlich würde sie dort bei irgendeiner Zeitung einen Job finden können, und mit dem Geld, das sie aus dem Verkauf von Silas' Grundstück bekam, konnte sie sich sowieso einige Zeit über Wasser halten, so lange, bis Shade den großen Durchbruch hatte.

Aber Shade war nicht mehr da. Ihre Dummheit hatte ihn fortgetrieben. Ihre dumme Meinung über das, was wichtig war. Ihre ungenügende Bereitschaft, ihn so zu lieben, wie er war.

Und sie liebte ihn von ganzen Herzen, egal, was er getan haben mochte oder wer er war. Wenn sie ihm das doch nur sagen könnte!

Sie schlang ihre Arme um die Knie, legte den Kopf darauf und begann zu weinen.

Als Shade Maggie am Ufer sitzen und so herzzerreißend schluchzen sah, gab es ihm einen Stich ins Herz.

»Darling, süße Maggie, was ist denn passiert?«

Sie sah zu ihm auf, und aus ihren Augen strömten immer noch die Tränen. »Shade?« fragte sie ungläubig.

Als er sich neben sie auf den Boden kniete und sie in seine Arme zog, kümmerte es ihn keine Sekunde lang, daß er eine Hunderte von Dollar teure Hose trug. »Liebes, wein doch bitte nicht!« sagte er. »Erzähl mir, was Schlimmes passiert ist, und ich werde dir helfen. Gott, ich habe gedacht, daß du inzwischen mindestens ein Dutzend Angebote für deine Story bekommen hättest und überglücklich wärst.«

Sie schüttelte den Kopf und versuchte, nicht mehr zu weinen, aber die Tränen liefen einfach weiter, bis schließlich sein Hemd ganz naß geworden war. »Man hat mich auf die schwarze Liste gesetzt«, erzählte sie. »Niemand will meine Geschichte kaufen.«

»Schweinehunde!« schimpfte er. »Wie können sie es nur wagen, dich so aufzuregen! Ich werde . . .«

»Aber deswegen habe ich doch überhaupt nicht geweint!«

»Nein?«

Sie schüttelte den Kopf. »Natürlich war es schlimm, und es hat mir auch ganz schön weh getan, aber – aber dich zu verlieren war tausendmal schlimmer!« sagte sie.

»Ja?«

»Ich liebe dich so sehr, Shade!« Wieder schluchzte sie auf.

»Genug, um mich zu heiraten?«

Ihr Lächeln ließ sein Herz dahinschmelzen. »Ich werde dich morgen heiraten«, versprach sie. »Schon heute, wenn du willst. Wir können unsere Probleme ganz bestimmt lösen.«

Und dann erzählte sie ihm, was sie sich ausgedacht hatte: daß sie nach Nashville gehen und von ihrem Geld leben könnten, bis er den Durchbruch im Musikgeschäft geschafft hatte.

Shade lächelte, weil er das alles so rührend fand, dann unterbrach er ihren Redefluß mit einem tiefen, leidenschaftlichen Kuß.

Und dann schien ihr Verlangen sie fortzureißen, ließ sie alles andere vergessen, und sie liebten sich stürmisch und wild am Ufer des Flusses.

Hinterher lag Maggie neben ihm, so an ihn gekuschelt, wie er es so gern hatte, und war glücklich und zufrieden.

»Shade?«

»Hm?«

»Meinst du nicht auch, daß wir uns lieber wieder anziehen sollten? Was ist, wenn ein Angler hier vorbeikommt?«

Shade lachte. »Wir würden ihm einen schönen Anblick bieten, nicht? Aber du hast recht.« Er stand auf, zog auch sie auf die Füße und gab ihr einen Kuß auf die Nasenspitze. »Wenn ich mit dir zusammen bin, verläßt mich eben manchmal der gesunde Menschenverstand«, meinte er mit einem Lächeln. Und während er sich dann anzog, sagte er: »Maggie, es tut mir schrecklich leid wegen deiner Geschichte. Sag mir, was genau passiert ist.«

Während sie ihm die ganze Sache schilderte, stieg eine Wut in ihm auf, wie er sie in seinem ganzen Leben noch nie verspürt hatte. Er fluchte laut, dann nahm er Maggie an die Hand und sagte nur: »Komm.« Er lief den Weg zu Bucks Haus so schnell zurück, daß sie ihm kaum folgen konnte.

»Shade! Nun geh doch ein bißchen langsamer! Warum bist du denn auf einmal so wütend?« rief sie ganz atemlos.

»Tut mir leid, Liebes«, entschuldigte er sich, dann verlangsamte er tatsächlich sein Tempo. »Und wütend bin ich, weil diese Bastarde sich dir gegenüber so schäbig benommen haben.« Als sie vor ihrer Hütte standen, sagte er: »Pack eine Tasche zusammen mit ein paar legeren und ein paar eleganteren Sachen. Kannst du in einer halben Stunde fertig sein?«

»Ja, aber wohin willst du denn?«

Er lächelte nur. »Das wirst du schon sehen«, erwiderte er.

Maggie schaffte es in zwanzig Minuten, und das war auch gut so, weil Shade dann nämlich schon an ihre Tür klopfte.

Als Maggie ihn sah, schnappte sie unwillkürlich nach Luft. Er trug seinen superteuren Armani-Anzug und eine seidene Krawatte.

»Mein Gott – das sieht phantastisch aus!« sagte sie.

Shade grinste. »Nun, meine anderen Sachen waren ja wirklich ein bißchen zu schäbig, nicht? Bist du fertig?«

Maggie nickte. »Aber was ist mit Byline? Ich kann doch nicht einfach wegfahren und ihn hierlassen!«

»Ich habe deswegen schon mit Buck gesprochen«, sagte er. »Er wird sich solange um den Kater kümmern und ihn füttern.« Er nahm ihren Koffer. »Hast du eine Kopie von deinem Artikel?«

»Warum?«

»Weil ich ihn lesen will.«

»Okay.« Maggie nahm die Reisetasche und ihre Handtasche, und als sie dann vor die Hütte trat, verschlug es ihr schon wieder den Atem. Ein schwarzer, rassiger Ferrari stand vor ihrer Tür.

»Wem gehört der denn?« fragte sie verblüfft.

»Mir.«

»Dann muß das aber ein verdammt großer Fischzug gewesen sein«, murmelte sie vor sich hin.

»Wie bitte?«

Sie schüttelte den Kopf. »Ach nichts«, meinte sie. »Vergiß es.«

Natürlich gibt es dafür eine logische Erklärung, dachte sie während der ganzen Fahrt, ganz bestimmt! Aber sie würde ihm nicht eine einzige Frage stellen, wie er zu dem vielen Geld und diesem teuren Auto gekommen war. Sie würde ihn nicht einmal dann auszufragen versuchen, wenn man sie mit einer neunschwänzigen Katze dazu bringen wollte!

Früher oder später würde Shade ihr alles erklären, und bis dahin würde sie geduldig sein. Sie richtete sich auf, als der Wagen hielt. »Ich fürchte, ich bin eingedöst«, sagte er. »Wo sind wir?«

»In Crockett. Und wir müssen tanken.«

Als sie auf ihre Uhr schaute, stellte sie erstaunt fest, wie lange sie geschlafen hatte. Sie stieg aus, ging in den Waschraum und machte sich ein bißchen frisch. Als sie wieder zum Wagen zurückging, sah sie, daß ein halbes Dutzend

Männer um den Ferrari standen und ihn bewundernd betrachteten.

»Es ist wirklich ein wunderbares Auto«, sagte sie zu Shade. »Es muß himmlisch sein, ihn zu fahren.«

»Willst du's mal ausprobieren?« fragte er sie.

Sie zögerte, aber er redete ihr zu und meinte, daß er ihren Artikel lesen könnte, während sie fuhr. Maggie setzte sich also hinter das Lenkrad, und nachdem Shade ihr noch ein paar Instruktionen gegeben hatte, schoß der Wagen davon. Nach ein paar Meilen konnte sie voll und ganz nachempfinden, warum Männer solche Autos so sehr liebten. Unheimliche Kraft steckte darin, Kraft, die sie kontrollieren konnten!

Schließlich hielten sie noch einmal an, um einen Kaffee zu trinken, und Shade nahm ihre Story mit, weil er nur noch ein paar Seiten zu lesen hatte. Maggie beobachtete Shade, wie er die letzten Seiten umblätterte und dann alles ordentlich zu einem Stapel zusammenlegte.

»Und?« fragte sie.

»Maggie . . .«, begann er, dann sprach er nicht weiter, als müßte er erst die passenden Worte suchen. »Die Story ist brillant. Ich hätte mir nie träumen lassen, daß du eine so begnadete Schreiberin bist.«

Maggie strahlte. »Danke«, sagte sie. »Ich selbst bin der Meinung, daß das das Beste ist, was ich je geschrieben habe.«

»Und du hast alle Fakten nachgeprüft und abgesichert?«

»Jedes einzelne Faktum!« bestätigte sie.

»Dann muß man diesen Artikel einfach veröffentlichen«, antwortete er und tippte mit einem Finger auf die Seiten. »Man sollte den Direktor von Tree Hollow und die anderen Schweinekerle im Vorstand mit einer Heckenschere kastrieren und sie dann für den Rest ihres Lebens in Einzelhaft sperren!« fügte er böse hinzu.

»Ich fände es auch nicht schlecht, wenn man sie teeren und federn und dann aus der Stadt jagen würde!«

Shade lachte. »Du bist großzügiger als ich«, meinte er. »Jetzt trink aus. Wir haben noch einiges zu erledigen.«

Den Rest des Weges nach Dallas fuhr er wieder selbst, und er überschritt dabei einige Geschwindigkeitsbeschränkungen. Es war schon dunkel, als er schließlich in eine kurvenreiche Einfahrt einbog und dann vor einem hellerleuchteten Gebäude anhielt, das wie ein höchst vornehmer Countryclub wirkte.

»Wo sind wir hier?« fragte Maggie erstaunt.

»Zu Hause.«

»Wessen Zuhause?«

»Meins. Und wenn du möchtest, kann es auch dein Zuhause werden«, erwiderte er. »Wenn's dir nicht gefällt, können wir uns ein anderes Haus bauen.«

»Heiliger Strohsack!« sagte sie nur, als er sie in die riesige Eingangshalle schob, die größer war als ihr gesamtes Apartment in New York. Ihre Augen wurden immer größer, als er sie in den Wohnbereich führte, der direkt einer Zeitschrift für schöneres Wohnen hätte entsprungen sein können.

»Scheint so, als würde es dir gefallen«, stellte er fest.

»Himmel, wem würde das *nicht* gefallen!« antwortete sie. »Es ist unglaublich. Womit verdienst du noch mal deinen Lebensunterhalt?«

»Ich leite ein Unternehmen.«

»Und wie sieht's mit Immobilien aus?«

»Meiner Familie gehören einige schöne Sachen, hauptsächlich Bürohochhäuser«, erklärte er.

»Und war da nicht auch etwas mit Banken?« fragte sie. »Ich kann mich schwach erinnern, daß du einmal so etwas erwähnt hast. Du hast mir den Eindruck vermittelt, als wärst du ein Wachmann oder so etwas.«

Shade räusperte sich. »Wenn ich mich richtig dran erinnere, dann habe ich gesagt, daß man sagen könnte, ich würde aufpassen oder so. Na, und das muß ich ja auch schließlich tun, wenn ich so viele Aktien besitze. Außerdem sitze ich noch im Vorstand.« Er beobachtete sie aufmerksam und war gespannt darauf, wie sie reagieren würde.

Maggie bemühte sich wirklich, ernst zu bleiben, ein strenges Gesicht zu machen, aber dann mußte sie einfach lachen. »Und ich hatte schon befürchtet, daß du ein Bankräuber wärst!«

Auch Shade mußte lachen, und dann fielen sie sich in die

Arme. Er drückte sie fest an sich und gab ihr einen Kuß. »Und es macht dir wirklich nichts aus, daß ich soviel Geld habe?« wollte er wissen.

»Machst du Witze?« fragte sie zurück. »Es ist wie in einem Märchen. Und mit Sicherheit ist dies alles verlockender als die Bohnen, von denen ich gedacht habe, daß sie für die nächste Zeit unser Hauptnahrungsmittel sein würden!«

»Süße Maggie, Bohnen wären das köstlichste Essen der Welt für mich, wenn ich sie mit dir teilen könnte«, sagte er. Er rieb seine Nase an ihrer. »Apropos essen – möchtest du das Dinner jetzt oder später?«

»Später. Zuerst möchte ich den Rest dieses wunderbaren Hauses sehen!« sagte sie.

»Würde es dir etwas ausmachen, wenn du dich ein paar Minuten lang allein umschaust?« fragte er. »Ich muß nämlich dringend von meinem Arbeitszimmer aus ein paar Anrufe erledigen. Du kannst dir anschauen, was immer du willst. Wir sind ganz allein hier. Unten im Basement befindet sich auch ein Swimmingpool.«

»Im *Basement*?«

»Ja. Ich treff' dich dann dort unten.«

Maggie legte sich keinen Zwang auf, als sie sich überall umschaute. Sie warf einen Blick in die absolut perfekt eingerichtete Küche, ließ ihren Finger über die polierte Oberfläche des Kirschbaumtisches im Eßzimmer streichen, an dem ohne Mühe mindestens zwölf Personen Platz finden konnten. Natürlich probierte sie auch eins der Betten in einem der sechs wundervoll eingerichteten Schlafzimmer aus.

Außerdem gab es ein Frühstückszimmer, ein Sonnenzimmer, ein Spielzimmer und etliche Zimmer, bei denen sie nicht wußte, wie man sie hätte bezeichnen können. Den Raum jedoch, den sie für Shades Arbeitszimmer hielt, betrat sie nicht.

Im Basement fand sie einen komplett eingerichteten Fitneßraum, eine Sauna und den Swimmingpool, der dezent von unter Wasser angebrachten Scheinwerfern erleuchtet wurde. Das Wasser wirkte so einladend auf sie, daß sie einfach nicht widerstehen konnte. Sie zog die Sandalen aus und tauchte einen Zeh ins Wasser. Die Temperatur war perfekt.

Sie schaute sich suchend um, ob sich hier wohl irgendwo Badeanzüge finden ließen. Doch dann grinste sie. Wozu brauchte sie hier einen Badeanzug? Sie zog ihre Sachen aus, legte sie auf einen Stuhl und stieg dann ins Wasser.

»Wie Venus, die aus dem Meer auftaucht«, sagte Shade, als Maggie wieder an die Oberfläche kam.

Sie lachte ihn an. »Stimmt nicht«, meinte sie. »Wie wär's denn mit Maggie, die aus dem Chlorwasser auftaucht?«

»Noch besser. Hast du was dagegen, wenn ich dir Gesellschaft leiste?« fragte er.

»Tu dir keinen Zwang an«, erwiderte sie.

Shade zog sich aus und kam dann zu ihr ins Wasser. Er küßte sie auf die Schulter und knabberte an ihrem Ohrläppchen. »Hast du alles erforscht?« wollte er wissen.

»Hm. Es ist alles ganz wunderbar hier.«

»Dann würdest du gern hier leben? Mit mir zusammen?«

»Ja.« Sie drehte sich in seinen Armen herum und küßte ihn – und prompt gingen sie unter. Lachend und Wasser spuckend kamen sie wieder hoch.

»Ich denke, es wäre besser, wenn wir in den flacheren Teil gingen.«

Sie schwammen einige Züge bis dahin, wo sie gut in dem brusttiefen Wasser stehen konnten, dann umarmten sie sich wieder.

»Du bist ein wirklicher, echter Texas-Millionär, nicht?« sagte Maggie.

»Ja.«

»Du hast Unmengen von Geld?«

»Unmengen. Liebst du mich jetzt deshalb mehr?«

»Überhaupt nicht.« Sie schüttelte den Kopf.

»Weniger?«

»Auch nicht«, sagte sie und schüttelte noch einmal den Kopf.

»Mein Gott, Maggie, ich liebe dich wie verrückt!«

Er küßte sie mit soviel heißer Leidenschaft, daß Maggie sich nicht gewundert hätte, wenn das Wasser zu dampfen angefangen hätte. Doch dann löste er sich von ihr, auch wenn Maggie sich bemühte, ihn festzuhalten.

»Wir müssen über ein paar Sachen reden, Maggie«, meinte er, »bevor ich so verrückt nach dir werde, daß ich meinen Verstand nicht mehr benutzen kann und alles vergesse.«

»Worüber, Shade?«

»Willst du, wenn wir verheiratet sind, weiterarbeiten?«

»Natürlich!« erwiderte sie mit Nachdruck. »Ich liebe es zu schreiben, und Teestunden im Countryclub langweilen mich zu Tode. Hast du was dagegen?«

»Nicht, wenn es dich glücklich macht«, erwiderte er. »Es gibt einige gute Zeitschriften hier, die sicher ausgesprochen glücklich wären, wenn sie dich als Mitarbeiterin bekämen. So, nächste Frage: Wenn du mir zwei der besten Zeitschriften der USA nennen müßtest, welche würdest du nehmen?«

Maggie war ein wenig erstaunt über diese Frage, beantwortete sie aber trotzdem. Shade nickte.

»Wenn du deinen Artikel über Tree Hollow in einer der beiden veröffentlichen könntest, welche würdest du nehmen?«

»Ach, komm schon, Shade, das sind doch nur schöne Träume!«

»Welche?«

Sie nannte die Zeitschrift, und er grinste. »Sie haben dir beide ein hübsches Sümmchen für deine Story geboten.«

Maggie schrie auf. »Du machst doch keine Witze, oder?«

»Nein. Ich habe vorhin mit beiden Verlegern telefoniert«, sagte er.

Maggie umarmte ihn stürmisch und bedeckte sein Gesicht mit Küssen. »Du bist wundervoll!« rief sie. »Wie hast du das nur geschafft?«

Er grinste und hielt ihr sein Gesicht hin, damit sie ihm noch mehr Küsse geben konnte. »Vielleicht verrate ich es dir an deinem fünfzigsten Geburtstag«, erwiderte er. »Und wenn wir schon von großen Feierlichkeiten sprechen: Wir müssen unsere Hochzeit planen. Wie wär's, wenn wir uns hier trauen ließen, nächsten Samstag? Meine Mutter könnte jederzeit, aber meine Brüder hätte ich auch gern dabei.«

Sehr verehrte Leserin, sehr verehrter Leser!

Falls Ihr Buchhändler die **CAPRICE**-Taschenbücher nicht regelmäßig führt, bietet Ihnen die **ROMANTRUHE** in Hürth mit diesem Bestellschein die Möglichkeit, diese Taschenbuch-Serie zu abonnieren.

Hiermit bestelle ich bis auf **Widerruf** bei **ROMANTRUHE, Joachim Otto, Postfach 1521, 50332 Hürth**, die CAPRICE-Taschenbuch-Reihe zum Preis von **DM 83,20** für **12 Ausgaben**. Die Zusendung erfolgt jeweils zum Erscheinungstag. **Kündigung ist jederzeit möglich.** Auslandsabonnements (Schweiz / Österreich) zzgl. DM 1,00 pro Ausgabe. Alle Preise inklusive Porto/Verpackung.

Zahlungsart: O jährlich O halbjährlich O vierteljährlich
O monatlich (nur bei Bankeinzug)

Bezahlung per Bankeinzug ist bei allen Zahlungsarten möglich!

Name der Bank: _____

Konto-Nr.: _____ Bankleitzahl: _____

Name: _____ Vorname: _____

Straße/Nr.: _____

PLZ/Wohnort: _____

Unterschrift: _____ Datum: _____
(Bei Minderjährigen Unterschrift des Erziehungsberechtigten)

Ich behalte mir den schriftlichen Widerruf dieser Bestellung innerhalb von zehn Tagen nach Absendung vor.

Zusammen mit der ersten Lieferung erhalten Sie von uns ein nützliches Willkommen-Präsent! Wenn Sie das Buch nicht zerschneiden möchten, können Sie Ihre Bestellung natürlich auch gern auf eine Postkarte schreiben.

»Samstag ist doch prima«, meinte sie. »Ich freue mich schon darauf, deine Mutter und deine Brüder kennenzulernen.«

»Die Zwillinge? Aber die hast du doch schon kennengelernt«, sagte er.

Maggie sah ihn stirnrunzelnd an. »Habe ich das?«

»Hm.« Shade lachte. »Sie sind Texas-Ranger!«

Maggie hatte plötzlich die Vision von einem großgewachsenen Mann mit einem schwarzen Hut und von einem anderen, ebenso großen Mann mit weißem Hut . . . und . . .

»O nein!« rief sie. »Die Spaghetti!«

Shade lachte nur und gab ihr einen Kuß, mit dem er ihr seine ganze Liebe zeigte.

Epilog

Der Priester, der vor der mit weißen Rosen und Grünpflanzen geschmückten Bank stand, lächelte freundlich. »Sie dürfen die Braut küssen!« sagte er.

Shade schob Maggie den kurzen Schleier zurück und küßte die Frau, die er mehr liebte als alles anderes auf der Welt – und sie erwiderte seinen Kuß mit der gleichen Leidenschaft.

»Hey, großer Bruder, laß noch was von ihr übrig!«

Susan Sinclair Berringer stieß ihren Mann in die Rippen. »Halt den Mund, Ross!« mahnte sie. »Du machst sie sonst noch ganz verlegen!«

»O Darling«, meinte er und küßte seine eigene Frau, »ich hab' doch nur Spaß gemacht. Und außerdem glaube ich nicht, daß Maggie sich so leicht in Verlegenheit bringen läßt!«

»Das kannst du verdammt laut sagen!« flüsterte Holt seinem Zwillingsbruder zu. »Und sie kann verdammt gut mit Schüsseln voller Spaghetti umgehen!«

Cory, Holts hochschwangere Frau, lachte. »Ich wünschte nur, ich hätte das sehen können!«

Holt räusperte sich. »Und meinen schönen Hut hat sie ruiniert«, sagte er vorwurfsvoll.

Eleanor Berringer schaute ihre erwachsenen Söhne streng an, und die beiden rissen sich zusammen und schwiegen.

Als die Neuvermählten sich strahlend zu den Gästen umdrehten, machte Eleanor, die sich auf einen Stock stützte, einen Schritt vor und umarmte ihre neue Schwiegertochter. Das sonst so streng wirkende Gesicht der weißhaarigen Frau schien auf einmal viel weicher, als sie herzlich lächelte.

»Willkommen in unserer Familie«, sagte sie.

Familie – das war ein Wort, das Maggie das Herz wärmte.

»Ich bin sehr glücklich, daß ich nun ein Teil dieser Familie sein werde«, antwortete sie.

»Ich werde jetzt der Braut einen Kuß geben«, verkündete Ross und machte einen Schritt auf Maggie zu.

Doch sein Zwillingsbruder hielt ihn zurück. »Den Teufel wirst du tun«, sagte Holt. »Ich bin als erster dran!«

Doch da trat Buck vor die beiden Männer. »Ich glaube«, sagte er und lächelte über das ganze Gesicht, »diese Ehre gebührt mir!«

Maggie lachte und hielt ihm die Wange hin. Er küßte sie, und dann stellte er sie Sybil vor, einer kleinen Frau mit warmen braunen Augen.

Während Holt und Ross auch weiter ihre Witze machten und scherzhaft miteinander stritten, kam Cory zu Maggie und nahm ihre Hände. »Wir sind so glücklich für dich und Paul«, sagte sie. »Ich finde, du paßt einfach perfekt zu ihm.«

Maggie strahlte ihre neue Schwägerin an. »Danke. Das finde ich auch. Wann soll das Baby denn kommen?«

»Die *Babys*!« berichtete Cory. »Wenn sie pünktlich sind, dann werden die Zwillinge in zwei Wochen kommen.«

»Meine auch!« sagte Susan leise, die zu den beiden Frauen getreten war.

Maggie zog erstaunt die Augenbrauen hoch, und Susan lachte.

»Na ja, nicht gleich in zwei Wochen«, sagte sie. »Aber in ungefähr sieben Monaten. Der Arzt hat es mir gerade erst bestätigt.«

Maggie umarmte sie. »Aber das ist ja toll!« rief sie. »Wirst du denn deinen Buchladen weiter behalten?«

»Natürlich«, erwiderte Susan. »Alle Berringer-Frauen gehören zu dem unabhängigen Typ. Cory macht doch auch mit ihrer Parfümerie weiter.«

Maggie roch an ihrem Handgelenk. »Ich mag den Duft, den du für mich kreiert hast«, sagte sie. »Hat er auch schon einen Namen?«

Cory lächelte. »Ich habe es ›Nightshade‹ genannt.«

Maggie lachte laut. »Dann ist es ja wirklich passend«, antwortete sie.

»Wenn ich richtig verstanden habe, dann muß man dich auch noch zu etwas anderem beglückwünschen«, mischte Eleanor sich ein. »Paul hat mir erzählt, daß du von nun an für die *Dallas Morning News* arbeiten wirst.«

»Sobald wir aus den Flitterwochen zurückkommen«, erwiderte Maggie. »Ich freue mich schon sehr darauf!«

Nun kamen auch die Zwillinge zu ihnen. »Wir haben uns endlich geeinigt«, erklärte Ross. »Ich bekomme den ersten Kuß. Holt bekommt dafür den ersten Tanz.«

Shade schob jeden Bruder mit einem Ellbogen beiseite. »Nichts kriegt ihr!« sagte er. »Ich möchte meine Frau jetzt noch einmal küssen, und der erste Tanz gehört mir auch!« Er gab Maggie einen Kuß, dann nickte er den Musikern zu, und als die Band zu spielen begann, zog er Maggie auf die Tanzfläche.

»Habe ich dir in letzter Zeit eigentlich mal wieder gesagt, daß ich dich liebe?« fragte er.

»Ja, hast du, aber du kannst es mir trotzdem noch einmal sagen«, meinte sie lachend.

»Mrs. Berringer, ich liebe Sie!«

»Ich liebe Sie auch!«

Als die Band das Lied spielte, sang Shade leise mit: Von den Sandburgen, die er im Garten Eden gebaut hatte.

Ganz hinten in der Ecke legte Byline sich zwischen Comets Pfoten, und beide Tiere beschlossen, den ganzen Trubel lieber zu verschlafen!

ENDE

Band 58 129
Fayrene Preston
Falsches Spiel
Deutsche
Erstveröffentlichung

Elf Jahre lang hat Richard Zagen vergeblich versucht, Liana Marchall zu vergessen, die einzige Frau, die je den Weg zu seinem Herzen gefunden hat – um es dann in tausend Stücke zu zerschlagen. Seine große Hoffnung ist, die Dämonen der Vergangenheit zu besiegen, indem er Liana noch ein einziges Mal wiedersieht.
Als er ihr dann auf SwanSea gegenübersteht, weiß er, daß er niemals von Liana frei sein, daß es für ihn nur weiterhin Nächte voll ungestillter Sehnsucht geben wird. Doch wenn er schon dazu verdammt ist, bis an sein Lebensende zu leiden, will er sich wenigstens eine Nacht der Erfüllung stehlen ... und dazu ist ihm jedes Mittel recht ...

Sie erhalten diesen Band
im Buchhandel, bei Ihrem
Zeitschriftenhändler sowie
im Bahnhofsbuchhandel.